PISTACHE NOVELS

『ヒヨコ』なんて言わないで。異界渡り【魅了】付きの俺を助けたのは、イケオジA級冒険者でした

tamura-k

『ヒヨコ』なんて言わないで。

異界渡り【魅了】付きの俺を助けたのは、

イケオジA級冒険者でした

CHARACTERS

Illustration：北沢きょう

contents

『ヒヨコ』なんて言わないで。
異界渡り【魅了】付きの俺とイケオジA級冒険者

1　助けてくれたのは『イケオジ』冒険者でした

気付いたらどこかの家の中だった。ログハウスという感じの木の家だ。

（え？　ここ、どこ？）

俺は何をしていたんだっけ？　というか、俺の行動範囲内にこんな所あったかな？

ログハウス、ログハウス、ログハウス……

（ああ、近所の公園に木の家みたいな遊具があったような、なかったような……）

「え？　という事は俺、公園で寝ているのか？」

思わず声が出てしまったその瞬間。

「目が覚めたのか？」

「――――！」

聞こえてきた声に慌てて起き上がろうとして、俺は後頭部の痛みに撃沈《げきちん》した。

「無理するな。頭を打っている。覚えていないか？」

近づいてくる声。

「たまたま通りかかったら、お前さんが倒れていたんだ。近くに大きな岩があったからおそらく転んでそこにでも打ち付けたんだろう」

「岩？」

公園に岩があったらまずいだろう。いや、それ以前に公園の木製遊具の家にベッドなんてついていないよな、普通。だとするとここはどこだ？

今更だけど、ジワリと胸の中に不安な気持ちが湧き上がった。というか、こうして俺と話をしているのは誰なんだ。

「あの……ここは……」

さすがに、あんたは誰なんだっていう言葉は飲み込んでおずおずと口を開くと、先程と同じ声が聞こえてきた。

「メイコスの森の小屋だ。近くにコボルトの群れが出ていたんで、そのまま置き去りにするのも寝覚めが悪かったから連れてきた」

「メイコス……コボルト？」

「ああ。それともそのまま放っておいた方が良かったか？」

どこか皮肉気な言葉を聞きながら、俺は今度こそ慎重《しんちょう》に起き上がって声の方を見た。

「…………」

そこにいたのは三十代くらいのがっしりとした背の高い男。少し茶色がかったような金髪で瞳はブルーグレー。見るからに『外国人』だ。顔立ちはワイルド系だけど、チョイ悪というよりは、町内会の夏祭りとか餅《もち》つき大会とかそういうのを「仕方ねぇなぁ」みたいな感じで体《てい》よく任されちゃうような、人付き合いもうまくて皆から好かれそうなタイプのイケメンのおっさん。いわゆる『イケオジ』。

もっとも『イケオジ』なんて死語らしいけど。

でも容姿はそうでも、服装はとても町内会の世話役ではなかった。ちょっと……いやかなり違和感がある。ええっと、なんだっけ。ああ、そうだ。前に異世界物のアニメで見た『冒険者』？　この近くで映画の撮影《さつえい》とかコスプレ大会みたいなのがあったのかな。まぁ似合っているけどさ。

とりあえず言葉は一応通じているから、日本での生活が長い人なのかもしれないなって思った。ハーフとかクォーターっていう線もありか。

「えっと、あの、助けてくれてありがとう、ございました」

俺が頭を下げると、男は相変わらず人好きのする笑顔で口を開いた。

「ああ。それでお前さんはなんだってあんな所にそんな格好でいたんだ？」

「………さぁ」

なぜでしょう？　頭の中に無数の『？』マークが浮かんだ。そうだよね。イケオジだのなんだのって目の前の男の観察をしている場合じゃなかった。

俺は改めて周りを見た。うん、家だ。絶対に公園にある遊具ではない。心臓がドキドキし始める。まずい事が起きているんじゃないかって、岩に打ち付けたせいだけじゃなく頭が痛み出す。

「こ、ここは、貴方《あなた》の家なんですか？」

「いや、さっきも言ったけど、『メイコスの森の小屋』だ」

「…………」

地名にまったく覚えがないというのは、こんなにも不安な事なのか。俺は縋《すが》るような気持ちでもう一度同じ言葉を繰り返した。

「あの、ここはどこなんでしょうか？」

目の前の男が、さすがに「なんだこいつ」というような表情を浮かべた。

「はぁ？　だからメイコスの森の」

「いえ！『メイコスの森』がどこだか分からないんです！」

聞いた事もないよ、そんな所！　俺はズキズキと痛む頭に顔を顰《しか》めながら口を開いた。

一万歩譲《ゆず》って『メイコスの森』が公園の名前だったとしても、どこの都道府県にある公園だよ。そんな公園知らねぇし。いやもう、どう考えても公園内には思えないけど！

「……他国から来たのか？　冒険者にしては若すぎるだろう。いくつなんだ？」

顔が良いおっさんが目を眇《すが》めると、今までとはまるで違うきつい印象になった。だけどここで負けたら駄目だ。

「十九」

「はぁ!?」

先ほどよりも大きく、高めの「はぁ!?」をいただきました。嬉しくないけど。でも俺は嘘なんて言っていない。今年の春に高校を卒業して大学に入ったんだ。まだ一年は経《た》っていないけど十九にはなっている。

「おいおい、いくら俺でもそんな嘘には騙《だま》されない。小綺麗な格好をしているが、どこかの貴族なのか、まさか奴隷商《どれいしょう》から逃げてきたんじゃないだろうな？」

「貴族？　奴隷商……？」

今度はこちらが驚く番だった。いつの時代だよ。これはもう絶対におかしい。話が噛み合わない以前の問題だ。年はマジで十九だし、大体普通のシャツとチノパンのどこが小綺麗な格好なんだよ。

「…………」

嫌な汗が出てきた。何が起きている？　俺は今、間違いなく日本語を話している。だけど目の前の外国人の言葉が分かる。だからこの男は日本語を話していると思っていたけれど、日本国内では現在貴族も奴隷制度もない、筈《はず》だ。俺、どうしたらいい？　奴隷商って奴《やつ》に引き渡されちゃう？

「あ、あの、ここって、その、ええっと……」

何度目かの同じような問いに、男は片眉《かたまゆ》を器用に上げたまま、胡散臭《うさんくさ》そうな顔つきで「ヘヴガイドル王国のメイコスの森の中だ」と言った。

「ヘヴガイドル……」

やっぱり聞いた事のない国名だ。俺は本気で泣きたくなってきた。

「それで、お前は？　どこから来た？　名前は？　なぜあそこにいた」

イケオジは今までとは態度を変えて、冷えた瞳でそう尋ねてきた。万事休《ばんじきゅう》す。だけどここで適当な事を言っても余計に話が拗《こじ》れるだろう。俺はコクリと唾《つば》を飲み込んでからゆっくりと口を開いた。

「そ…颯太《そうた》、緑川《みどりかわ》颯太」

「ソウタ？　聞かない名前だな。ミ…ノイカ…ワ？　姓を持っているって事はやっぱり貴族なのか？」

「知らない。少なくとも俺は貴族じゃなくて、ただの大学生だ。日本っていう国に住んでいた」

「ニホンなんて国は聞いた事がないな。ダイガクセイ？　っていうのはなんだ？」

俺は目の前が真っ暗になった気がした。夢なら早く覚めてほしい。

「大学生は、大学に通っている学生……ああ、無理か。通じないか。ええっと、勉強をする所なら分かるかな？　分からないのか？　！　っ……あぅぅぅ！」

思わず頭を抱《かか》えて岩に打ち付けたらしいところに触れてしまい、痛みに呻《うめ》く俺を男は黙って眺めていた。

どうやらこれは、もしかして、もしかしなくても、あのアニメとか、小説とかで有名な『異世界転移』ってやつなんじゃないだろうか？　ほら、トラックとかに轢《ひ》かれて死んじゃって、違う世界へって……あ、それは転生の方か。いやどっちでもいい……良くはないか。だって転生だったら俺は元の世界で死んじゃったって事だよね？　それとも神隠しみたいにどこかの世界に紛《まぎ》れ込《こ》んでしまったんだろうか。俺、ファンタジー脳じゃないからその辺の事はさっぱり分からないんだけど！

「…………あの、ここは俺の知っている所じゃないみたいだ。それで、その今更なんだけど貴方の名前は？」

「俺はダグラス。冒険者をやっている。この近くで依頼があってギルドに帰る途中だ。残念ながら俺には治癒《ちゆ》魔法はないから、その頭の傷を治してやる事は出来ないが、お前、ああ、ええと、ソウタがよければ町には連れて行ってやる。どうする？」

イケオジはどうやら本当に面倒見の良い、町内会の若旦那気質《かたぎ》の人だったらしい。俺が小学生の時にもこういうおっさんいたよ。外国人でも冒険者でもなく非常勤講師で、転校生だった俺を気にかけてくれた人。もっとも半年後にはまた親の転勤で転校だったけどね。

「お、お願いします」

こうして俺は冒険者のダグラスと、ギルドがあるという町に向かう事になった。

◇◇◇

ヘヴガイドル王国のメイコスの森から一番近いギルドのある町は『ノーティウス』だそうで、歩きで二・三日ほどかかるらしい。ちなみにギルドっていうのは大きめの町には大抵あって、身分証明書みたいなの出してくれる役所と、職業安定所？　が合わさったみたいな感じなのかな。

一晩寝ても、状況が変わらなかったので、もうここでどうにかしていくしかないんだと覚悟を決めて、俺はダグラスの厚意に甘えた。小中学生の時は転校が多かったから、こういう切り替えは結構得意なんだ。幸いにも打った頭は大きな傷にはなっていなくて、たんこぶがあるだけだった。

ダグラスは素晴らしい事に氷が出せる魔法ってやつを使えたので、しばらく冷やして一晩寝たらだいぶマシになった。

「ソウタ、そろそろ行くぞ」

「うん。あ、ダグラス、これって薬草？」

「ああ？　よく見つけたな。これはさっきのより高く買い取ってもらえる筈だ」

「マジか！　あそこに沢山あるんだ。もう少し採《と》ってきてもいい？　えっと、これは上の部分だけでいいんだよね？」

「そうだ。葉と茎の部分だけで買い取ってもらえる。根はそのままにしておかないと次が生えないからな」

「分かった！　ありがとう」

俺は嬉々として薬草がある場所へ戻った。そしてもう一度、薬草だと言われたそれの傍《そば》に見えるものを確認する。

うん。やっぱり俺の視界に映《うつ》っている情報に間違いはないらしい。

お金がないって言ったら、足しにはなるだろうって、ギルドに行くまでの間、俺はダグラスに教えられるままに薬草を摘んでいるんだけど、なぜか見えるんだよね。草の名前が。

まるでゲームの画面みたいに、『これ何？』とか『薬草どれ？』とか思うと、タグのような感じに情報が視界に出てくるんだ。

これって、もしかして転生とか転移のおまけってやつなのかな。ほんとに俺、異世界転生か異世界転移っていうのをしちゃっているのかな？　それと疑問はもう一つ。鏡がないからよく分からないんだけど、俺はもしかして俺のままじゃないのかな。だって、俺は元の世界でそんなに子供に見られた事はない。まぁ外国人から見ると日本人は若く見られるって言われるけど。でもそうしたら三十代に見えるダグラスはもっと若いのかな。

そんな事を考えながら、ダグラスが貸してくれたマジックポーチっていう小物入れの中に採った薬草を入れて、俺はダグラスの所に戻った。

「ごめん、時間かかって」

「いや、どのみち今日中にはノーティウスにもその手前の村にも着けないから同じだ」

ダグラスはそう言って歩き出した。俺もその隣に並んで歩き出す。歩幅《ほはば》が全然違う筈の俺がこうして隣を歩いていられるのはダグラスが歩く速度を俺に合わせてくれているからなんだよね。気付いた時はさすが気配りの『イケオジ』だって思ったのと同時に、なんだかすごく嬉しかった。こういう事が自然に出来るっていいなって思ったよ。

「ねぇ、メイコスの森みたいにこの辺には小屋とかはないの？」

「ない。この辺りはそれほど強い魔物は出ないから、わざわざ除《よ》ける術を施《ほどこ》したような小屋は必要ないんだ」

「え？　あの小屋って魔物除けの術がかかっていたの？」

「ああ、言ってなかったか。そうだ。そのお陰で見張りを立てなくても眠る事が出来る。この辺りだと単独の野宿一択《いったく》だな。もう少し先に商隊が休むような所があるから、今日はそこまでは行きたい。うまく商隊が居れば交代で見張りが出来る」

「ふぅん。そっか。分かった」

本当は分かったような、分からないような感じだけど、とにかく安心して？　野宿が出来る場所まで歩かないと駄目なのは分かった。

ダグラスは俺が本当に何も知らない事が分かると、歩きながらこの世界の事を教えてくれた。

今、俺達がいるヘヴガイドル王国は、東を海、西をサダルシア王国、南をエステイド王国とマルメリアン王国、北をミルダン国とボルジダン王国に囲まれている。そして海以外の外側はものすごい高い山に囲まれていて、他の国はよく分からないそうだ。

海の向こうにも山の向こうにも他の国が存在するかもしれないけれど、交流はない。

ようするに六つの国で回っているような世界なんだって。だから、そんなにやんちゃな国もないって事なのかな。戦争がない国から来た俺にとってはそれだけでもありがたい。

ヘヴガイドルは海があるためか、商業が盛んな国でもあるそうで、商隊が行き来をしている事が多いのだそう。ちなみに海があるのはヘヴガイドルの他は南のエステイド王国とマルメリアン王国の二国だけなんだって。

そんな感じで国の話、通貨の話、それから魔法の話を聞きながら歩いて、疲れてくると休んで、薬草摘んで、歩いて……。

やがて、夕暮れ色の先にいくつかの馬車が見えてきた。

「ああ、ツイてるな。商隊だ。うまくいけば保存食じゃないものが食えるぞ」

「え？　マジ？　やった！」

ダグラスの言葉に俺は思わずガッツポーズをしていた。だってしょっぱくて固い干し肉？　は本当に顎《あご》が疲れるから、それじゃないのがあったらすごく嬉しい。

さすがに痛み始めている足に最後の力を入れて、俺はずっと加減をして歩いてくれているのだろうダグラスの横に並んだ。今更だけど、背が高いなって思った。そしてひげが目立ち始めてもイケメンはイケメンなんだな。

2　俺の瞳がなんなのさ

「馬だ～」

ダグラスが隣にテントを張らせてもらってもいいか商隊に聞きに行っている間、俺は並んでいる馬車を眺めていた。大きな商隊なのか馬車は五台もあって、馬は二頭立て。つまり十頭の馬が飼葉《かいば》をもらって休んでいる。

「すげー！　なんか一生懸命食べていて可愛《かわい》い。でも馬は俺の知っている馬と変わらないんだな」

サラブレッドというよりは道産子《どさんこ》系のどっしりとした感じだ。

「なんだ、坊主。馬が珍しいのか？」

商隊の人なのか、髭《ひげ》をはやしたオヤジが話しかけてきた。

「あ、はい」

「どこからきたんだ？」

「えっと、東の方」

「東？」

「ああっと、これからノーティウスのギルドに行くんだ」

「ノーティウスのギルド？　じゃあお前冒険者なのか？　いや、登録出来ないだろう？」

男は眉根《まゆね》を寄せて訝《いぶか》し気《げ》な表情を浮かべた。

「え？　なんで？」

「ギルドに登録出来るのは十五歳以上だからな」

「俺、十九だし」

「はぁ⁉」

ああ、またもやでかい「はぁ⁉」をいただきましたよ。俺、一体いくつに見えているんだろう？

「ええと、俺、いくつに見えますか？」

「ああそうだな。十二か……十三くらいにしか見えないな………」

顔を覗き込むようにして言いながら、なんだか髭オヤジの様子が変だなって思った。

え？　何？　ちょっと顔近くない？　そんなに顔を近づけて見なくても分かるよね？

ギルドに登録出来ないと思ったって事は、十五には見えないって思っていたって事でしょう？　ちょ、ちょっと肩を掴むのやめてくれ！　それともこの国のスキンシップってこんな感じなのか？

「ちょっと！　顔が近いって！」

近づいてくる顔をよけようとして腕を振った。だけどそんなものは全く関係ないみたいに、今度は腰に腕が回る。さすがにこれはおかしいと俺はオヤジの顔を押し返すようにして大声を上げた。

「やめろってば！　気持ち悪いんだよ、このくそオヤジ！」

「おい、何をしているんだ！」

馬車の向こうから顔を覗かせたのはダグラスだった。

「ダグラス！」

「俺の連れに何か用か？」

そう言いながら、ダグラスはいとも簡単に俺の身体をひょいと自分の方に引き寄せた。

「あ……ああ、ええっと……悪かったな」

髭オヤジはそう言って、どこかぼんやりしたような感じで頭を振りながら去っていった。

「……何があったんだ？」

「分からない。馬を見ていたら、馬が好きなのかって聞かれて。ノーティウスのギルドに行くって言ったら十五歳以上じゃないと登録出来ないって」

「ああ」

ダグラスは「そうだな」と言いながら頷いた。

「それで、俺が十九って言ったら信じられないみたいだったから、じゃあいくつに見えるんだって言ったらいきなり顔を近づけてきて、腰に手を……」

「……まあ、確かに十九には見えないな。十五も怪しい。ほら、行くぞ。見張り番の交代に組み込んでもらえた。食事も分けてもらえるそうだ」

「え！　やったー！」

今の不快な出来事が一気に消し飛んで、俺は思わずぴょんと飛び跳ねた。

結構大きな店の商隊だったようで、護衛は十五人もいた。

そこに一晩だけとはいえ、見張り番の交代に組み込んでもらえるというのは、かなり珍しい事らしい。

食事はなんと鍋《なべ》のようなものが出た！　特に寒いという気温ではないが、それでも温かいものが口に出来るというのはやっぱり嬉しい。

俺が料理好きだったり、天才的に美味《おい》しいものが作れる才能があったりすれば良かったんだけど、残念ながら元の世界では高校までは親元にいたし、大学に入ってから一人暮らしを始めたものの、ほとんどレトルトかコンビニ弁当にお世話になっていたからな。

そういえばラノベにあるようなスキルとかチートとかってどうやって分かるんだろう。ちょっと恥ずかしいけど「ステータスオープン」とか言うと見えるのかな。

あとでやってみよう。やってみるだけならタダだし。何かいいものがあればラッキーだし。

「あちちち、でも美味しい」

カップに入れてもらったごった煮みたいなスープを食べて、俺はふうと息をついた。

「疲れたか」

「うん。こんなに歩いた事なかったから。でも平気。ダグラスと一緒に見張り番するよ」

そう言うとダグラスは「子供に見張りをさせるほど落ちぶれちゃいない」と言う。また子供扱《あつか》いだ。

う～～～～ん。

「あのさ、俺はいくつに見えるのさ」

「ああ？　子供」

ダグラスの説明は雑過ぎだ。でも俺はくじけずに言葉を続けた。

「子供って。この国はいくつになったら大人になるわけ？」

「十五だ」

「過ぎてんじゃん！」

「…………」

くっそー、信じてないな。

「じゃあ、ダグラスはいくつなんだ？」

「俺か？　俺は三十四だ」

うん。大体見た目通りだな。じゃあ俺の見た目は十二、三歳なのか？　ううん……。

「なぁ、どうして冒険者になったんだ？」

「……生きていくためかな。商人や職人は向かないと思ったから」

「ああ、それはなんとなく分かる」

俺がそういうとダグラスはふっと笑って、俺の髪をくしゃりとかき混ぜた。

くっそー、どこまでも子供扱いしやがって。

「疲れたなら休め、あそこにテントを張ってある。中に毛布があるからかけて寝ろよ。腹を出して寝ると壊すからな」

「腹を出してなんて寝ないわ！　ったく、十九だって言っているのに」

「分かった、分かった。自称十九歳は寝て体力を戻せ。明日は早めに出るぞ。出来ればノーティウスの手前にある村まで行きたい」

「……分かった。その……今日は色々ありがとう。おやすみなさい」

スマホもなければ、ゲームも、テレビも何もない世界。

日が落ちて暗くなってしまえば、明かりは赤々と燃える焚火《たきび》だけで、聞こえてくるのは男達の笑い声だけだ。確かに子供に見える俺は寝るしかないな。

言われたテントに行って、履《は》いていたスニーカーを脱いで、テントの中の端に置き、そのまま自分もテントに入る。見た目より中は広かったが、どう大きめに見ても二人用だろう。きっとダグラスのガタイがでかいからこのサイズなんだと思う。

「はぁ、昨日のベッドが懐かしいな」

そう言って、懐かしいと感じたのがあのログハウスのベッドなのがなんだかおかしくて、俺は用意をされていた毛布を頭からかぶった。

そういえばステータスを確かめようと思っていたんだったと思ったのは一瞬だけだった。


ふっと目が覚めた。すぐ隣にダグラスが寝ていて、その近さにちょっとびっくりする。

まぁ、そうだよな。どうやら俺はこの世界の人達にとっては子供サイズらしいし、添い寝みたいになるよね。

それでも気を遣《つか》ってくれたのか、毛布は俺だけがかけていて、ダグラスは自分のマントをかけて寝ていた。なんだかそれも申し訳ない気がした。

「……っん？　どうした？」

ごそごそしていた俺にダグラスが薄目を開ける。

「起こしてごめん。見張りは？」

「終わった、もう少しで夜明けだ。まだ寝てろ」

「うん……」

だが、気付いてしまうとそれはちょっと我慢が出来ない。

「……どうした？」

「……トイレ」

「ああ？」

「ええっと、その……」

「小便か？　外でして来い。まだ暗いからな。間違ってもテントにかけるなよ」

「分かっているよ！」

毛布から這《は》い出《だ》して俺はテントの外に出た。

「うわ、さむ……」

季節的にはいつくらいなんだろう。まだ暗い中に見張り番の焚火が赤々と燃えているのが見える。

夜明けまでの順番の人達だろうか。

結局ダグラスに任せてあのまま眠ってしまって申し訳なかった。

焚火から少し離れたあたりに座っていた男と目が合ったので、申し訳程度に会釈《えしゃく》をして、俺は林の中に入った。

テントの裏側なら向こうからは見えないだろうと思ったけれど、この暗さで見える筈もないか。

「あ〜あ、トイレの生活に慣れていると、こういう所でするのってなんかこう、抵抗があるなぁ」

それでもなんでも仕方がない。ガサゴソとズボンの前を緩《ゆる》めて、排泄《はいせつ》をすませると俺はテントに向かって歩き出した。

すると……。

「よぉ」

「あ、ども。お疲れ様です」

この人もトイレなのかなと思いつつ、少しだけ足を早めるとなぜか腕をとられた。

「あ……の？」

「お前、ガキのくせに、あいつとやってんのか？」

「はぁ？」

「あんなおっさんより、俺に乗り換えないか？　よくしてやるぜ？」

にやにやと嗤《わら》う顔。俺にしてみればお前もおっさんだと思ったけれど、こういう奴は何を言っても自分の思う通りにならないと気が済まないんだろうなとうんざりする。それに他人の性的指向をとやかく言うつもりはないけど、俺は男とヤる趣味はない。まぁそれ以前に元の世界ではドーテーだったけどね。それでも彼女は二度ほど居たんだよ。一応ね。居た時もあった……ってくらいだけどさ。

「じゃあ、さっそくあっちで」

「いえ、間に合ってますから」

「おいおい、そっちから誘ったんだぜ？」

「はぁ⁉　誘ってねぇし、およびじゃねぇよ！」

つい大きめの「はぁ⁉」が出た。馬鹿か！　なんで俺が誘うんだよ。目が悪いにもほどがある！

ムッとしながらそう返して、手を振りほどこうとした途端、俺は男の腕の中に抱き込まれた。

「ちょ！　やめ！　何すんだよ！　勝手にサカってんじゃねぇ‼」

「そう言うなって。ほらその気になるだろ？」

耳元に吹きかけられる息と背中に回った手が尻《しり》の方へ下りてきて、俺は今度こそ声を上げた。

「なるか、変態！　だ、誰かーっ！」

「チッ！」

チじゃねぇし！

「おい！　何をしているんだ！」

ダグラスがテントから出てきてくれた。

「ダグラス！」

「誘ったくせに……」

男は吐き出すようにそう言って俺を放した。

「た、助かった。ありがとう。あいつがいきなりサカってきたんだ」

「……ったく。ああ、もう少し眠れたんだがな」

「え？　起きるの？」

「んん〜。さすがに早すぎるかな。まぁ、揉《も》めるのも面倒だし早めに準備をして出よう。それにしてもこんな事が二度も続くなんてな」

ダグラスが眠そうな顔をしながらも首をかしげる。

「それは俺の方が聞きたいよ。俺は子供に見えるらしいけど、この世界の人は小児愛的な嗜好《しこう》がある奴が多いのか？」

「まさか！　そんなのは聞いた事がない。とりあえずあと少し、夜明けまでは身体を休めよう。それで挨拶《あいさつ》をしたらすぐに発《た》つ。いいな？」

「分かった。……助けてくれてありがと」

俺はボソボソとそう言ってダグラスと一緒にテントに戻った。


ウトウトしているうちに夜が明けた。周りが騒がしくなっていく気配を感じて俺は慌ててテントを出た。一緒にいたダグラスはすでに外に出ている。

「起こしてくれたら良かったのに」

夜明け前に騒いで起こしちゃったからダグラスは多分ほとんど寝ていない筈だ。申し訳ない気持ちと勘違い男への怒りが再燃してバサバサと毛布をたたみ、テントはどうやってしまえばいいのかとちょっと途方に暮れていると後ろから「ソウタ！」とダグラスの呼ぶ声が聞こえた。

「ダグラス？　何？」

「ちょっと確認なんだが、お前、昨日の奴と今朝《けさ》の奴にちょっかいを出したりはしてねぇよな」

ダグラスの後ろには見た事のない、これまたガタイの良い男がいた。もしかしてこの世界ってガタイの良い男ばっかりなのかな。だが今はそこじゃない。言いたい事は分かるけど、それをわざわざ尋ねてくるダグラスにちょっとムカついて、俺は「ちょっかいってどういう事？」と面倒くさそうな声で問いかけに問いかけで答えた。

するとダグラスもやれやれと頭を掻《か》きながら、同じく面倒くさそうに口を開く。

「あ～、つまりだな」

「小遣い稼《かせ》ぎに誘ったって事だよ、小僧《こぞう》」

ダグラスの後ろにいた男がむっとしたような顔を俺に向けた。

「ああ？　なんだって俺がおっさんを誘わなきゃなんないんだよ」

「だから金稼ぎをしたかったのかって聞いているんだ」

「！　馬鹿にすんな！　俺は男娼《だんしょう》じゃねぇ！」

「なら、なんで誰かれ構わず誘っているんだ？」

「……何それ？　俺がいつ誘ったよ？　ここの連中は自意識過剰《かじょう》なのか？」

「ソウタ！」

「だって！　いきなり抱きついてきたり、尻を触ろうとしたり意味分かんないよ！　あげくに誰かれ構わず誘っているなんて、俺はどんな淫売《いんばい》なんだよ。馬鹿にするにもほどがある！」

感情が高まって少し涙目になった俺にダグラスは「はぁ」と溜息をこぼした。

「こいつが誘ったっていうのは何かの間違いだろう。こういう性格でとてもそんな」

「それだよ！　その瞳だ！　その瞳が誘っているんだ！　くそう！」

そう言うと男はそのまま踵《きびす》を返して去って行ってしまった。

「え？」

ちょっと待って、今のどの辺が誘っていたっていうんだ？　喧嘩《けんか》を吹っかけたっていうなら百歩譲って「そうかもな！」って感じだけど。誘う？　え？　誘う……？　えええええ？

「ダグラス……」

俺は呆然《ぼうぜん》とした声を出していた。

「なんだ？」

「今のやり取りで、俺、誘っていた？　ふっかけられた喧嘩を買おうとしたんじゃなくて？」

「いや……その……分からん」

さすがのダグラスも困惑したような表情を浮かべている。

そうだよね。それが普通だよね。ムカついて怒鳴り返して誘われたと感じるなら、それはそいつの性癖《せいへき》なんじゃないのか？　いや俺は、俺を巻き込まなければ、他人様《ひとさま》の性癖をどうこう言うつもりはないけど。

「俺の目、男を誘っていますか？」

思わず敬語になった。

「……いや、睨《にら》みつけていたが、誘っているようには見えないな。少なくとも俺には」

「だよね。あ、もしかして、ここって怒鳴られたり嫌がられたりすると興奮する人が多いとか？」

「そんな事あるか」

「良かったよ。そんな所じゃなくて……」

でもそれならなんでこんな因縁《いんねん》をつけられなきゃならないんだよ。

「俺は、誰も誘ったりしていない！　これでもギルドっていう所に着いたらどうすればいいのかって考えるだけで結構いっぱいいっぱいなんだ」

「ああ」

「身体売って金をもらうなんて考えてもいなかったし、大体売れるような身体じゃないし」

「まぁ、それは相手によりけりだが……そうだな」

「一体ここはどこなんだ。俺はどうしてここにいるんだ。誘うってなんなんだよ！」

頭を抱《かか》えた俺にダグラスは「もういい」と言うと、ばさりと頭の上からマントを被《かぶ》せてきた。

「え？　何？」

「お前のだ。ちょうど小さめのものを扱っていたから買った」

「い、いいの？　俺、ほんとにお金ないんだけど」

「嫌な思いをさせた詫《わ》びだ。それを着て、出発するぞ」

「ありがとう……」

マントもそうだけど、ダグラスが信じてくれた事が嬉しくて、俺は見よう見まねでマントをつけると、テントを片付けて手早く出発の準備を整えたダグラスの後ろに続いた。

商隊は出発の支度《したく》で忙しそうだった。暗くなると進めなくなるから、出発は早いんだなって思った。

瞳がどうとか言われたから、なんとなく俯《うつむ》き加減になる。だってこれ以上わけの分からないごたごたはご免《めん》だからな。

ダグラスは商隊のトップらしい人に挨拶をしていた。そして今度こそ「行くぞ」と言われて頷いた。するとまた知らない男が近づいてきた。

「行くのか」

「ああ、世話になった。助かったよ、あんたがいてくれて話が早かった」

「いや、こっちもバタバタしてすまん。A級のあんたとやりあうつもりはないんだ」

「助かる」

「とりあえず、忠告だと思って聞いてくれ。その坊主には気を付けた方がいい。何か持っていると思う」

護衛のリーダーらしい男はそう言った。

「出来れば早めに調べた方がいい」

「分かった。忠告ありがとう。ソウタ行くぞ」

「……うん」

何かってなんだよ。ちくしょう。あいつらがおかしくなったのは俺のせいだって言いたいのかよ。

「ふざけんな！」って思いながらダグラスと一緒に歩き出した瞬間、男がいきなり俺の腕を掴んだ。

「な……！」

「目だ」

「はぁ？」

まだ何か因縁をつける気か？　思わず睨みつけるように見上げると、男はいきなり、ばさりと帽子をかぶせてきた。

「何すんだよ！」

売られた喧嘩なら、拳《こぶし》は無理だけど、口でなら買うぜ！

「それをやる。出来るだけ視線を他人と合わせないようにしろ。いいな？　そうでなきゃお前、犯《や》り殺《ころ》されるかもしれないぜ？」

「――――！」

「ソウタ！　行くぞ」

「！　分かったよ！」

掴まれた腕を振り払って、俺はダグラスの後を追いかけた。視界の端でさっきの男が自分の目を押さえて、息をついているのがチラリと見える。

なんなんだよ、一体！　俺の目がどうしたんだよ！

「ソウタ」

「何？」

「人のいる所では大人しく帽子をかぶっておけ」

「何それ」

「いいから」

「…………俺の顔、こっちに来てから見た事ないけど、そんなに男を誘うような顔なの？」

「そうじゃない」

「ダグラスは平気じゃん。あの人達長い護衛で、その、溜まりすぎて」

「ソウタ。子供の言う事じゃない」

「…………」

「それに俺は【状態異常無効】のスキルがあるんだ」

うん？　それはどういう事なんだ？

俺はかぶりなれない帽子の下で、これ以上出来ないほど眉根を寄せた。

◇◇◇

言われた意味が分からないまま、俺はただひたすら歩いていた。

頭の中に浮かぶのは「誘った」って言われた事と、「目を合わせるな」って言われた事。そして何か持っているって言われた事だ。

ダグラスは【状態異常無効】っていうスキルを持っているって言っていた。それを考え合わせると、あまり良くない仮説が浮かんでくる。

俺は〈目を合わせると、誘っていると思わせるような状態異常を、相手に起こす何か〉を持っているんじゃないのかって。

もし、そうだとしたら、滅茶苦茶まずいんじゃないか？

ダグラスはあれから何も言わない。そして俺も何も言わない。だって、ここでダグラスに置いて行かれたら、本当にどうしたらいいのか分からないもん。だから何も言わないまま、子供の頃テレビの再放送で見た『銀河鉄道』とやらに乗る少年のような格好で【鑑定】じゃないかなって力を使って、ひたすら薬草を集めたり、歩いたりを繰り返す。

「そろそろ飯にするか」

ダグラスの言葉を聞いて、そういえばえらく早朝に出発をして朝食さえ食べていなかった事に今更ながら気がついた。途端に空腹を感じてなんだか可笑《おか》しくなった。

「ほら」

差し出されたのは丸いパンのようなものだった。

「嫌な思いをさせた詫びだとさ」

「……え……」

「悪い奴じゃないんだ。冒険者仲間の間では面倒見の良い上級者だって言われている」

「…………いただきます」

固すぎるパンとは違って、全粒粉《ぜんりゅうふん》パンのような見た目のそれは、俺が食べ慣れていたパンよりは固いものの、噛み切れるレベルのもので中には白っぽい肉が挟《はさ》まっていた。

ダグラスは器用に小さなポットみたいなもので湯を沸《わ》かして紅茶のようなものを淹《い》れてくれた。

「……ありがとう」

「ああ」

何を言っていいのか分からないまま、俺はただひたすらパンを噛み締めた。不安な事はあるけれど、それでもこうしてダグラスに出会えたのは俺にとっては大きな幸運だって思った。

「ソウタ。色々考えてみたんだが、お前は『異界渡り』じゃないかと思う」

「『異界渡り』？」

「ああ、俺はまだ会った事はなかったが、俺達がいるこの世界とは違う世界があって、そこから突然落ちてくる人間がいるという話を随分《ずいぶん》前に聞いた事がある。この世界の事を何も知らない、記憶喪失《そうしつ》でもない、そして何か特別な力がある。ソウタのその……よく分からないような力を考えると、間違いないいんじゃないかな」

ダグラスは言葉を選ぶようにしながらそう言った。

気を遣ってくれているんだなっていうのは分かっているから、俺は大人しく頷いて口を開いた。

「俺の特別な力が、その……どういうものなのかはよく分からないけど、違う世界からっていうのは俺もそうかなと思う。だってここは俺が住んでいた所とは全く違うから」

「ああ……」

「でも、その『異界渡り』っていうのは皆特別な力があるものなのか？」

「と言われている。詳《くわ》しくは分からないけれど、異界から来たのに言葉が分かり、魔物をものすごい力で倒したとか、見た事もない魔法を使ったとか、信じられないような魔道具を作ったとか、そんな力があったと聞いた」

俺は何も言えなくなってしまった。神様、もしもいるんだったら、俺もそういう方が良かったです。〈目があったら男を誘う〉なんて、そんなレアすぎる力は欲しくなかったです。心から！

「……俺、最初に会ったのがダグラスでほんとに良かった」

「ああ？」

ダグラスがカップに口をつけたままこちらを見た。

「だって、俺が本当に『異界渡り』だったら、俺の力って……その……見ただけで男を誘ってその気にさせるんだよね」

「……まぁ、調べてみないとはっきりとは言えないがな」

ダグラスは困ったように言葉を濁《にご》して視線を逸《そ》らした。

「そうだけど、でも本当にそうだったら、俺今頃さっきの奴が言っていたみたいに犯り殺されていたかもしれない。わけ分かんない所にきて、いきなりそんなの嫌だよ。ダグラスが【状態異常無効】ってスキルを持っていて良かった。ダグラスみたいな面倒見の良いイケオジに拾ってもらえて良かった。俺……」

「やめてくれ、ガラじゃない。大体なんだ？　その『イケオジ』ってぇのは」

「イケてるおじさん」

「はぁ!?」

「ええっとね、かっこいい、おっさん」

「おっさんかよ！　ああ、まぁそうだな。かっこいいおっさんか。ありがとよ、ソウタ」

ダグラスはニヤリと笑って俺の頭を大きな手でガシガシとした。おい、やめろってばよ！　本当はちょっとムカついているのか？　大人げないぞ、ダグラス。ああ、もう……。

ぼさぼさになった髪を手ぐしで直しながら、俺はこの世界では本当に子供に見えるんだなって改めて思ったよ。

「なぁ、ダグラス。俺の目についている変な力ってさ、なんていう力なんだろう？　他にも居るのかな」

「う〜ん、はっきりは分からないけど、瞳に【魅了】っていうのがあるんじゃないかな」

「【魅了】？　うう〜ん、いらない。嫌われるのは嫌だけど、むやみに誘ったって言われるのは結構メンタルやられる」

「メンタル？」

「ああ、精神的なダメージじゃなくて、精神的に落ち込む」

「ああ、そうだな。とりあえずは予定通りにギルドに行って【鑑定】だ。ソウタが本当に十九歳なのかも分かるし、ついているスキルや魔力の事も分かるだろう」

ギルドに行くのはいいとして、本当に十九歳なのか分かるってちょっとムカつく。それにもう一つ懸念《けねん》事項というか、なんというか……。

「あ、あのさ、お金の事ばかり言うのも嫌なんだけど、それってただなのか？」

「冒険者登録するには金がかかる。登録せずに【鑑定】だけしてもらう事も出来るが、やっぱり金がかかる。ちなみに【鑑定】は教会でも出来るけど余計な加護がついていたり、希少な魔法が使えたりすると面倒な事になるから勧めない。ちなみにやっぱり金がかかる」

「うん。分かった。どれでもタダじゃないんだね。食休みに薬草摘んでもいい？」

こうなったら高く売れそうな薬草を【鑑定】して採っていくしかない！

「構わないが、日が高くなったら出発するぞ。今日はノーティウスの手前の村に入ろうかと思ったけど野宿だ。それで明日は早めにノーティウスに入る」

「分かった。ごめんね。その……村じゃなくて野宿させて」

多分、ダグラスが村じゃない所での野宿を選んだのは俺のためなんだよね。村の中でこのおかしな力で迷惑をかけたり、俺自身に何かあったりするのを未然に防いでくれているんだろうな。

「慣れているから平気だ。この辺りは魔物もあまり出ないしな。それに俺も明日中にギルドに依頼の完了報告をしないとペナルティがかかるからちょうどいい」

「へぇ、期限もあるんだ」

「もちろん。期限内に出来なければ罰金《ばっきん》だ」

「……こっちの世界も世知辛《せちがら》いんだな」

そう言った俺にダグラスは「そんなもんだよ」と笑って言った。その横顔がなんだか格好良くて、なぜかちょっとだけ悔《くや》しかった。

日が落ちて、昨日とは比べ物にならないほど淋《さび》しい原っぱみたいな所でテントを張った。ダグラスは手慣れたように焚火を作って、干し肉の入ったスープを作ってくれた。これと見慣れてきた硬いパンが今日の夕食になる。焚火があっても暗くて、星が降ってくるような空の下でこんな風に過ごしているのがなんだかとても非現実的な気がしたけれど、これが今の俺の現実なんだって思ったらものすごく心細くなった。それが顔に出ていたのかダグラスはふわりと笑って口を開いた。

「魔物よけの香を焚《た》いているから大丈夫だ。テントに入って眠ったら朝になっている」

「ダグラスは、眠らないのか？」

「ああ、焚火の番はしないとな。この辺りはそれほど危険な所じゃないから適当に仮眠はするよ。そんな心配そうな顔をしなくてもちゃんと町には連れて行くから安心しろ。明日も早朝から歩くぞ」

「…………うん」

冒険者っていうのは皆こんな感じなのかな。そう思いながら俺は小さく「おやすみ」と言ってテントに潜《もぐ》った。そして思い出して「ステータス、オープン！」ってやつを小さな声でやってみた。鑑定にお金がかかるなら、かからないように自分で確認すればいい。そう思ったんだけど、世の中そんなに甘くないっていうか、俺を異世界に送り込んだ奴がポンコツだったのか、ステータスの画面は現れなかった。

【鑑定】の時はゲームみたいな感じにタグとか説明が出るのに、自分の事は何一つ分からないってなんだろう。納得いかない気持ちで俺は毛布を頭から被った。パチリと焚火が爆《は》ぜる音が聞こえて、ちょっとだけ泣きそうになったのは内緒だ。

3　ノーティウスの町

町に近づいてくるとそれなりに道を通る人も増えてくる。でも帽子のお陰か、いきなり知らない男がサカってくるという事態に遭遇する事もなく、ダグラスに拾われた日から三日目の昼前に俺達は無事ノーティウスの町に入った。

なんとなく想像していたのは古い映画で見た西部劇の町みたいなイメージだったんだけど、サボテンが生えているわけでも、ガンマンがいるわけでも、乾いた草が丸くなってコロコロ転がっているわけでもない。

レンガっぽい色合いの石の建物がきちんと並んで建っていて、しいて言うなら中世ヨーロッパ？　いや、中世ヨーロッパも見た事はないけどね。ただ石畳《いしだたみ》の道がなんとなくそんな感じに見えたんだ。

町の入り口には一応身分証明書みたいなものを見せる所がある。

俺は勿論《もちろん》そんなものはないから、ダグラスのお供《とも》って事で、ギルドで登録するために来たって通してもらった。

「珍しいか？」

キョロキョロしている俺にダグラスがおかしそうに声をかけてきた。ダグラスにとってはありふれた風景なんだろうけど、俺にとっては初めての異世界の町だからね。

「うん。あ、帽子を深めにかぶらないと」

そう言って帽子を深めに直すと、ダグラスは俺の視界が狭《せま》くなっているのに気付いてくれたようで「こっちだ」と手を引っ張ってくれた。

さすが、イケオジ。ちょっと荒めだけど、気遣いがいいね！　そんな事を思いながら手を引かれてやってきたのは、異世界物の定番である『ギルド』だった。

「入るぞ。帽子はそのままにしておけよ」

「うん」

開いた扉。テンプレのようにマッチョな男達の不躾《ぶしつけ》な視線にさらされるとか、子供みたいに手を引かれているとからかわれちゃったりしちゃうんだろうか？　なんて事もちらっと頭をよぎったけど、実際はそんな事はなく、俺達は普通に並んで受付をした。

もっとも、これぞファンタジーっていうような大きな水晶が出てきて「これに手を置いて」と言われた時は思わず「お～！」と声を上げてしまって、ダグラスと受付の女性の失笑を買ったのは恥ずかしかったけど。

さて、俺は本当に『異界渡り』とか言われる転生者で、おかしな力があるのかな。そして瞳についているらしい、このおかしな力は消せるものなのかな。

「は～い、もういいよぉ。残念ながらぁ、ボクはまだ冒険者登録は出来ません～」

受付の女性の間延びした声に俺は思わず「なんでだよ！」と声を上げていた。

「いや、それが普通だろう。それでも予想より少し上だ」

けれど彼女が何かを言う前にダグラスが頷きながら、落ちそうになってしまった俺の帽子を直してくれた。

「だって、俺、ほんとに……」

水晶の鑑定では十四歳だった。なんで？　なんで五歳も若くなっているのかな⁉

「十九っていうのはぁ、ボクの覚え違いかなぁ。どう見ても未成年にしか見えないしねぇ。でも安心していいよぉ。ボクが摘んできた薬草は冒険者じゃなくても買取が出来るからね～」

にっこりと笑った受付のお姉さんが恨《うら》めしい。俺はボクじゃねぇし！

「じゃあ、薬草の方はあっちのカウンターで出してねぇ。それとぉこの紙はいる？」

「いります！」

半《なか》ばやけくそにそう言って、俺は鑑定結果の紙を受け取って、言われたカウンターの方に歩き出した。周囲から笑いを含んだような声が聞こえてくるような気がしてやりきれないって思った。だけどそんな俺にダグラスは「見せてみな」と短く言って、俺の鑑定紙を奪う。

「ふ～ん……ここには出ていないのか。ちょっと待っていろ。あ、帽子を外すなよ」

ダグラスはそれを持って再びカウンターに行ってしまった。

えっと、査定はしてもらってもいいのかな、それともこのまま待っていろって事なのかな。よく分からずに手持ち無沙汰《ぶさた》のままでいると一人の男が近づいてきた。

「どうした坊主。誰かとはぐれたのか？」

「違う。待っていろって言われただけだ」

「ほぉ、見慣れない顔だな。待ってろってぇのは置き去りの常套句《じょうとうく》だぜ？　お前捨てられたんじゃないのか?」

そう言って覗き込んできた男に俺は慌てて帽子を下げた。が、遅かったらしい。

「……俺と来るか?」

「いえ、あそこに連れがいますので」

「そんな事言うなよ。ほら、いい子にしていれば可愛がってやるからさ」

「いえ、間に合ってますから」

「そんな目で誘っておいて、そりゃないだろう?」

そんな目ってどんな目だよ! くっそー、色ボケてんじゃねぇよ! ただでさえ納得いかない鑑定結果にイライラしているんだ。気持ち悪いから顔を寄せてくるんじゃねぇ! という言葉を胸の中だけで抑えた俺を褒《ほ》めてほしい! が〜〜腰も撫でるな!

ギルドで揉《も》めたらダメっていう事ぐらいは俺でも分かるし、これからする査定に響いたらマジで困るからな! なんたって俺は無一文なんだから。威張《いば》っていう事じゃないけど。

「その気になってきただろう?」

なるか、くそボケ!

「ダグラス!」

俺の声にダグラスがすっ飛んできてくれた。

「ソウタ! 俺の連れが何かしたか?」

「なんだよ、ダグラスの連れか? ずいぶん可愛いのを連れているじゃねぇか。でもちょっとお行儀が悪いぜ？」

「ぎょ…」

思わず開きかけた口をダグラスの大きな手が、顔ごと塞《ふさ》ぐ。

「――――っ！」

「すまないな。知人から預かったんだ。まだ子供で登録も出来ない。小遣い稼ぎで薬草を売りたいって言うんでね。見逃してやってくれ」

（窒息《ちっそく》！　窒息する！）

バンバンと目から口まで塞いでいる手をはたくと、ダグラスはそのままクルリと俺を自分の背中に隠した。

「ああ、まぁそう言うなら今日はあんたの顔を立てるよ。坊主、おかしな事をすんなよ。じゃあな」

おかしな事をしようとしたのはお前だ！　と言いたかったが、息が戻らずうまく言葉にならなかった俺は、帽子の下でギュッと唇を嚙み締めた。畜生《ちくしょう》。ほんとに一体なんだっていうんだ。こんな力いらない。絶対にいらない！

「……よく、我慢したな」

「息が、うまく、出来なかっただけだ」

「そうか、それでもよく頑張った。ほら、こっちだ」

ダグラスは俺を連れて先ほどとは違うカウンターへ行った。

そこにはスラリとした、でも筋肉が綺麗についた四十代後半くらいの男が居た。

「こいつか」

「ああ」

「ふ〜ん。確かに目に面倒くせぇもんがついているな。ちょっとここじゃあな。上に上がろうぜ？」

男はそう言って脇にある階段を上《のぼ》っていった。ダグラスと俺もそれに続く。

通された部屋は色々な書類やら、道具やら、武器やらが雑多に積まれていた。

「ああ、坊主には紹介がまだだったな。このノーティウスのギルドマスター、カイザックだ。下の水晶よりも、もうちょっと詳《くわ》しく【鑑定】が出来るんでね。さて『異界渡り』っていうのはどうやら間違いなさそうだな。ええっと、ちょっとこいつを読んでみてくれ」

カイザックはそう言って俺に一枚の紙を見せた。

そこに書かれていた文字に俺は思わず目を見開いた。でもカイザックはとにかく読めと言わんばかりに無言で顎《あご》をしゃくる。分かったよ、読めばいいんだろう？

「…………日本語は『異世界にようこそ』で、英語は『oh my God!』ってバカなのか？　こっちは中国語だな。『我想回家《ウォーシャンフイジャー》』って家に帰りたいって事か？　俺だってそうしたいよ！」

「あー、はいはい。分かった、分かった。過去に来た事がある奴らが書き残した文字でね。確認に使っているんだ。ここでは数年から十数年に一度くらい『異界渡り』って呼ばれる奴が現れたりする。俺が会ったのはお前さんで二度目だ」

カイザックは長い指でVの字を作った。

ちなみに水晶の鑑定紙には名前と年齢と魔法の属性とスキル持ちはスキルが載っているらしいけど、

ちゃんと見る前にダグラスに取られたからよく分からない。でも考えてみれば鑑定紙の文字が日本語なわけないいんだよね。それなのに俺は読めた。十四歳って書かれていたのが分かった。そうか。やっぱり俺はダグラスが言っていた通り『異界渡り』って奴だったんだな。

「…………なぁ、『異界渡り』って、妙な力を持っているっていうのは本当なのか?」

「ああ。だが、持っている力は人それぞれらしい。共通しているのは、こっちの言葉が分かる。お互いにそれは助かるだろう?」

それは確かにそうだ。これで言葉が分からなかったらと考えるだけで恐ろしい。そう思って頷くと、カイザックは唐突に昔話を始めた。

「俺が二十年くらい前に会った奴はとにかく強かった。時々何を言っているのか分からない事もあったが、剣も滅茶苦茶強かったし魔法も派手に使っていたな。だが奴は目立ちすぎた。ただでさえ『異界渡り』で注目されているのに、そんな風に力を使ったら周りの人間は恐ろしくてたまらない。気付いた時には姿を見なくなって噂《うわさ》も聞かなくなった。どこかに囲われたか。始末されたか」

「こっわ!」

俺は思わず声を上げてしまった。

やだ何それ! 嬉しくなって力を使っていたら、恐怖の対象になって殺されちゃうの? ちょっとマジかよ。異世界怖すぎか!

「他には有名な魔道具師になったとか、王族に乞《こ》われて結婚したとか、商人になって財を築いたとか、どこまで本当か分からない話もある。共通するのは珍しいスキルがついていたって事だ。だが、それがどういうスキルかまでは伝わっていない。『異界渡り』自身が隠していた事もあるんだろう。本当はもっと多くの『異界渡り』が居た可能性があるとも言われている。とまぁこれが俺の知っている『異界渡り』についての話だ」

カイザックはどこかやれやれというような感じで口を閉じた。まぁとりあえず昔の事は分かった。でも俺が知りたいのは今の俺自身の事だ。

「あのさ、それで、俺は？　さっき何か言っていたよね。厄介《やっかい》なものとか」

カイザックはチラリとダグラスを見て、再び俺に顔を向けた。

「【魅了】だ」

「【魅了】……」

やっぱりダグラスが言っていた通りなのか。

「本来なら自分に好意を持たせるくらいなんだがな。お前さんのは好意どころか誘っていると思わせるみたいだな」

「――――――っ！」

あぁぁ……やっぱり誘っちゃうのか！　でもさ、俺としては男を誘うよりは綺麗なお姉さんに誘われる方がいいんだよ！　っていうか妙な力で誘ったり誘われたりするようなのはいらないし！

「これ、取れないの？」

「無理だな」

「えっ！　じゃあ俺はずっとこのまま誰かれ構わずお誘いしちゃうわけ？」

「まぁ、相手を見ないようにするか、こいつや俺みたいに【状態異常無効】ってぇのがついているような奴と一緒にいるか。その……まぁ、それを生かした職業に就くか。そいつを武器にして相手を籠《ろう》絡《らく》して上を目指すか」

そう言われて俺の頭に血が上った。ふざけんな！　そりゃああんたは所詮《しょせん》他人事だろうけど、俺にしたら誘う事を武器にして上を目指せなんて言われて黙っていられるか！

「どんな職業だよ！　男娼か？　男娼になれっていうのか！　籠絡って、あんた俺の事を馬鹿にしているのか⁉」

「ソウタ、落ち着け」

聞こえてきた声に俺はキッとダグラスを睨みつけた。

「ダグラスには感謝している！　ここまで無事に連れてきてくれて。でもこれから俺、どうすればいいんだよ。こんな力なんて欲しくない。嫌だ。ねぇ、どうにかならないの？　目を潰《つぶ》すしかないのか？」

「やめろ、もっとどうにもならなくなる。この世界で目が見えない奴なんて生きていかれないぞ」

「詰んだ！　どうしてだよ。俺、普通に生きてきたのに。大学入って、勉強して、それでどっかの会社に入って、夢はないかもしれないけど、人並みに遊びに行ったり、うまいもの食ったり、時々旅行とか行って……。異世界なんて望んでいないのに！」

ぼたぼたと情けなく涙が落ちる。

嫌だ、絶対に嫌だ、誘ったくせにとか言われ続けて生きていくなんて嫌だ。犯り殺されるなんてもっと嫌だ！　大体この力で他人を手玉に取るなんてそんな器用な事、俺に出来っこない。

「ソウタ。とりあえずは俺と一緒にいればいい。それでどうするか考えよう」

「ダグラス……」

あんたどれだけいい人なんだよ。つい拾っちゃった、こんなわけの分からない異世界人。お荷物にしかならないって俺にだって分かるのに。

「…………あれ？　でも受付のお姉さんも俺が見ても全然平気だったよね。彼女も【状態異常無効】っていうのを持っているの？　もしかして【状態異常無効】の人って結構多い？」

それならダグラスに迷惑をかけ続けるような事はないのかな？

「ああ、いや、その、女性は平気みたいだな。【状態異常無効】のスキルを持っている人間は残念だが多くない」

「じゃ、じゃあ、これは男だけを誘うって力なのか……どうして……俺、俺、女の子とだってキスしかした事ないのに……」

カイザックが何も言わずに視線を外して、ダグラスもどうしていいのか分からないような表情を浮かべているのが見えた。

ああ、なんだってこんなところで俺は自分の性事情を話しているんだよ！

「……とりあえず、ダグラスもああ言っているんだし、しばらくはこいつにくっついていろ。こいつはAランクの冒険者だから、一緒にいればそうそうまずい事にはならないだろうさ。厄介なその目をどうにか出来ないか、俺も考えてやるから」

「……分かった」

「それからその帽子は必須だ。ダグラスが依頼でどうしても一緒にいられない時はギルドに来い。俺のところで【鑑定】していろ。持っているだろう？　【鑑定】のスキル。手当は出してやる」

「あ、ありがとう、ございます」

カイザックは鑑定紙をひらひらとして見せた。良く見たら、俺の鑑定紙には《ソウタ・ミドリカワ　十四歳　無属性　鑑定》とあった。

水晶だとこれだけしか分からないのか。というか、これだけでも鑑定料がかかって、更に冒険者になるための登録料がかかるのか。

「とにかく『異界渡り』って知られるのは面倒だから言うなよ。それだけで特別な力を持っていると思う奴もいるし、何かは分からないけど、持っている力とやらを使ってやろうと思う奴もいるだろう。【魅了】はともかくとして、【鑑定】のスキルが欲しい奴は山ほどいるだろうしな」

カイザックの言葉に俺は「【鑑定】は珍しいスキルなのか？」と聞いた。

「まぁ、珍しいというか、商人は欲しがるだろうな」

「そうか……」

「それと」

「え！　まだあるのか？」

驚く俺にカイザックは表情を変えないまま鑑定の紙をトントンと指さした。

「ここに、無属性ってあるだろう？」

「無属性って、魔法が使えないんじゃないの？」

「違う。どちらかと言えばその反対だ。お前が持っているのはスキルとして【言語理解】、【鑑定】、【魅了】。そして魔法属性は無属性の【創造魔法】だ。俺に見えたのはその四つだ」

「【創造魔法】？」

「魔法はイメージだ。【創造魔法】はいわば神の領域だよ。魔法を作り出す事が出来るんだ。未知のもんだな」

「…………」

俺の顔から今度こそ表情が抜け落ちた。

いや、だから、いらないんだってば。そういうチート系なのは。【魅了】だけでも手一杯なのに、何それ。神の領域？　そんなものは神様だけが持っていればいいんじゃないかな？　俺は、俺は、地味でもいいから平穏で幸せな生活を送りたかったんだよ。

「ダグラス……俺、よ、よろしくね」

泣きそうな顔で振り返ってそう言うと、イケオジA級冒険者のダグラスは小さく笑って「分かったよ」と言ってくれた。


話の後、ギルドで俺が採った薬草を買い取ってもらった。珍しいものもあったみたいで、なんと銀貨八枚と銅貨五枚と鉄貨六枚になった。

ちなみに鉄貨は十円、銅貨が百円、銀貨は千円、金貨が一万円くらいの価値らしい。その上は白銀貨が十万円、大金貨は百万円とか。この辺りは俺には関係なさそうだな。

なので、薬草は八千五百六十円くらいになった。すごい！　やるな、草！

食事とか全部ダグラス持ちだったから、少し払うと言ったら、貯《た》めておけと言われたので有難《ありがた》くそうさせてもらう事にした。こっちの世界で十五歳になった時、冒険者登録するのにお金がかかるもんね。ちなみに薬草摘みを継続的にやるなら『冒険者見習い』って事で仮登録をしてもらえる事になった。仮だから登録はタダ。でも薬草摘みしか出来ない。後はギルドで【鑑定】を使った手伝いだ。それでも何も出来ないでどうしたらいいのか分からない状態よりはいい。

「ありがとう」

シュンとしてそう言うとダグラスは「いつもの勢いがなくなったぞ」と言う。

そりゃなくなるよ。だって欲しくもない【魅了】だの、【創造魔法】だの。もういっぱいいっぱいだよ。しかも過去の『異界渡り』が力使いすぎて粛清《しゅくせい》されちゃったかもなんて聞いたらさ、絶対に隠しておこうって思うよね。

帽子をこれでもかと目深《まぶか》にかぶりなおしているとダグラスが手を繋いできた。

「見た目は子供だから手を繋いでいてもおかしくないさ。視界も狭いし転んだら痛いしな」

あぁぁ、うん。ありがとね。もうさ、厚意に甘えるよ。ギルドに来たらどうにかなるかもって思っていたけど、この力に関してはどうにもならないみたいだし。なんか疲れた。

大体普段こんなに歩かないし、十九歳なのに十四歳の子供になっているし。それでもって……なんかダグラスの手が大きくてあったかいし。

「もうすぐ宿屋だから、歩きながら寝るなよ」

ダグラスの俺に対する子供扱いはどこまでも平常運転だ。

でもきっと彼の中では十四歳も十九歳も大差はなくて、拾ったんだからちゃんとどうにかなるまでは面倒見ようって思っているんだな。うん。いい人だ。本当に町内会の会長さんの下で色々振られちゃう役員さんみたいだ。なった事ないけど。

「……なぁ、ダグラス」

「なんだ？」

「面倒だなって思ったら、ちゃんと言ってくれ。俺、どうにも出来ないけど、でも迷惑になるような事はしたくないって思っているんだ。その……犯られそうになると、すぐに怒鳴ったりしちゃうけどさ」

「そりゃ、嫌なものは嫌だろうから怒鳴るのは仕方ない。ソウタのせいじゃない。とにかく目を合わさないようにだけ気をつけろ。合っちまったら俺の後ろに隠れろ。それだけだ」

ううう……。おっさんでもイケメンはやっぱりイケメンだな！　ちょっとクラっときそうだよ。

「ここだ。部屋は一緒でいいな？」

「あ、うん」

テントで一緒に寝ていたしね。それにダグラスには【状態異常無効】っていうスキルがあるから安心だし。

「いらっしゃい！　おや、ダグラス。その子はどうしたんだい？」

馴染みの宿なのか、ダグラスが中に入ると声がかかった。

「知り合いの子だ。ソウタっていう。しばらく面倒を見る事になったから、今回は二人部屋にしてくれ」

「へぇ。分かったよ。ソウタ、あたしはエイダだよ。細っこいね。夕食はたんとお食べ。部屋は二階の三番目だ。昼はこの時間じゃ用意出来ないよ？」

言いながら渡された鍵《かぎ》。

「ああ、今日は夕食だけで大丈夫だ」

「あ、あの、ソウタです、よろしくお願いします」

「はいよ！　ソウタ、よろしくね！」

エイダと名乗った女性は豪快にそう言って奥に入っていった。

俺達は階段を上って、言われた通り二階の三番目の部屋へ行く。

「わあ、意外と広い」

「ああ、ここは掃除も行き届いているし飯も美味《うま》い。疲れただろう。夕飯まで休んでいてもいいし、じゃなきゃ服を買いに行こう。さすがに着たきりってわけにはいかないだろう」

「あ、うん。そうだよね。行く」

「よし、じゃあ、座っちまうと動きたくなくなるから行くぞ」

その言葉を聞いて俺は思わず噴き出した。

「なんだ？」

「あ、いや、その、座ると動けないとかちょっと……」

「ああ？　おっさんくさいって言いたいのか？　いい度胸だ」

ダグラスがスッと目を細める。それだけで雰囲気が変わって、俺は初めて会った時のようにどぎまぎとしながら慌てて首を横に振った。

「いいい言ってない！　言ってないよ。そんな失礼な事」

「まぁ落ち込んでしおれているよりはいいか……。ソウタは元気な方がいい」

ダグラスはそう言ってふっと笑うとクシャリと頭を撫でてきた。最初は町内会の世話役なんて思ったけれど、優しくて、気遣いも出来て、頼りがいがあるんだからモテるんだろうなって思った。

若い頃はなんていっても、三十四歳なんて俺の居た世界では中年って年でもない。でもきっと二十代の頃はモテまくっていたんじゃないかな。だってA級の冒険者だしさ。

「ダグラスはさ、きっとモテたよね。ううん。今もきっとモテるんだよね」

「はぁ⁉」

出たな、はぁ⁉　でもそんな素《す》っ頓狂《とんきょう》な声を出してもイケオジはイケオジだ。そんな俺の心の声が聞こえたかのようにダグラスはニヤリと悪い顔をして笑った。

「まぁ、それなりには遊んだよ」

「チェッ、いいなぁ。それに比べて……」

「お前はこれからかっこよくなるんだろ？」

「そのつもりだけど、これがあるからな。俺、この力で男を侍《はべ》らせるつもりないし」

「……っ！」

「笑うなよ！　結構真剣なんだからな」

「悪かったよ。まぁ【魅了】の力で捕まえた男なんてっていう気持ちは分からなくもない」

「うん。そう。……うん？　【魅了】の力で捕まえた男……？」

「ああ。別に【魅了】でないならいいだろう？」

爽《さわ》やかにそう返してきたダグラスに俺は思わず「ええええ！」と声を上げてしまった。

「なんだ？」

「あ、いや。うん。何でもない」

ああ、そうか。だから【魅了】にやられた男達も、普通に誘っただろうって言ってくるのか。

単純に力によってその気になっているだけだと思っていたんだけど、根本的なところが分かっていなかったのか。さっきあんなにカイザックと話をしたのに。

えっと、でも、それだったらモテてそれなりに遊んでいたっていうダグラスは……。

想像するな、俺！　なんだかちょっと頭がクラクラするけど、とにかくこの世界の常識的なものは追々知っていかないといけないな。そんな風に思っていたら、ダグラスがハッとしたような顔をして口を開いた。

「ソウタ。もしかして心配しているなら大丈夫だぞ。俺は子供は範囲外だから」

「――――っ！」

顔から火が出るかと思った。

「そんな事、聞いちゃいない！　そんな風に思ってないから！」

噛みつくようにそう言うとダグラスはもう一度ニヤリと笑って「そうか」と言った。ううう、これ、からかわれているよね。顔も熱いし。絶対赤くなっているもん。くそう。

「見ていろよ、俺はあんたが驚くようなかっこいい男になってやるぜ！」

「へぇ、そりゃ楽しみだ」

「！　なんで楽しみなんだよ」

「なんだよ、ほんとに分からない奴だな。その言い方じゃ、それこそ誘われたって思われても仕方ないぞ。ソウタはもう少し考えてから喋《しゃべ》れ。ほら、行くぞ、帽子かぶれよ」

「……分かったよ」

返事をするとポンポンと叩かれる頭。

それが嬉しいような、悔《くや》しいような不思議な気持ちで、俺はダグラスの隣に並んだ。


ノーティウスは結構大きな町で、普通に路面店もあれば、お祭りの屋台みたいな店や市場みたいな所もある。日本でも電気街とか問屋街とか専門的な感じの店が集まっている地区があったけど、ここもそんな感じで同じような店が集まっている場所がある。

魔道具というものを扱う店や工房。剣とか盾《たて》とか弓とかそういう武器みたいなものを扱う店や工房。

装飾品、服、雑貨……。

知っているようなものもあれば、これは一体何に使うんだろうと思うようなものもある。

ダグラスに「ここだ」と言われて入ったのは古着屋だった。新しい服っていうのはあんまりなくて、こうした古着屋がほとんどだ。そこで数着の服を買った……正しくは買ってもらった。

それから大きめの、肩からかける、いわゆるななめ掛けバッグも買った。これは銀貨一枚しなかったから自分で買った。俺の異世界初の買い物だ。

あとはなんとなく屋台をひやかしながら、串焼きみたいなのを一つ買った。結構スパイス？　が効いていて美味かった。

ダグラスが武器屋も見たいって言うから一緒に行った。薬草を採るのに便利そうな小さなナイフを買ってもらった。なんだか申し訳なかったけど、いつか倍返ししようと心の奥で誓《ちか》っておく。

そうして、宿屋に戻ってきて、夕食を食べて……

「え？　マジ？　ほんとに？」

「何を言っているんだ。当たり前だろう。さっさと入って寝ろ」

「わ～！　ほんとに風呂だ～！　しかも広め～！」

教えられた扉を開けて、見慣れたスペースを見た途端、俺は歓喜していた。だってまさかこの世界に風呂があるなんて思ってもみなかったんだよ！

「ダグラス！　風呂ってさ、裸になって、身体とか髪とか洗って、湯船にゆったり浸《つ》かる、で間違いない？　この世界、入り方違うとか言う？」

「言わない。とにかく落ち着け。なんだったら一緒に入ってやろうか？」

「狭くなるからいい。同じならなんの問題もない！　あ、待ってお湯、お湯ってどうやって出すの？温度の調節は？」

「…………今日は、一緒に入ろう」

「ええ～」

ブツブツ言いながら俺は結局ダグラスと一緒に風呂に入る事になった。だってさ、魔石がどうとか、魔力がどうとかって、俺にはお湯が出せなかったんだ。この世界ってさ、魔力ありきで出来ているんだな。

昼間の同性同士でどうのこうのっていう話を思い出して一瞬躊躇したけど、風呂の誘惑には敵わなかった。まぁ、銭湯に行ったと思えば、全然問題ないしね。

「ほら、これくらいの温度でいいか？」

「うんうん。すげー気持ちいい。生き返る」

「死んでもいないのに生き返るのか？　お前の世界は変な世界だな」

苦笑しながらも、気配りのイケオジは風呂でも有能だ。温度調節も完璧《かんぺき》。魔石っていう綺麗な石の入ったレバーを押すと、蛇口《じゃぐち》みたいな所からお湯が出てくるんだ。そして驚く事にシャワーもある。よく温泉にある感じの、上のレバーを押すとシャワーで下のレバーを押すと蛇口から出る奴だ。

「言葉のあやだよ。あや……は分からないか。これ考えたの絶対に『異界渡り』だろう？」

「ああ、そういえばそんな事を聞いたな」

ダグラスは自分にも湯をかけながら答えた。

「やっぱり。絶対に日本人だな。この蛇口にこのシャワー。しかもこの湯船」

「ニホンジンは風呂好きが多いのか？」

「うん。毎日入るよ。大体の人が」

「へえ」

「ユニットバスでなくて本当に良かった。こんなにちゃんとした風呂に入れるなんて」

しかも男二人が入っても身動きがとれるくらいの大きさなんてマジですごい。俺の賃貸の部屋よりもいいよ。さすがに湯船に二人は無理だけど（出来てもやりたくないけど）、一人が洗って、一人が浸かればなんの問題もない。

さっさと洗って湯船に浸かると自然に「あ〰〰〰」って声が出た。

それを聞いてダグラスが噴き出した。

「おい、どっちがおっさんだよ」

「いいの。風呂は日本人にとって心の友なの。それよりも一人でもお湯が出るように、その魔力の流し方とかを教えてくれ」

「分かった。でも魔力操作は明日な。ここでレクチャーしていたらのぼせる」

「ああ、うん。そうだよね」

俺は頷きながら、改めてダグラスを見た。風呂の方に夢中過ぎて気付かなかったけどすごい筋肉だな。しかもものすごく傷がある。

「ねぇ、その傷って冒険者をやっていてできたの？」

「ああ？　まあそうだな」

「やっぱり魔物とか沢山出るの？　会った時もコボルト？　とか言っていたもんね」

「ああ、出るよ。それを倒せば金になる。素材が売れるし、魔石も出るからな。強い奴ほど強い魔石を持っているんだ」

「ふ～ん」

「それにしてもソウタは細くて色が白いな」

「！　み、見るなよ」

「はぁ⁉　風呂でそれは無理だろう？　お互い様だ」

「……だよね。熱くなった。もう出る」

「ああ、出してあるタオルでちゃんと拭いて、水飲んでおけよ」

「分かった」

ダグラスの対応はどこまでも子供扱いだ。でも湯気で曇った鏡に映っていたのは中学生くらいの俺だった。マジで十四歳なのかぁ。確かにこの世界では子供だよね。しかも……。

なんとなく前を隠してザブっと湯船から出ると、入れ違いにダグラスが湯船に入る。あ、つい見ちゃった。うん。でかい。俺は中学生サイズになっちゃってるのに、くっそー。

「ベッド、好きな方で寝ていいぞ」

「……いや、さすがにダグラスが出てくるくらいまでは起きているよ」

「おやすみ。ソウタ」

「話を聞け、おっさん」

だけどパジャマ代わりの服を着てベッドに転がった途端、俺の意識は急速に落ちていった。

微《かす》かに、ダグラスの笑い声と「おやすみ」という声が聞こえたような気がした。

4　西の草原に行こう！

朝、起こされて、顔を洗って、昨日買ってもらった服に着替える。昨夜《ゆうべ》ベッドの上に転がったまま眠ってしまった事をダグラスは何も言わなかったから、俺は小さな声で「昨日はごめん……待ってるって言ったのに」と口にした。

「ああ？　寝てろって言ったから謝る必要はない。ただちゃんとベッドに入って寝ないと風邪をひくぞ」

あああ！　もう返す言葉もありません。ようするに俺は爆睡《ばくすい》していただけでなく布団をかけてもらうっていうオプションまでつけてもらったわけだ。

「しかも軽すぎだ。もっと食え。ほら、朝飯に行くぞ。帽子を忘れるなよ」

「ううう……はい～」

もうなんだか本当に至れり尽くせりな感じだね。さすがイケオジだとわけの分からない事を思いながら俺はしっかりと帽子をかぶってななめ掛けのバッグをかけて、ダグラスと一緒に食堂に向かった。

「食べているかい？　もっと食べないと大きくなれないよ」

エイダさんにもそう言われて、ハムスターみたいに口の中をパンパンにして食べていたら二人に笑われた。もう見た目子供だからなんでもいいや。そう思っていたらダグラスがゆっくりと話し始めた。

「今日の予定だが、まずはじめにギルドに行って、近くで薬草採取の依頼が出ていないか見る。なければ昨日のように依頼ではなく買取だ。ソウタが薬草を摘んでいる間に俺は別の依頼を片付ける。同じエリアにするから、何かあったらこいつを吹くんだ」

「これ何？」

「笛」

「笛？」

「そう。吹けば結構大きな音が出る。こうして首からかけとけ」

「あ、ありがとう」

痴漢《ちかん》防止みたいなヤツか。なんていうかダグラスってこういう気遣いが自然に出来るんだな。

「どうした？」

「いや、ダグラスがモテるわけがなんとなく分かった気がした」

俺の言葉に一瞬びっくりしたような顔をしてダグラスはニヤリと笑う。

「惚《ほ》れるなよ」

「……それはおっさんくさすぎる」

「……そうかよ」

そうそう。今どき恋愛ドラマだってそんな事言わないと思う。あんまり見た事はないし、そんなものはここにはないけどさ。

「もう食わないのか？」

「お腹いっぱい。昨夜も、今もすげー美味しかった」

「そうか、良かった。じゃあ、行くか」

こうして俺達はギルドへと向かった。

◇◇◇

「よお、坊主。よく眠れたか？」

カウンターの奥から俺達を見つけて、カイザックが声をかけてきた。

「ぐっすりだったよな」

「うるさい！」

「なんだ？　何かあったのか？　まさか」

ニヤニヤと笑う顔。くそう。こいつは正真正銘《しょうしんしょうめい》のオヤジだ。しかもダグラスよりも質《たち》が悪い。

「おい、やめてくれ。お子様は風呂に入ったらすぐにねんねの時間だっただけだ」

「やめろ、ダグラス！」

「ああ、分かった、分かった。疲れが取れたならまた頑張って稼げよ」

言われなくても稼ぐさ！　なんたって借りばかりが膨らんでいる現状だ。

「カイザック、西の草原辺りに何か依頼が出ていないか？」

「西の草原？　そういやぁ面倒くさいのが巣を作っているんじゃないかって調査依頼が出ていたか。ゴブリンだ」

「ゴブリンか。数が多いと厄介だな」

「それもそうだが、上位種が居やがると討伐隊《とうばつたい》を募《つの》らないといけないからな。数が少ないうちにどうにかしたい」

　二人がよく分からない会話をしていたので、俺はその間に依頼が貼り出されている掲示板を見て薬草の依頼を確認する。あった。えっと、高い薬草の依頼だ。ラッキー。これでこの数を採ってくるとこの金額がもらえて、更に他のものを買い取ってもらえたらその分は上乗せか。

「ソウタ、依頼はどうだ？」

「あったよ！　これどうするの？」

「ああ、それなら今日は魔力を流す練習をしながら西の草原で薬草摘みをしよう」

「え？　ダグラスの依頼は？」

「ちょっと面倒なものしかなさそうだから受けるのはやめた。エリア的には同じだから遭遇したらって事にする。じゃあこの紙をとってあそこに仮のカードと一緒に出すんだ。それで受付完了だ。頑張って採取しよう」

　俺はダグラスの言う通りに依頼を受けた。それを見ていたカイザックがニヤリと笑って再び声をかけてくる。

「坊主、じゃない、ソウタ、頑張って採って来いよ」

「分かっているよ。稼がないとね」

「帽子、外すなよ」

「……うん。いってきます」

俺だって朝からサカられるのなんてごめんだからな！


町の門を出て西に進むと、だだっ広い草原が広がっていた。ここが西の草原。草は結構生えているけど、背の高いのもあって探すのは大変そうだ。普通なら。

でも俺には【鑑定】がある。薬草って思ってそこを見てみれば、あちらこちらにゲームみたいなタグが立つ。

「よし！　探すぞ！　ダグラス、これ借りたままでもいい？」

俺は空間収納がついているポーチをブンブンと振った。

「ああ、俺はもう少し大きいのがあるからそっちは好きに使え。でも奪い取るような奴もいるから昨日買ったバッグの中に入れておいて集めた方がいい」

「わ、分かった！」

どこの世界にもそういう奴っているんだな。俺はダグラスの言った通りにマジックポーチをななめ掛けバッグの中に入れて、バッグの中に集めているようにしてから、もう一度「よし！」と気合を入れて草むらの中に分け入った。

なんたって採取すべきものは分かっているんだからタグが立っているものをとにかく摘む。摘む。そして摘む！　高額の薬草以外もとりあえず摘んだ。依頼が出ていなくても買い取ってもらえばいいんだ。そう思いながらどれくらいそうしていたのか。

「ソウタ！　少し休むぞ」

ダグラスの声にハッとして顔を上げると、結構日が高くなっていた。

草原にある薬草自体は今まで採ったものとあまり変わりはなかったけれど、それでも短時間で結構な数が集まってホッとした。近づいてきたダグラスが俺を見てクスリと笑う。

「土がついている。ほら、ここ」

言いながらグイと指で顔をこすられた。

「いてて」

「ああ、悪い。それで沢山採れたか？」

「うん、高額のは依頼の数がどうにか集まったくらいだけど、他のは結構数はある」

「そうか。依頼分を出して他のものは買取をしてもらえばいい。ただし数が多すぎると値崩れを起こすからあまり安くなるようならポーチの中に入れておいて価格が戻ってから売ればいいさ。それより忘れずに水分はとれよ」

至れり尽くせりのイケオジは薬草の売り方も教えてくれるし、水筒みたいなものも持たせてくれていた。言われてからそうだったと水を飲むと結構喉が渇《かわ》いていたんだなって気が付いた。

「よし。一息ついたら、魔力の出し方を練習しよう」

「分かった！【鑑定】は出来るんだから無意識には出しているんだと思うんだ」

「ああ、そうだな。じゃあ覚えるのは早いかもしれない。ようするに意識をするだけだ」

「意識？」

「そうそう。この辺りに魔力の素《もと》みたいなものがあって、これを身体の中に巡《めぐ》らせるようにして魔力を出して魔法を使う。昨日の風呂も魔石にそれを感じさせればお湯が出る」

うーん……分かるような、分からないような。

でもまぁ【鑑定】は何もしないうちに使えたんだからなんとかなる……筈。そう思いながら深呼吸をして、俺は言われた通りに臍《へそ》の下辺りを意識した。うーん、うーん……うん？

「なんとなく温かいものがあるような気がする！」

「それだ、それをしっかり感じたら身体の中で動かすように意識する。ああ、例えば右手の方へいけ～みたいな感じだ」

「っぷ！」

俺は思わず噴き出していた。だって「いけ～」ってギャップが笑える。

「……人が教えてやっているのにその態度はどうなのかな？」

目を眇《すが》めるダグラスに俺は「ごめん、ごめん」と謝った。そうして改めて臍の下あたりの魔力の素に集中した。

「右手の方へ……動いた！」

「よし、次は左手。自分で決めて動かす練習をしろ」

俺は自分の中にある温かい魔力を「あ〜」とか「う〜」とか言いながら一生懸命動かした。身体の中を何か分からないけれど温かいものが、あちこちに移動している。これが魔力か。

「ダグラス！　動いたらどうするの？」

「魔法で出してみるのが早いんだけど、ソウタは無属性だしな。生活魔法なら出来るかな」

「生活魔法？」

「そう。昨日の風呂みたいなのは、ただ魔力を石に流して、あらかじめ決められている事を実行させるだけなんだけど、生活魔法は一応ちゃんと魔力を魔法として出す。初歩的なものだ」

「へぇ、例えば？」

「暗いと分かりやすいんだが、灯《あか》りをともすように光る『ライト』」

ダグラスの手の平の上がなんとなく光っているように見えた。

「おわっ！　すげー」

「後は、ああ、そうだな。こういう時に使う『クリーン』」

「うわぁ！」

さっき俺の顔を拭いて汚れたダグラスの指がたちまち綺麗になった。

「魔法は想像が大事だからな。まぁなんでも出来るわけじゃないけど」

「そうなのか？　あれ、でも昨日のカイザックの話だと、俺の【創造魔法】って神の領域とか言っていたじゃない？　それってどうなるわけ？」

俺はそう考えて、ふとテレビで見た事がある手品が頭に浮かんだ。

例えば、そう……手品の基本中の基本みたいにハトとか出せたりしちゃうのか？　魔法で？　【創造魔法】ってそういう事なのかな？　そんな事を思いながら手の平を上にして想像してみた。

ハト、パッと魔法みたいに現れるハト。あの帽子の中から出てくるような白いハト。

その瞬間――――……

「ぐっわぁぁ！」

「ソウタ!!」

身体の中から何かが一気に抜けて、俺は草むらの中に倒れ込んだ。

◇◇◇

「で、何があったんだ」

ダグラスにおんぶされて、俺はなぜかギルドのカイザックの部屋に連れてこられた。そして胡乱《うろん》な目をしたカイザックの第一声がこれだ。対する俺の返事は……

「ぎもぢわるい…………」

「魔力切れだ。何をしでかした」

「わがんない…………」

「とりあえず魔力回復のポーションを飲め、話はそれからだ」

言うが早いか俺は怪しい瓶に入った液体を飲まされた。

「ぐぁぁぁ……はぎぞう」

「絶対に吐くな、金貨三枚だ」

「……は、はがない〰〰〰」

吐かない代わりに涙と鼻水が出た。

ダグラスごめん、俺、後でちゃんと『クリーン』するから。

「で？」

短く尋ねてくるカイザックに、ダグラスは困ったような顔で口を開いた。

「西の草原で薬草を摘んでいて、少し休ませた時に魔力循環《じゅんかん》の練習をしたんだ。それで実際に『ライト』や『クリーン』の生活魔法を使ってみるかって話になった。話の流れで昨日言っていた【創造魔法】っていうのは、どんな魔法なのかって言い出したなと思ったらいきなり倒れた」

「クソ坊主！　お前何をしようとしやがった！」

「ううう。ま、前の世界の、手品を思い出して……ハトっていう鳥でも出してみようかなって……」

「鳥だぁ？　この馬鹿‼」

「ひ〰〰〰〰〰ん、うぇぇ……吐がない…ぜったい……ううう」

こみ上げてきそうなものをこらえて、下ろされたソファの上でのたうち回る俺にカイザックは深い溜息をついた。傍ではダグラスが申し訳なさそうな顔をしている。

「すまん。俺がもう少し【創造魔法】の事を知っていたら止めたんだが」

「仕方ねぇよ。【創造魔法】なんて有り得ないようなもんだし、知りようもねぇ。まさか神の領域だと脅《おど》した筈の魔法をその翌日にこんなに軽々しく使おうとするなんて思ってもみなかった。俺のミスでもある」

唸《うな》るようにそう言ってカイザックは少しマシになってきた俺を睨みつけた。

「いいか、よく聞け、【創造魔法】っていうのは無の所から何かを作り出すような魔法じゃない。何もないところから引き出そうとすれば死ぬ。水や火や土や風というような魔法には属性っていうものがあって、大気の中にそれ自体が存在をしているから引き出せるんだ。いきなり物質を出そうなんて出来るか！　物質を作り出すにはその材料が必要なんだ。ああ、おまけに言っておくが死んだ者を生き返らせる事も出来ないぞ。それは禁術に引っかかるから『返し』がくる。とにかく！　どんな事をしたいのかをまず考えろ。そしてそれは可能なのか、可能であれば何が必要なのかを調べて、それから魔法を構築するんだ。つまらない事で命を落とすような事はするな！」

「…………はいぃ」

さすがの俺でも、それならそうと最初に教えておいてくれればとは言えなかった。よく分かりもしないのに、神の領域だなんて言われたものを軽々しく使ったのはまずかった。あやうくハトで命を落とすところだった。これはあれだ、なんかこう、マニュアルみたいなのがなかったら使ったらまずい魔法だな。うん。命大事。

でもさ、それだったら材料があれば叶う感じの魔法なのか？　ええっと、錬金術のスペシャル版みたいな感じ？　……いやいや、それを今聞いたらまずい。絶対にヤバい。

「…………あまり分かってないようだな。小僧《こぞう》」

低く唸るような声。坊主から小僧になったよ。

俺はようやく吐き気がおさまってきた身体を起こして「相談なしではやりません」と頭を下げた。

「そうきたか。まぁいい。とにかく一人でやるな。今、自分で言った通り、俺やダグラスに相談なしでは絶対にするな」

「はい」

俺の返事を聞いてカイザックは「はぁぁ」と大きな溜息をついた。

「悪かったな。カイザック」

「いや、俺も久しぶりにキレかけた。まったく……」

「……あ、あの、えっと、き、金貨三枚はいつか、いつかかならず」

声がちょっと震えたよ。いつになるだろう。三万円。ものすごく頑張ったら四、五日でいけるだろうか。でもそうしたら俺はまた無一文になるんじゃないか？　ダグラスへの借りはいつになったら返せるんだろう。

「ああ？　もういい。今回のは俺が出す。お前にいい加減な情報を与えたからな」

「………ご、ごめんなさい」

「とにかく、せっかく落ちてきたんだ。お前にとっては来たくもない世界だったかもしれないが、命は無駄にすんなよ。もう大丈夫だろう。で、薬草は摘めたのか？」

「摘めた。あんまり珍しいのはなかったけど。でも依頼は達成出来た」

「見せてみな」

俺は言われるままにバッグから薬草を出した。

「ああ、これは数が少なくなっている奴だ。良く見つけたな。依頼分は銀貨一枚か。ほら」

そう言って俺の手に銀貨五枚が載せられた。

「え！　こんなに？」

「これ、こいつを明日も見つけてきな。いい値段で買い取ってやる。目を見せないように、帽子をしっかりかぶって、ダグラスと一緒にいるんだぞ」

「わ、分かった。ありがとう」

俺がそう言うとカイザックは「はぁぁ」ともう一度溜息をついてダグラスに「もう連れて帰っていいぞ」と言った。


歩けると言ったのに、結局ダグラスにおんぶされて宿に戻った。

エイダはものすごく驚いて、魔力切れをおこしかけたとダグラスが説明すると「特別だよ！」と部屋に食事を持ってきてくれた。皆に感謝だ。

「ほんとにごめん。ダグラス。俺、まずは風呂のお湯を出す事と、『クリーン』が出来るようにするよ」

「ああ……」

あ、ちょっとダグラスが疲れている。うぅぅ、A級冒険者を疲れさせるなんて……

「あの……明日も草原に連れて行ってくれる？」

「ああ、ちゃんと自分で自分の事が出来るようになるまでは一緒に居る。今日はもうそのまま寝ちまえ。『クリーン』をかけておいてやるから」

「……風呂入りたかった」

「それはさすがに認められない」

ですよね～。

「うん、ほんとにほんとにごめんなさい。俺、明日も頑張るから」

「分かったよ。もう寝ろ」

置いていかないで、そんな言葉が出そうになって自分でもびっくりして喉の奥で飲み込んだ。

「おやすみ」

「うん。おやすみ、ダグラス」

こうして異世界五日目は終わった。

5　ホーンラビットと俺

なんだか色々あったから、ずいぶんこの世界に居るような気になっていたけど、まだ六日目なんだよね。おはようございます。俺、すっかり元気です。

三万円もとい、金貨三枚の魔力回復ポーションはよく効きました！

ダグラスはA級の冒険者だから依頼とかあるのかなと思ったけど、今日も俺に付き合って西の草原に行ってくれた。帽子をかぶって、マジックポーチをななめ掛けバッグに入れて、買ってもらったナイフも準備。水の入った水筒も入っている。あ、笛も首から下げているよ。

「いいか、あっちの森の方は絶対に近寄るな。おかしな奴や、魔物がいたらすぐに笛をふけ」

「分かった」

あっちの森とダグラスが指さしたのは、はるか向こうに見えた、「あれ森なんだ？」っていう位遠い所だった。行かないし。歩いていく気なんておきないよ。どれくらい歩いたら着くんだろう。

「この辺は子供も薬草摘みをする事が多いからな。そんなに危険じゃない筈だ」

「うん」

「危険な魔物も居ないから他の冒険者も近づかないと思うけど、ソウタの場合は念には念を入れておいた方がいいからな」

「………うん」

イケメンなA級冒険者は一日で、過保護なおじさんになってしまった、らしい。

「大丈夫。俺、昨日の高く売れる草を見つけまくるから」

「ああ」

「水も飲むし」

「ああ」

「なんなら誰かきたらダグラスの後ろに駆け込むし」

「……ああ」

あ、それはちょっと嫌だったみたいだな。

「それで、ダグラスはどうするの？」

まさか薬草摘みはしないよね？

「そうだな、とりあえずはこの辺りにいて、あ～……森の方の様子を見ながらホーンラビットでも狩るかな」

「ホーンラビット？」

なんとなく聞いた事があるけどよく分からない。そんな俺にダグラスが「角が生えた兎《うさぎ》の魔物だ」と教えてくれた。

マジか！　ほんとにこの原っぱにも魔物がいるのか！　子供も薬草摘みをするから危険はないんじゃなかったのかよ。

「まぁそれくらいしか出ないだろうな。慣れれば子供でも狩れる」

「え……」

ちょっと待って。そんな魔物をA級冒険者様に狩らせるわけ……？　子供でも狩れる魔物を？

「きちんと血抜きをすると結構美味いぞ。売っても大した金額にならないからエイダに持っていけば喜ぶだろう」

「ああ、そうなんだ」

「エイダの旦那はウサギ肉のパイが得意だ」

「へぇ」

新情報だ。元気なお母ちゃんって感じのエイダさんは旦那さんと宿屋兼食堂をやっているのか。うさぎパイかぁ……うん、うなぎパイなら食べた事あるんだけどね。お菓子だけど。

「じゃあ、頑張れよ。何かあったら笛！」

「分かった」

こうして俺は今日も薬草を摘み始めた。

【鑑定】をかけて高く売れそうな薬草を見つけて、ひたすら摘む。高額でなくても勿論摘む。とにかくタグが出たのはもれなく摘む。そして。

「ソウタ！　水は飲んでいるんだろうな」

いけね、忘れていた。俺は慌ててバッグの中から水筒を取り出した。それを見てダグラスはやれやれって顔をしたけど、飲んだからセーフ。それにしてもどれくらい経っていたのかな。スマホも時計もないし、マジックポーチはパンパンに膨れる事はないからどれくらい採ったのかもよく分からないけど、結構頑張っていたと思うんだ。

「ダグラス、休憩する？」

「そうだな」

「じゃあさ、今日こそ魔力をちゃんと巡らせて発動させるから見てて」

「…………」

ねぇ、その疑いの眼差しはやめてくれないかな。俺だって毎日金貨三枚のポーションなんて飲めないのよ。しかもまずいし。

「大丈夫だよ。変な事考えないで『ライト』とか『クリーン』とかそういうのをやるよ。だって、風呂に入りたいんだもん」

「ああ……分かった。じゃあ休憩して『クリーン』を練習しよう。出来たら昼飯だ。エイダがハンバーガーを作ってくれた」

「！　ハンバーガー？　『異界渡り』だな。日本人でもアメリカ人でもこれを残してくれて感謝するぜ！」

「はぁ⁉」

なんとなく俺はダグラスにこんな声ばかり上げさせているなって思ったけど、だってハンバーガーだもん！　よし、気合を入れて『クリーン』をものにしてやるぜ。


というわけで『クリーン』、ゲットしました！　はっはっは、食欲に勝るものなしだな。

草の汁で緑色になった指があっという間に綺麗になった。「魔法ってすごいな！」って言ったらダグラスがぬるい目で「そうだな」って答えた。

多分昨日の今日で「こいつよくそう言えるな」って思っているんだろうな。うん。顔に出ているもん。でもいいんだ。だって俺的には自主的な初魔法なんだからさ。

「ほら、飯」

手も綺麗になったところで、ダグラスが紙に包まれたハンバーガーを出してくれた。

まさか異世界でハンバーガーが食べられるとは思わなかった。

「うん、見た目はちょっとだし、バンズも固いし、パテはなんの肉？　って感じだけど、味も薄目の塩一択だけど」

「おい」

「でも確かにハンバーガー。ケチャップとかマヨネーズとかあればなぁ」

「？　……あるが？」

「あるのかよ！　しょ、醤油《しょうゆ》は？　砂糖は？　みりんとかは？」

「ソウタ、落ち着いて食え」

呆《あき》れ顔を通り越してダグラスは無の表情になりながら溜息をつく。

「ご、ごめん。ちょっと興奮した。あるならこれにちょっとつけるだけですごく美味しくなると思うから。あ、でも俺が知っているケチャップやマヨネーズならだけど」

「そうなのか？　じゃあ、帰ったらエイダに言ってみな。話を聞かない奴じゃないから」

「分かった！　ごめんな。その、迷惑かけているのに舞い上がって」

俺がそう言うとダグラスは驚いた様な顔をして苦笑した。

「迷惑なんて思っていない。昨日あんな事になったからどこまで気をつけてやったらいいのか加減が分からないんだ。『クリーン』が上手く出来たから、きっと風呂も入れるだろう。食べ終わったらもう少し向こうに行ってみようか。この辺は採り尽くしただろう？」

なんだか笑った顔が眩《まぶ》しくて、目尻の皺《しわ》もカッコよく見える気がした。

ほんとに、ほんとに見つけてくれたのがダグラスで良かったって改めて思ったよ。ダグラスじゃなかったら今頃原っぱでのほほんと薬草なんか摘んでいられなかった。

【魅了】とかいう力のお陰で、あの男が言っていたみたいに犯られまくって気が狂っていたかもしれないし、死んでいたかもしれない。

「俺、ほんとにダグラスに会えて良かった」

ダグラスは再び「はぁ⁉」って顔をしてから、「そうかよ」と照れたように言った。

え？　ちょっとイケオジが可愛いかよ！　ああ、こういうのがギャップ萌えってやつなんだね。まさかそれをおっさんに感じるとは思っていなかったけどさ。

「よし！　午後の部開始だ！」

俺は勇んで草むらの中に入った。ダグラスに言われた通り場所を少し変えたらタグが乱立し始めた。うん、結構あるな。見た事の無い草もある。高いかな？　高いやつだといいな。そう願いながら鑑定をかけて採取を続けていると、ふと何かが草むらを走っているような音がした。

「なんだ？」

草の中から顔を覗かせた途端、俺の頭の上を何かが飛び越えていった。

「うわぁっ！」

何？　何が？　今何かが俺の頭の上を飛び越えたよね！　あ、そうだ！　こういう時こそ笛だ！　笛を吹くんだ！　草の中に潜ったまま笛を手にした瞬間。

「ソウタ！　頭を下げたままでいろ！」

「え？」

呼ぶ前に来たーっ！　と思ってからのザシュッ！　という何かを切るような音。

「………へ？」

俺の頭の上をダグラスの剣が横に動いて草が舞ったなって思ったら、何かがドサッて落ちたような音がした。

え？　何？　あれ？　ほら、アニメで見た事がある斬○剣？

「これがホーンラビットだ」

「――――っ！」

良い笑顔と一緒に、手にぷらんと持っているのはたった今狩ったばかりのうさぎさん。

うん。見せてくれたけど、俺、所詮は都会っ子でさ。お肉はさ、スーパーに並んでいるのしか見た事がなくてさ、だからね。

「………っ……」

食べていたよ。お肉。食べていたんだけど。ハンバーガーも食べたけど！

「わ〰〰〰すごい〰〰〰」

気を紛《まぎ》らわすために言葉だけでなく、手も叩いてみた。

うん。せっかく獲《と》ってくれたんだ。これは底辺の魔物。ここで生きて行くならこれ以上の魔物だっているし、やられる前にやらなきゃいけないのは分かる。だって、ここはゲームじゃないから。

「よし、これで四匹だ」

「四⁉」

いつの間に！　さすがＡ級。

あ、並べないでいいから！

ほんとに、四匹も並べたら、俺、ちょっと、やめてくれ……

「うっ」

「う？」

「うぇぇぇぇ……」

「ソウタ⁉」

ごめん。ダグラス、へたれでごめん。俺、明日はこれも、大丈夫になっているから。ちゃんと俺的にレベルアップするから、だから、見捨てないでくれ。

◇◇◇

「アッハッハッハ！　飽《あ》きねぇな、小僧」

「……顎がはずれろ、クソおやじ」

「ふっふっふ、それでうさぎの肉は食えたのか？」

「ホーンラビットパイ？　食いましたとも。俺は食い物を粗末にはしないの」

そう。ホーンラビットのパイは昨日の夕食に出たんだよ！

でもね、もう血はついてないし、元の形態は分からないからいいんだよ！

「はっはっは！　食ったのかよ！」

くそぅ、笑いすぎだぜ。ダグラスもダグラスだ。なんで昨日の事を喋るかな。黙っておいてくれたら誰にも知られずに済むじゃないか。そりゃあ確かにリバースしたよ！　だって、そんな首切られたような動物の死体なんて普通は見ないんだよ。少なくとも俺が居た所ではね！

「慣れだ、慣れ。こんなのは慣れだぜ。一晩でうさぎは克服だ！」

俺は未だに笑っているカイザックを睨みつけながらそう言った。

そうさ、だってここで生きていくんだったら、これだって慣れなきゃならないって俺は理解出来るんだからな。

「ああ、そうだな。クックック、それで昨日は薬草を売りに来なかったんだな。どうしたのかと思えばまさか二日続けておんぶで帰ってくるとは、いやいや、なかなかない武勇伝だ」

「き〰〰〰〰〰〰っ！」

「それくらいにしておいてやってくれ。それで話があるって事だったが？」

いやいや、貴方が「昨日はどうしたんだ？」っていうあの男の問いに、律儀《りちぎ》に全部話したからこうなっているんですよ！　俺はキッと睨みつけるようにダグラスを振り返って……文句を言える立場ではないと肩を落とした。

そう。昨日はあのまま採取をやめる事になった。

何か毒性のある草でも食べたのかって、今度はダグラスの持っていた毒消しポーションって奴を飲まされそうになったんだ。ダグラスの中で俺はどういう人間になっているんだろう。

食べねぇよ！　薬草摘みながら、なんで草をむしゃむしゃつまみ食いしなきゃならないんだよ。しかも昼飯を食べたばかりだったのに。いや、腹が減っていても摘んだ草をそのまま食べるのはないわ。だから毒草じゃないし、うさぎの血だらけの死体に驚いただけだから！　それもこっちの人間にすれば有り得ない事だろうけどさ。

本当にごめんって言ったらダグラスは一瞬呆然として「そうか」って言うと、もう今日は帰ろうと俺をおぶって宿屋に戻ってきてしまったんだ。まぁ、摘んだ薬草はマジックポーチの中にあるからしおれないしね。

で、本当に大丈夫かと聞かれながら、エイダさんの旦那さんが作ったと思われるホーンラビットパイをいただきました！　血も原型もないからね！

「そうだった。ああ、笑った笑った。今日は一日楽しく過ごせそうだぜ、小僧」

「良かったですね」

「そう拗《す》ねるなよ。いいものがあったんだ」

そう言ってカイザックは「これだ」と相変わらず乱雑な机の引き出しから箱を出した。

「これは？」

「まぁ開けてみろよ」

言われてダグラスが箱を受け取って開く。

「眼鏡《めがね》？」

「ああ。でもただの眼鏡じゃない。【阻害《そがい》】がついている」

「【阻害】？」

「そう。普通はかけられた力を通さないように【阻害】するんだが、失敗作らしい」

「失敗？」

「ああ。自分がかけようとするのを【阻害】しちまうのさ。呪《のろ》い系の場合は瞳で相手を捕らえてかける事が多いからな。【魅了】は本来そんなに悪いスキルじゃないが、こいつはまさしくお前さん向けだ。お前自身の【魅了】を【阻害】出来る」

「え！　じゃあ俺、これをかけたら男を誘わないわけ？」

「身も蓋《ふた》もない言い方だが、その可能性がある。かけてみな」

言われて俺は魔道具の眼鏡をいそいそとかけた。途端に二人がぷっと噴き出した。

「え？　なに？」

「い、いや、ずいぶんと可愛らしくなるなと」

「……どういう事？」

「レンズの影響で、目が大きく見える。子供らしい顔つきだ。少し背の高い十歳くらいにも見える」

「――――！」

ダグラスが笑いを堪《こら》えたようにそう言って、オヤジはすでに肩を震わせている。ううう……男に襲われるのをとるか、十歳のみてくれをとるか。

「クッ！　だがしかし、俺は誘わない方をとる！」

「そうしろ。どれ、うん。まぁ見た感じだときちんと【魅了】を【阻害】しているな。視界はどうだ？」

「ちょっとだけぼやけるけど、気持ち悪くはない」

あ、でもちょっと待って。【阻害】して鑑定が使えなくなるとまずいんだ。俺はそう思って【鑑定】もかけてみた。視界の中にタグが見える。カイザックの机周りにタグが乱立していたけど見て見ないふりをしてあげたよ。

【魅了】と【鑑定】の何が違うのかは分からないけど出来るならいいや。

「【鑑定】出来たから大丈夫」

「ああ。【鑑定】は他人に使うんじゃないからな」

「そういう事か」

「じゃあ、やるよ」

カイザックが気軽に言った。

「いいの？」

「他に使いたい奴がいないからな。時々おかしな呪術の魔道具みたいなのが出てくるんだよ」

「どこから？」

「そりゃあダンジョン」

「ダンジョン⁉」

あるんだ！　やっぱりほんとにあるんだ、ダンジョン！　こういうものも出るのかダンジョン！

「良かったな」

ダグラスの言葉に俺は素直に「うん」と頷いた。笑われた甲斐《かい》がある。

「じゃあとりあえず、昨日の薬草を買い取ろう。今日はまた摘みに行くのか？」

「うん。俺はそうしたいけど、ダグラスは」

さすがに申し訳ないよな。だって最初はノーティウスに連れて行ってくれるまでだったんだからさ。

でもここで放り出されたら俺、多分生きていかれないし。

「もう少しだけ森に近づいてもいいか？　危なくない程度に」

「うん。分かった」

俺が頷くとカイザックが「昨日も見たって情報は出ているが、数は多くはなさそうだ。でも用心に越した事はないぞ」と言ってきた。

「ああ。今どれくらい関わっている？」

「三パーティだ。いずれも小さめのだな」

「三パーティか。なら出ても大きな群れでなければ大丈夫かな」

「ああ、そうだな。小僧。運が良ければ今日はレッドボアの肉が食えるかもしれないぞ？」

「レッドボア？」

「ああ、なんて言ったかな、確か。ああ、そう。『イノシシ』。デカいイノシシっていうのに似てるものだそうだ」

「イノシシか」

それなら大丈夫だ。田舎《いなか》で鍋を食った事があるし、テレビでも害獣として取り上げられているのを見た。なんなら有名な店の前に吊るされているのも知っている。

「大丈夫だ。今日の獲物はすでに克服済みだ！」

「威勢がいいな。よし、ダグラスと一緒に頑張って来いよ」

こうして俺は昨日の分の薬草を銀貨五枚で買い取ってもらって（採取の時間は短かったけど高額なのが多かった）三度《みたび》、西の草原に向かったのだった。

6　レッドボアは軽トラック

西の草原に通い始めて四日目になった。

一日目は魔力切れを起こして、二日目はホーンラビット事件で吐いて、三日目はもう少し森に近い……っていっても、まだまだ俺の感覚では遠いんだけど、そこで相変わらず薬草を摘んで一日が終わった。

ちなみに昨日カイザックが言っていたレッドボアっていうのは出なくて、出たのはまたまたホーンラビットとゲームの定番、スライムだけだった。

スライムは何もしなければ襲ってくるわけでもなく、いきなり酸を吐いてくる事もなく、なんとなく陸上版のクラゲみたいで、慣れれば可愛い。

そう言ったらダグラスは「そうか」となんとなく引いていたから、この世界ではスライムを可愛いと言うような奴は少ないのかもしれないと思った。

四日目の場所は昨日よりもまた少し奥になったけれど、森は相変わらず「あれ、森なのか」ってくらいの見え方だ。

人と会う事もないので眼鏡型魔道具が俺の強力な【魅了】をちゃんと【阻害】してくれるのかは分からない。とにかく見渡す限り俺達しかいないから、ダグラスは「笛を忘れるな」と言って森の方に足を延ばしていた。といっても律儀なイケオジなので、あくまでも俺が見える範囲内で、だ。

「やったー！　これだよ、これこれ。高額の草！」

これが沢山見つかったら、ちょっとくらいはダグラスに借りたものを返せる。

ダグラスは結局この町の宿代も、俺の服代も、ご飯代も、何もかもを支払ってくれているんだ。

何気なくカイザックに言ってみたら「お前にかかるものなんてA級冒険者にかかれば端金《はしたがね》だから気にするな」と言われたけど、やっぱりなんとなく落ち着かないし、悪いなぁって思う。

ただこの生活がいつまでも続くわけもないっていうのは分かっているから、俺はこれから何をしたらいいのか出来るだけ早く見つけないといけないし、その為《ため》にはお金も貯めないといけない。

でもさ、ここ数日を見ていてもダグラスのように冒険者として生活をしていくのは俺には無理だと思う。魔物を殺す事も無理だし、この眼鏡はあるけど、【魅了】っていうおかしな力が付いている限り、サカった男に犯されてしまうリスクは付いて回る。

それどころか『異界渡り』ってだけで殺されたり、【鑑定】とかの力を求めて奴隷《どれい》みたいな扱いを受ける可能性だってありそうだ。

「う～ん。そう考えると【鑑定】であんまり目立つわけにはいかないしなぁ。もう少し大きくなって商人とかにでもなればまた違うんだろうけど、そこにいくまでがなぁ」

十四歳というなんとも中途半端な年齢がハンデだ。

「あ～あ」

「ソウタ？　どうした？　具合でも悪くなったのか？」

森の方からダグラスが戻ってきた。

「ううん。なんでもない。ダグラスはどう？　何か獲れた？」

「いや。だがやはり何か居るのかもしれないな。森に近づくにつれて小さい獲物が少なくなってくる気がする」

「ええ？　マジか」

「ああ。いっその事、森に潜《もぐ》るって手もあるが、万が一群れを作っていたらまずいからな。中に入っている奴らから情報がこないか待っている感じだな」

う～～～ん、なんだか物騒な雲行きになってきたぞ。

「じゃあさ、明日は薬草摘みが出来ないって事？」

「ああ、いや。まだ摘めるものがあるなら、この辺りくらいまでなら大丈夫かな」

ダグラスはこの周囲と森の方を代わる代わる見て答えてくれた。

「この草原には大金になるような魔物は出ないから、それほど他の冒険者達がやってくる事はないだろうが、もしもゴブリンが巣を作っていてギルドクエストが発生すると人が多くなってくる。そうなったら薬草摘みはしばらく休みだな」

「……そうか」

「大丈夫だ。クエストになるほどの巣はそう簡単には出来ないから」

　ダグラスは薬草摘みが出来なくなるかもしれないって俺がしょんぼりしていると思ったみたいだけど、俺がショックを受けていたのはそこではなく、この草原には大金になるような魔物は出ないっていう話の方だった。

　だって、ダグラスはそんな所にもう何日も俺の為にいてくれているんだって思ったらさすがに申し訳ないって思ったよ。Ａ級の冒険者ってよく分からないけど、多分きっとものすごい強い人なんだよね。そんな人が毎日草原で初級魔物のホーンラビットを狩っているんだ。普通に考えたら有り得ないっていうのは俺にだって分かるよ。

　ダグラスはこの町に来た日に「とりあえず俺と一緒に居《い》ればいい」って言った。でもとりあえずっていつまでだろう。ちゃんと自分で自分の事が出来るようになるまでは一緒に居るとも言っていた。ちゃんと自分の事が出来るって、何が出来るようになるまでだろう。

「……なんか変なの、俺」

「どうした？」

「なんでもない。お昼にする？」

「ああ、そうだな。今日はホーンラビット肉のハンバーガーだそうだ。ソウタが言っていたみたいにケチャップを使ってみたって言っていたぞ」

「やった！　そういえばケチャップがトマトから出来ているものなのか聞かなかったな」

「トマト？」

「違うの？　熟すと赤くなってちょっと酸味があるけど甘みもある野菜」

「…………よく分からん。まぁ食ってみてソウタが判断してくれ」

そう言われて俺はホーンラビットのハンバーガーを食べた。

「……うん。ちょっと薄目だけどケチャップだ。ダグラスは？　ダグラスはどう？」

「うん。確かに少し酸味が出て肉に合うな」

合うと言われてなんだかとても嬉しくなった。別に俺が作ったわけでもないのに、ほらね！　と自慢をしたいような気持ちになる。

「もっと料理が出来るなら、料理人とかもありだけど、自分で作るのは壊滅的だったからなぁ」

俺がそう言うとダグラスは「そうなのか？」と笑った。

「うん。食べるのは好きなんだけどね」

「ああ、確かに。まぁ料理は料理人に任せておけばいいさ」

「うん。俺に料理人の道はないね」

「味へのこだわりはあるけどな」

「それは大事な事でしょう」

なんだか今日の俺はちょっとおかしい。見慣れた笑顔を見て、こんな軽口みたいな他愛《たわい》のないやり取りが嬉しいなんて思っている。

申し訳ないなって色々考えたから罪悪感みたいなものが湧いちゃったのかな。でも、ごめんダグラス。俺、本当に自分勝手なんだけど、今ダグラスに居なくなられたらやっぱり困るんだよ。

魔力を巡らせる練習を少しだけして、俺は考えていた全てを棚上げするように薬草摘みを再開した。

ダグラスは森の方を警戒しながら草原の中を歩いている。

どうやら今日もレッドボアとやらは出そうにないなってふと思って、夕暮れの前に明るく滲《にじ》み始《はじ》めた空を見上げたその途端——……

「ソウタ‼」

いきなりダグラスの声が聞こえた。もう帰る時間かな。そう思って草むらから顔を出すと何かがものすごい勢いで駆けてくるのが見えた。

「………へ？」

草むらの中なのに土埃《つちぼこり》を上げてまさしく突進してくる、小さな山。

は？　何あれ。え？

「よけろ！」

いやいやいやいや、無理だよね。どこによけるの？　だってなんにもない原っぱだよ。しかもこっちに来るのは、ほら、あれ、えっと、がっつり荷物を積んだ軽トラックくらいありそうだよ。マジ？マジなの？　え？　怖いけど普通に。どうする？　どうすればいい？　避けるってどっちに？

何も出来ずに呆然としている俺の目の前でダグラスが飛んだ。

いや、人っていうのは本来飛べない生き物だと思うんだけど、ひらりって！　ほんとにひらりって空に舞い上がったと思ったら、そのまま軽トラックの上、もとい、それくらい大きな何かの上に飛び乗って剣を突き立てたんだ。

「ブギャァァァァァァァ――――!!!!」

辺りにものすごい声が響いた。俺はその声を聞いてようやくその軽トラックもどきに背中を向けて走り出した。

怖い、怖い、怖い！　走りながら馬鹿みたいに心臓がバクバクしているのが分かった。

ダグラスは、ダグラスは!?　俺がよけろって言われてよけなかったからきっとあんな事をしたんだ。どうしよう！

「ダ……ダグ……」

尻もちをつきそうになりながら俺は後ろを振り返った。視界に入ったのはダグラスが一度背中に突き立てた筈の剣を振り上げて、そいつの背にもう一度突き立てた光景だった。

「…………っ……！」

小山のようなそれがドォッと地面に倒れる。その直前に草むらの中に飛び降りた人影。

「ダ、ダグラス！」

危ないとか、怖いとか、そんなものを全部忘れて俺はそこに向かって走り出した。

だけどすぐに草に足を取られて転んだ。トロ過ぎるだろう、俺！　でも飛び降りた草むらから立ち上がって来ない男が心配で、俺は必死に起き上がってまた走り出した。

「ダグラス！　ダグラス！　やだ！　ねぇ！　ダグラス！」

「ソウタ！」

「――――！」

ひょっこりと顔を見せた男は笑っていた。

「ダグラス……」

怪我はと言いかけた途端。

「ほら、これがレッドボアだ！」

見せられた血まみれの大きな獣。

「ヒッ！」

日本で見た、店の前に吊るされていたものより何倍も大きくて、血なまぐさいそれに俺は見事に腰を抜かした。

「ソウタ！」

それを見て血まみれの男が駆け寄ってくる。怪我はないみたいだ。良かった。良かった……けど。

「くっ！『クリーン』!!」

「はぁ!?」

感動的なシーンの筈だったそこで、俺は渾身《こんしん》の『クリーン』を放っていた。

◇◇◇

悪かった、とは思っている。

向かってきた大きな魔物を倒してくれて、爽やかな笑顔で「これがレッドボアだぞ」と教えてくれた、ずっと面倒を見てくれている人に向かって、いくら血だらけで、あまりにも血なまぐさかったからといっても、了承も得ずに思い切り『クリーン』をかけるというのは人として有り得ない。それは俺にも分かる。どれだけ非常識な事なのか、分かるんだけど。

「吐くよりはマシだと思う」

「…………」

そう言った俺をダグラスは何も言わずに一瞥《いちべつ》して、溜息をついた。

「……ご…ごめん」

いや、そうだよ。まずは謝罪だよね。

「いい、大丈夫だ。俺も驚かせて悪かった」

「ダグラス、俺、ほんとに悪かったって思っている。人として駄目だったたって」

「いや、別に悪くはない」

「そ、そんな事言うなよ」

静かに怒るイケオジA級冒険者は怖い。ものすごく怖いって思った。

「何も言っていない。ただ、俺以外の奴にいきなり『クリーン』をしたら袋叩きだと思っておいた方がいい」

「ううううう」

換金を待ちながらそんなやり取りをしていると、聞いた事のない声が聞こえてきた。

「よお、ダグラスの『ヒヨコ』か」

「は？」

なんだって？　え？　ヒヨコ？

「『ヒヨコ』じゃない、ソウタだ。知人から預かっているんだ」

ダグラスが近づいてきた男にそう言った。

「へぇ、いつも一人で活動しているお前さんが珍しい事もあるもんだな。噂を聞いてちょっと信じられなかったんだが……。ふ～ん、こういうのが趣味なのか？」

顎でしゃくられるようにして、こういうのとか言われると本当にむかついたけれど、我慢だ。ギルド内で喧嘩はしない。そして、眼鏡があっても帽子は絶対にとらない。

「馬鹿言うなよ。まだ子供だぞ」

「そう言うが、ここらじゃ有名になっているぜ？　お前さんの後ろをついて回っている『ヒヨコ』がいるって」

「………誰が『ヒヨコ』だ、ハゲ」

「ソウタ」

ポツリと漏らした声はダグラスに咎《とが》められた。男は帽子の中を覗き込むようにして俺の顔をねめつける様に見るとニヤリと笑った。

「まぁ、好みに育ててるってぇのもあるよな」

「!!」

顔を覗き込まれたのは油断していた。俺は慌ててダグラスの後ろに隠れた。

「よく飼いならしているじゃないか。ハハハハハ！」

男はそう言うとどこかに行ってしまった。あれ？　もしかして……

「ダグラス……ほんとに【阻害】していた？」

「ああ、らしいな」

「や……やった！」

「それは良かったけど、あの態度はまずい。あんな事を言っていたらそのうち目の事がなくてもボコボコにされる」

「…………はい」

そうですよね。ハゲは言ったらダメですね。

それにしてもこっちの世界にもあるんだなー。好みに育てる『光○氏計画』って。まぁ、それを俺にするような奴はあんまりいないと思うけどね。

それにしても、えっと、そう。『ヒヨコ』だ。

要するに俺は、ダグラスを親鳥のように思って後をついて回っていると他の冒険者達は思っているんだな。まぁ、不本意だけどそう思われても仕方がないところもある。現時点で俺は何もかもダグラスにおんぶに抱っこだ。

『ヒヨコ』というのは最初に見たものを親と思う習性があると言われている。だからそんな風に揶揄《やゆ》されているんだろう。

別に俺はダグラスを親とは思っていないけど、最初に俺を見つけてくれたこの世界の人がダグラスで良かったと心の底から思っている。ダグラスじゃなかったらマジで死んでいたと思うし、感謝している。それが『ヒヨコ』に見えるなら、それでもいい。

でもダグラスに迷惑がかかるのは嫌だ。

それにさ、別にダグラスは俺の事はそういう意味で見ていないだろうし。チラリと見るとダグラスが「どうした？」と聞いてきた。本当に面倒見がいいっていうか、律儀っていうか、真面目《まじめ》っていうか……………優しいんだよな。

「換金出来ましたよぉ～」

鑑定・買取受付のお姉さんがにこやかに声をかけてきた。

「まずはダグラスさん～。レッドボアの素材、肉、魔石も大きくて綺麗なのが出たので、こちらです。お肉の一部は最初におっしゃっていたように持ち帰り出来るようになっているのでぇ～、後で持って帰ってくださいねぇ。良かったね～、ボクゥ～。今日はボアのステーキかなぁ」

「……………」

ボクじゃないって言っているのに、こっちはボク呼び固定か。まぁここで「ヒヨコちゃん」とか言われたらさすがの俺も立ち直れないからな。

「なんちゃらボアは美味しいの？」

「美味しいよぉ！　いっぱい食べて大きくなるんだよ」

俺にとっては荷物満載の軽トラックだったけど、美味いのか。そうか。

そんな俺の心の声が聞こえたかのようにダグラスがポフポフと頭を叩いた。やめろ。そんな事をするから『ボク』とか『ヒヨコ』とか呼ばれちゃうんだぞ。でもさっきの事を反省して、文句は言わないでおこう。

「それで薬草の方は？」

ダグラスが声をかけてくれてお姉さんは「あ、ごめんね～。ボクはこっちだったよね～。今日は依頼はなかったから全部買い取りね。この薬草が足りなくなっているから高くなっているんだよぉ。良かったねぇ。これを見つけたらまた持ってきてねぇ～」と俺に銀貨五枚と銅貨二枚と鉄貨六枚をくれた。大体五千二百六十円。

「それにしてもボクは薬草を見つけるのが得意なんだねぇ。あのだだっ広い草原でこれだけ毎日集めてくるってすごいよぉ！　将来は薬師《くすし》になりたいの～？」

「薬師？」

「そう。ポーションとか色んな薬を作る人だよぉ」

「自分で作れるのか、じゃなくて、作れるんですか？」

「う～ん、勉強すればだけどね～」

「そうなんだ。そうすると儲《もう》かるの？」

「まぁ、薬草摘みよりはねぇ。薬師の資格があってぇ、商業ギルドに登録したら自分で販売出来るよぉ。でもこのギルドでも買い取りするよぉ」

「そうなんだ。色々方法はあるんだ。ありがとう！」

「うん。頑張ってねぇ。でもまずは十五にならないとねぇ」

ひらひらと手を振るお姉さんにペコリと頭を下げてダグラスと一緒に歩きながら、俺はなんだか小さな希望を見つけたような気がした。もしかしたら俺にも出来る事があるかもしれない。年齢の壁はあるけれど、調べてみる価値はありそうだよね。

だって、毎日薬草を採って、売って、大体五千円前後。しかも高い薬草があればだ。安いのばかりだとどんなに頑張っても三千円が限界だ。それ以下の時だってある。しかも薬草の相場はその日によって異なる。ようするに需要《じゅよう》と供給だ。不足している薬草があれば高くなるし、余っている薬草は安くなる。あまりに安い時は売らずにダグラスが教えてくれた通りマジックポーチの中にとっておくという裏技はまだ使った事はないけれど、それだってこれからも使わずにいられるかどうかなんて分からないし。やっぱり決まった収入がないっていうのは不安だ。

薬師……薬師かぁ。薬師っていうのは薬を作る人の事だよね。もちろん薬師だって固定収入にはならないかもしれないけど、でも職業としては認められている筈だ。少なくとも冒険者の底辺みたいな薬草摘みよりはいいような気がする。

エイダの宿で焼いてもらったレッドボアのステーキを食べた後（ほんとに美味かった）部屋に戻ってきてポーションの事を教えてほしいと言ったら、ダグラスが丁寧に教えてくれた。

さすが面倒見のいいイケオジA級冒険者だ。

ポーションには色々な種類があって、使う薬草もそれぞれ異なるらしい。らしいっていうのはダグラスが薬の中身の事までは知らなかったからだ。

種類としては、怪我を治すポーションが初級と中級と上級と特別仕様のエリクサーの四種類。魔力回復ポーションは初級と中級と上級の三種類。あとは毒消しポーションが一種類だ。

実際どんな時に使われるのかっていうと、怪我の場合はとりあえずぱっくり切れたり裂けたりした怪我に使われるのが初級。単純な骨折も治せるけど、間違っても擦《す》り傷とかには使わないって言われたよ。

そして中級は腕とか脚とか骨見えちゃってますよ位の怪我に対応。嫌だ何それって感じだよ。それで、上級はこれ死んでるんじゃない？　やばいよねっていう感じの時に使用するんだって。マジ怖いよ冒険者。

ちなみにエリクサーは万能薬で、死んでさえいなければまるっと全部治っちゃうらしい。作れる薬師自体がごくわずかで、ダンジョンでもたまに出るとか。異世界って不思議だな。

金額的には初級でもかなりのお値段で、俺がお世話になった魔力枯渇《こかつ》の初級ポーションは金貨三枚だった。本来は気軽に使うものではないし、上級になるとものすごい高ランクの人しか使えないだろうって言われたよ。

そして意外な事に病気に対応するポーションはない。

でもなぜかよく分からないけど、エリクサーは病気にも効くんだそうだ。万能薬だから。

ここで俺は思い出した。前にもちょっとだけ考えたけど、材料があれば作れるんじゃね？

何もないところから物質を生み出したら死にそうな目にあったけど、もしも材料があったら……だってカイザックもそんな事を言っていたよね、材料が必要って。

俺の与えられているスキルは【創造魔法】ってわざわざ銘《めい》打《う》っているわけでしょ？　だから必要なものさえあれば、作り方は魔法が補ってくれるとかそういうのじゃないのかな？

「どう思う？」

ダグラスに尋ねたらさすがに眉根を寄せた。

「どうと言われてもな。試したいなら明日にでもギルドのカイザックの所に行こう」

「あ、うん。そうだよね。勝手にやるなって言われていたもんね」

俺はうんうんと頷いた。

「薬師になりたいのか？」

「うん？　いや別にそうじゃないけど、このまま何も出来なくて、ただ薬草を摘んでいてもなんか先が見えないっていうかさ。だって、ダグラスだっていつまでも俺みたいなお荷物を抱《かか》えているわけにはいかないでしょ？」

「……俺は別にソウタの事をお荷物だとは思っていない。ただ、そうだな。何かやりたいと思える事が見つかったらいいとは思う」

「うん。俺さ、ほんとに感謝しているんだ。だからいつまでも『ヒヨコ』なんて呼ばれているんじゃなくてさ。出来る事を探さないとね。【魅了】で権力者を籠絡出来ても、その権力者が斃《たお》れたらおしまいでしょう？　まぁ、ほんとに薬師みたいな事が出来るのかは分からないし、A級の冒険者と並ぶってわけにはいかないけど」

　俺がそう言うとダグラスは俺を真っ直《す》ぐに見たまま口を開いた。

「『ヒヨコ』だろうとなんだろうと、ソウタはソウタだろう？　言いたい奴には言わせておけばいい。それは気にするな。自分がやりたいと思う事を見つけろ」

　出会ってまだ浅いけれど、それでもダグラスらしいなって思ったよ。

「うん。でもさ、『ヒヨコ』じゃなくて、認められるっていうかさ……なんか分かんないけど。後をついて養ってもらっているだけって思われるのはやっぱり悔しいんだ」

　だって俺、元の世界では十九歳だったんだもん。

「そうか」

「うん」

「薬作れたら、そんな風に揶揄《からか》っていた奴らの鼻を明かせるかもしれないしさ」

「なるほど。ソウタは『ヒヨコ』って言われるのは嫌なんだな？」

　なんかダグラスって右か左かっていうか、割と短絡……じゃなくて、白か黒みたいなタイプなんだな。

「ええっと、『ヒヨコ』って言われるのは、今はほんとにそう見えちゃうのかもしれなくて仕方ないんだけどさ。でもなんかやっぱり、嫌……かな。だってさ、だって、それだと俺がこの世界で初めて会ったのがダグラスだったから、『ヒヨコ』の刷り込みみたいにダグラスにくっついているって思われているって事だよね。そうじゃなくて、俺はさ、ダグラスだから一緒にいるわけで。もし初めて会ったのがダグラスじゃなかったらこんな風に一緒にはいなかったって思うんだ。きっと。だからさ、えっと……」

やばい、何を言っているのか分からなくなってきた。ていうかさ、これじゃまるで……

「わあぁぁぁぁ！　分かんなくなってきた～～～～！」

頭を抱えて叫び出した俺にダグラスが「…………とりあえず、落ち着け」と頭が痛いような顔をして言った。

ううう……もうお風呂に入って寝よう。そうしよう。そして明日はカイザックの所に行こう。

「お風呂入ってくる！」

もう自分でお湯もちゃんと出せるしね！

俺はこれ以上つつくとまずいような気持ちを胸の中にギュウギュウに押し込めて風呂場へ向かった。

その背中に「寝るなよ」っていう通常運転のダグラスの声がかかって、ちょっとだけ落ち着いたような気がした。

7　とりあえずやってみよう

翌日、俺とダグラスはカイザックの部屋にいた。

「それで、小僧。今度はどんな面白い事をしたんだ？」

ニヤニヤと笑うカイザックに「してねぇし」と言って、俺は昨日考えていた事を話してみた。

何もないところから出すのが無理で材料が必要なら、材料さえあれば色々出来るんじゃね？　って奴だ。

「ほんとに懲《こ》りねぇっていうか、ある意味根性あるよな、小僧」

「おう！」

褒められてはいないけど、止められてもいないと解釈《かいしゃく》をして、俺は初級ポーションに必要な薬草を、絵本の中で魔女が混ぜるような鍋に入れた。鍋はエイダに要《い》らないものがないか聞いて幅《はば》の広い古い寸胴《ずんどう》を格安で買った。おっさん二人はそれを胡散臭《うさんくさ》い目で見ている。納得するまでやらせとけって感じのぬるい眼差《まなざ》しだ。多分とりあえず材料はあるから魔力枯渇にはならないだろうってくらいなんだろう。

でもやってみなければ、この【創造魔法】っていうのは永遠に使えない。使えないものは使えるものにしなければ意味がない。それがどういうものであったとしても、使えるようになってからその後の事を考えればいいんだ。だって、俺はここで生きていかなければならないんだから。

万が一何か起きても困らないように、鍋を部屋の隅に置き、周りの物を避難させて魔力を捏《こ》ねた。

「【創造魔法】なんだから材料さえあれば作り出せるって事だと信じる。初級ポーションが欲しい。これで初級ポーションを作る。怪我が治る。俺は作れる。やれば出来る！　初級ポーション製造！」

頭の中で考えた事をすべて言葉にした。だって他にどうしていいのか分からなかったから。もしもこれで出来たら、もう少しかっこいい魔法名を考えよう。

何にしようかな。初級ポーション召喚《しょうかん》、はちょっと違うな。

やっぱりここは手堅《てがた》く？『創造生成初級ポーション！』って感じかな。

そう思ったらあの時の様に身体の中からすうっと何かが抜けたような気がした。でもゴソッとではない。すぅっとだ。

そして光が材料を入れた鍋を包んで……収まった。

「え？　マジ？　出来た？」

材料を入れておいた鍋の中には何か液体が入っている。

「おい！　小僧！」

「え？　やった？　これ何？　俺、何を作り出した？」

俺が【鑑定】をかける前にカイザックが謎《なぞ》の液体の鑑定をした。

「…………信じられねぇ、ほんとに初級ポーションだ」

や、やったー！　ほら！　俺ってばやれば出来る子じゃん！

「ふ……ふっふっふっふ!!　これってやっぱりチートってやつか！」

俺の言葉におっさん達の「はぁ⁉」っていう声が重なったけど、そんな事は気にしない。だって出来たんだもん。材料があれば作れちゃったんだもん。

鍋の中の初級ポーションはカイザックがくれた瓶に詰めかえたら二十本になった！

一回の【創造魔法】で二十本の初級ポーション！　へっへっへ、笑いが止まりませんな～。じゃなくて！　良かった。薬草摘み以外に出来る事があって本当に良かった！

「これで、薬師とか目指せるかな？」

俺が浮かれきって尋ねると、カイザックは予想外に渋い顔をして口を開いた。

「目指せなくはないが、目立つのは困るだろう？」

「へ？」

何？　作れたんだよ？　まさかのチートだよ？　怪我用のポーションを一瞬で二十本だよ？

「お前さんはここでは十四歳の未成年だ」

「うん」

「未成年じゃ薬師にはなれない」

そ、そうだった。くっそー、元は十九なのに。

「更に十四でポーションが作れるなんて事が知れ渡ったらまずいだろう」

「…………」

ああ、そうでした。ただでさえ俺は目立っちゃまずかった。

【阻害】の眼鏡をかけていても、万が一外れてしまったら厄介な【魅了】がある。それに使い勝手は

いいけど未成年って事を考えるとあまり公《おおやけ》には出来ない【鑑定】もある。しかも絶対に隠しておきたいのは『異界渡り』であるという事だ。

わ～、俺って秘密が多いな～とか言っている場合じゃないし、浮かれている場合でもなかった。

「本来なら薬師ってぇのは師匠について指導してもらいながら技を磨《みが》いていくんだが、お前の場合は反則技もいいところだからな。引き受けてくれる薬師を紹介するのは難しいだろう」

だよね～。材料を鍋に入れてかき混ぜながら「創造生成初級ポーション！」だもんね。修行した人怒るよね。

「とりあえず、これは買い取ってやる。質もいいし、問題はない」

「あ、ありがとうございます」

「おう。で、これからだ。小僧、お前はどうしたい？」

「どうしたいって？」

聞き返すとダグラスもカイザックも少しだけ困ったような、迷ったようなそんな表情を浮かべた。

「まだはっきりとは決められないかもしれないが、この先どうしたいかって事だ」

「あ、うん」

「例えばもう二、三年くらいはここで薬草を摘みながら時々こうしてポーションを作ったり、ギルドの鑑定作業を手伝ったりしながら生きていくというのも手だ」

「うん」

そうだな。今の所考えられるのはそれが一番現実的なのかもしれない。

「あとはあんまり向かねぇ気がするが、冒険者になる」

「あ〰〰」

これは、難しいだろうな。薬草摘みならともかく、魔物と戦うのは絶対無理だって思うもん。

「鑑定士っていうのもあるが、これは年齢が足りないと足元を見られたり、下手《へた》をすると攫《さら》われたりするから、当面は難しいだろう。あとは、【魅了】をうまく使うっていうのもあるが、これもお前の性格を考えるとなぁ」

カイザックは難しい顔をしたけれど、俺が引っかかったのは勿論それではなかった。鑑定士はともかく【魅了】をうまく使うってなんだよ。スキルを使って男を誑《たら》し込《こ》むって事かな？　力技で結婚して玉の輿《こし》に乗るって事？　でもそれってヤる事が前提なんだよね？

ぶっちゃけ、入れられるか入れるかだけど、童貞の俺としてはかなりの高確率で入れられる可能性の方が高いよね。それにこの世界の人、体格いい人多いし。俺は見た目子供だし。これからムキムキになる可能性は低いし。

でもやっぱり一番のネックは年齢なんだな。【魅了】ありきの誑し込みは論外だけど、もう少し上だったら保護者みたいなのがいらないから、選択出来る幅が広がるかもしれない。でも……

「ダ、ダグラスは？」

「うん？」

「ダグラスはいつまでいてくれる？」

なんだからしくもなく声が小さくなった。声をかけておきながらいつまで頼るつもりだって思う俺もいる。

「……A級の冒険者だから、そんなに長くは無理だよね」

「小僧、冒険者っていうのは依頼を受けて稼いでいるからな。あまり長く同じ場所にいるってぇのは少ないいんだ」

「カイザック」

ダグラスがカイザックの言葉を遮《さえぎ》った。それにカイザックが首を横に振る。

「言っておかないと仕方がないだろう。そういう当たり前の事を『異界渡り』は知らないんだ」

「今のところ指名の依頼はないし、急ぎで依頼を受ける必要もない。最初の時にとりあえず一緒に居ればいいって言ったのは俺だ。だからソウタが俺と居たいと思うなら一緒に居よう」

ああ、ほんとにこの人いい人過ぎるって思った。そういう人はつけこまれちゃうんだよ。もっとも俺には見せないような一面があるからA級冒険者なんてやっているんだろうけどさ。

「ダグラスは、恋人とかいないの？　居たら絶対に俺、邪魔だよね？　『ヒヨコ』みたいについて回っているのが居るなんてさ」

「ソウタ」

「でも、ごめん。もう少し。もう少しだけ一緒に居てよ。その間に俺、他に何が出来るかも考えてみる。欠けてる常識とか、他に使えそうな魔法がないかとか、あと、出来そうにはないけど護身用の剣の使い方とかも教えてくれたら練習するよ。だって俺、元の世界ではほんとに十九歳だったんだからさ。きっとなんとかなるよ。それにやっぱりいつまでも『ヒヨコ』じゃ恥ずかしいもんね」

「……そうか。そうだな」

やべぇ、言っているうちになんだか淋しくなってきた。

「他の町にも行ってみたいけど、今のままじゃちょっと無理そうだし。俺、とりあえずここで暮らしていけるように、他に何が出来そうかも色々試してみる。迷惑かけるかもしれないけど、俺、頑張ってみるから！　だから、もう少しだけでいいから。ちゃんと、ちゃんと『ヒヨコ』じゃなくなるようにするから……」

まずい、喋《しゃべ》っているうちにどんどん落ち込んでくる。しっかりしろ、俺！　俺はやれば出来る男じゃないか！　きっと他にも【創造魔法】の使い道はある。

長くてもあと一年だ。十五歳になって成人して、それで騙《だま》されたり馬鹿にされたりしないように知識をつけて、囚《とら》われたり、殺されたりしない程度にチートを生かしてうまく渡り歩いて…………いけるかなぁ。

「ああ、分かった。俺が悪かった。そう急ぐな、小僧。お前が急ぐととんでもない事をやらかしそうな気がする。とにかく、以前言ったようにダグラスが依頼で居ない時はギルドに来て鑑定したりポーション作ったりしていろ。ダグラスも今のところはここを拠点《きょてん》にするんだろう？」

「ああ、討伐依頼みたいなものがなければそのつもりだ」

「だそうだ。そんな顔をするな」

そんな顔ってどんな顔だよ。

よく分からないけど、とにかく今すぐどうこう出来ないのは確かで、ダグラス達もとりあえず現状は大きく変えなくていいって感じだから、そこは甘えよう。そしてせっかく収入源が出来たんだから稼ごう。

怪我用の初級ポーションは金貨一枚で販売するんだって。それをとりあえず六割での買取にしてくれた。薬師の資格はないけど、どうにでもなるから（なるのか……）定期的に卸《おろ》してくれればそれでいいって。

っていう事は二十本だから金貨十二枚？　え？　十二万円くらい？

「ダグ、ダグラス……俺」

「良かったな。ギルドに貯金をしておけば、どこのギルドからでも引き出せる」

「貯金！」

そんな制度もあるのか。やるな、異世界。

◇◇◇

はい。いつもの草原に来ていますよ。

結局しばらくはダグラスと一緒にいて、薬草を摘んでギルドに売る。時々【創造魔法】を試してポーションを作る。無茶はしない。最後の『無茶はしない』はカイザックが付け加えた。

ポーションが作れるようになった事以外は何も変わらない。でも変わらないでいてくれた方が今の俺にとっては有り難いんだって思ったよ。

負担をかけるダグラスがそれでいいって言ってくれているんだから甘える。申し訳ないし、ずるいなって思う気持ちもあるけど、甘える。ここでは俺、未成年だから仕方ないんだって思う事にしたんだ。

ちなみに薬草を摘む場所も変わらない。他に薬草がある所は森の中か、もっと遠くになると聞いて当分の間はここでいいんじゃね？　と思ったんだ。だって、結局はダグラスに一緒に来てもらう事になるからさ。

今日は俺の他にも何人かの子供達が薬草を摘んでいるのが見えた。俺はダグラスがいるからもう少し森に近い方だけど、子供達はもっと浅い方にいる。

はっきりとは分からないんだけど、どうやら森の中にゴブリンっていう魔物が巣を作っているんじゃないかっていう噂があって、それを確認するべく三チームの冒険者達が森の中に入っているんだって。今のところは少し多く見かけはするけれど、巣を作っているほどではないんじゃないかっていう意見が多かったみたいだ。でも、繁殖力《はんしょくりょく》の高い魔物で上位種がいる可能性もあるから、用心に越した事はないって『調査依頼』から、見つけたら直《ただ》ちに討伐する『討伐依頼』になったそうだ。

ともあれ、近づいたとはいえ、俺がいるのは森からまだまだかなり離れた所だ。

ホーンラビットやスライムなどの小物、そしてレッドボアみたいなでかい魔物にも遭遇したけど、どれもこれもダグラスがスパッと片付けてくれたし、俺も大分血なまぐささには慣れてきたしな！

「お！　高額草！」

ホクホクと摘んでポーチに入れる。これ沢山ないかなぁ。もう少しだけ森の方に行けばあるのかなぁ。でもダグラスがちょっと離れた場所にいる時に魔物が出たら困る。レッドボアみたいなのに体当たりされたら、俺絶対死ぬし。そんな事を考えながらプチプチと草を摘んでいると遠くから声が聞こえてきたような気がした。

「うん？」

草むらの中から立ち上がってキョロキョロと辺りを見回すと遥《はる》か向こうの森の方から二人の男女が走ってくるのが見えて、ダグラスがすぐに俺の傍にやってきた。

「ダグラス、誰か走ってくる？」

「ああ、そうだな。ソウタここで待てるか？」

「うん。大丈夫。あ、レッドボアとか来ないかな？」

「ボアの気配はない」

「なら平気」

ダグラスはコクリと頷いて「ちょっと様子を見てくる」と近づいてくる人の方へ向かった。

「どうした？　何があったんだ」

ダグラスの問いかけに、走ってきた人達の方から「ゴブリンだ！」と答えが返ってきた。

え？　ゴブリン⁉

「に、西の森の奥に！　ゴブリンの集落が出来ているのを見つけた」

「こちらに出てきそうか？」

「いや、今のところその気配はない。武装もしていない」

「規模は？」

「二百くらいだ。キングは居そうにないけど、ホブゴブリンとレッドキャップは居た」

「レッドキャップか、厄介だな」

俺にはよく分からない名前ばかりだったけど、とにかくまずい事が起きているんだなっていうのは伝わってきた。

「他に二つのパーティが調査依頼を受けていると聞いていたが」

「俺達は一つしか会ってない。そいつらは森の入り口辺りで様子を見ている。俺達はギルドに知らせた方がいいと思って。見張っているのは『蒼風《そうふう》の刃《やいば》』。四人のパーティだ。CランクとDランクの構成だって言っていた」

ああ、なんか中二病っぽいのが聞こえてきたぞ。

「CとDだと数が出てきた時にはまずいな。俺はA級のダグラスだ。とにかくあんた達は、一人はギルドへ知らせてくれ。もう一人は浅い所にいる子供達を避難させてくれ」

「わ、分かった。あ、この子は？」

「……ああ」

ダグラスはちらりと俺の方を見た。【阻害】の眼鏡はかけているけど、一人で避難させるのを迷っているのが分かった。

「ダグラス、子供の方を優先させてくれ。俺は自分で少しずつ浅い方に移動してダグラスを待つから」

「……分かった。ここまで来る事はないとは思うが気を付けろ。すまないが、あっちの子供達を避難させながらこいつも気にはしていてくれ」

「ああ」

二人のパーティ「金の鎮魂歌《レクイエム》」（うわぁぁぁ……）は女性の方がギルドに走り、男性の方は草原の入り口付近で薬草摘みをしている子供達にゴブリンが出る可能性があるので避難するように伝えに行った。

そして俺は森に向かうダグラスを見送って、ゆっくりと草原の入り口の方に移動を始めた。

ゴブリンといえばスライムとかと同じようにゲームでは雑魚《ざこ》扱いの魔物だ。それでも数が多く、上位種というのが居るのだとしたらやっぱりまずい事なんだろう。

でも俺に出来る事はない。せいぜい怪我を治す初級ポーションを作るくらいだ。それだって材料になる薬草がなければ出来ないし、カイザックの了解も必要だ。

早くギルドから応援がくればいいなって思った。そこにダグラスの他にも高ランクの冒険者が居ればば、もっと早く片が付くかもしれない。そうなればいい。

俺は平和ボケした日本からきたから、戦うなんていう事には慣れていないんだ。何か攻撃的な魔法が使えたらいいのかもしれないけど、今、俺が使えるのは『ライト』と『クリーン』の魔法だけ。あとは【鑑定】とまったく役に立たない【魅了】だ。

「無双をしたいわけじゃないし、生き物を殺すのは怖い」

でもダグラスが怪我をしたりするのは嫌だ。別に俺の生活がどうとかじゃなくて、嫌だと思う。

「ほんとに役立たずだな」

はぁと溜息をついた。その途端目に入った薬草。

「……高額みっけ」

どんな気分でも薬草は摘む。

「……初級が出来たから、今度は中級に挑戦するかなー。中級の薬草ってなんだっけ」

そう独《ひと》り言《ごと》を呟いた途端。

「ギギ……」

「ぎぎ?」

聞いた事のない音に顔を上げると、少し離れた草むらの中に、緑色をした醜悪《しゅうあく》な顔の小人が立っていた。

ヤバい。

まず浮かんだのはその言葉だった。

小学生くらいの背丈《せたけ》の、悪い人代表みたいな顔の緑の化け物。頼んでもいないのに【鑑定】がゴブリンって教えてくれた。

なんで? 森に居るんじゃないの? どうしてこんな草原の浅い所に居るんだよ。

「ギギギィ」

怖い、やだ、怖い。とにかく逃げなきゃいけない。俺とゴブリンの間は五、六メートルくらい。ゴブリンがどれくらいの速度で走れるのか分からないけど、このまま睨みあっている場合じゃない。

「そ、そうだ。笛。笛だ」

俺は首から下げていた笛を吹いた。吹いたけど！　ダグラス！　これ音が鳴らねぇじゃんよ！　欠陥品《かんひん》だよ！　それともトランペットとかみたいに音を鳴らすのにコツがいるとか？　いやいやいやいや、緊急時にそんなものを吹かせるな！

まったく音が鳴らない笛をそれでも吹きまくって、俺は踵《きびす》を返して走り出した。後ろで「ギギ」って言いながらゴブリンも動き出した気配がした。

とにかく逃げるしかない。相手は小学校低学年くらいの背丈。俺は一応十四歳。中学生の設定だ。だけど草むらの中は走りづらくてすぐに泣きたくなった。畜生！　この靴《くつ》マジ走りづれぇ！　でもあともう少し、もう少しで草原の入口になる。じきにギルドから援護の冒険者達だって来るだろう。それに、もしかしたら鳴らない笛の音が、ほらなんだっけ、犬笛？　みたいに奇跡的に届いてダグラスが来てくれるかもしれないし！

「ギギャ！　ギギギィィ！」

「わあぁぁぁぁ!!」

汚い声と同時に何かが背中に飛びついた。何かって勿論あいつしかいないんだけど！　しがみついてくる体に全身が総毛立《そうけだ》つ。肩に食い込む爪。背中越しに触れる緑の体が生暖かくて気持ちが悪いんだよ！

「いやだぁぁぁぁ！　たす、助けて！　ダグ」

「ギギィ」

うるせー！　汚い声出しながらこっち見んな！

でも化け物は俺の気持ちなんかお構いなしに大きな目玉で顔を覗き込んでくる。

「ひぃぃ！」

俺は子泣きじじいみたいなゴブリンの重さに耐えきれず、草むらの中に倒れ込んだ。

「やめろぉぉ！　きもいんだよ！　ふざけんな！　てめぇ！」

振り払おうと滅茶苦茶に手足を振り回す。

ああ、魔法よりも先に剣を習っておけば良かったのか。でも剣を振り回す自分が想像出来ない。下《へ》手《た》したら自分を傷つけそうだよ。それともなんだっけ、ラノベスキルの定番みたいな、身体強化？　それが出来るようにすれば良かった？

でも今の状況ではどれもこれもが後の祭りだ。振り回していた腕がゴンとどこかに当たって緑の体が横に飛ぶ。やった！　まぐれのパンチ。その隙に逃げようとした俺の足を、獲物は逃がさないって感じで筋張った手が摑んだ。

「離せ馬鹿野郎！　やだ！　怖い！　気色悪いんだよぉぉぉ！」

人型の魔物がこれほど醜悪で恐ろしいものだと俺は初めて知った。

ギョロギョロとした目。尖った耳。顔に対して大きく裂けたようにも見える口。しかも緑色！　何もかもが生理的に無理！

「ひっ!!」

ゴブリンはそのまま俺の身体に乗り上げるようにしてニヤリと笑った。

殺される。

直感的にそう感じてもう一度がむしゃらに手を動かす。それをうるさそうに払った手が、眼鏡に当たってずり落ちた。

「――――！」

「ギィ？」

見下ろしてくる血走った目が恐ろしくて、涎《よだれ》が落ちてきそうな口に吐き気が込み上げたその次の瞬間。

「ギギッ！　ギィィィ‼」

「ええぇ！」

服が破かれた。首筋に噛みつくように突っ込んでくる顔。鎖骨《さこつ》の辺りをべろりと舐められて全身が総毛立つ。

「や、やだぁぁぁぁぁぁ‼」

嘘だろ？　こんなの嘘だ！【魅了】って人間だけに効くんじゃないのかよ！　こんなのやだ！　こんな化け物絶対に嫌だ！

「よ、よだれをつけるなぁぁぁ！　服を剝《は》ぐなぁぁぁぁ‼　やだやだやだ！　誰か！　ダグラス！　ダグラス――――ッ！」

喉が痛くなるくらい叫んだ。

こんなのに犯されるくらいなら死んだ方がマシだと思った。

ビリビリと破かれていく服。露出した肌を食う様な勢いで舐める化け物。

なんで！　なんで体は俺より小さいのにこんなに力があるんだよ。吐く！　マジで吐く！　無理、臭い、気持ち悪い！

「も、やだぁぁ！　誰か！　助けて！　い、やだって言ってんだろう！　ばけもの〰〰〰〰〰‼」

「大丈夫か！」

しかし、神は現れた。声と同時に上に乗っかっていたゴブリンの体が草むらの中に吹っ飛んだ。

「――――！」

ガサガサと草むらを歩く音。

次いで「ギャァァァ‼」という汚い声が聞こえてくる。

死んだ？　死んだの？　あいつ、誰か倒してくれたの？　ダグラス？

「………っ……」

ガタガタと震えが止まらない身体を半分だけ起こした。

助かった。きっとダグラスが、ダグラスが……

「ダグ……」

だけどそこで剣を収めてこちらを見たのは、先ほど森から走ってきた金のなんたらの片割れだった。

「もう大丈夫だ。怖かったな。まさかこんな浅い方に出てきている奴がいたなんて。立てるか？」

そう言って金のなんたらの冒険者は俺の顔を覗き込んで……

「……っ！」

抱きついてきた！

そうだ！　眼鏡。眼鏡が外れていたんだ。ゴブリンの次は中二病かよ！　どれだけ有能なんだよ、俺の【魅了】ってばよぉぉ！

「泣いていたのか？　もう大丈夫だって言っただろう？　ゴブリンは始末したから安心しな」

いやいやいやいやいや、あんたのせいでこれっぽっちも安心なんて出来ないから！　やばい、まずい、ピンチの次にピンチ！

「やめろ！」

「大人しくしてな。怖かっただろう。慰《なぐさ》めてやるよ」

「いや、結構。俺、男に慰められる趣味ないから！」

「ああ、ここ血が出てる」

「人の話を聞け！　ほっといてくれ！　や！　め！　ろって！」

「ふふ……こんなにして、誘っているんだろう？　いいよ、任せておけ」

「よくねぇ！　ちっともよくねぇってば！　任せられるわけねぇだろ！　ちょ、いやだぁぁぁ！」

畜生！　今日は厄日《やくび》だ！　ゴブリンに襲われた後は中二病の冒険者がサカってくる。

「や！　やだ！　触んな！　やめ！　いや！　ほん、やあっぁ！」

ゴブリンにひん剝《む》かれていたから、服は半分以上ないも同然の状態だった。その上体格差がありすぎる。

「可愛いな」

「ひぃぃ！」

そういう事は可愛い女の子にでも言ってくれ。

先ほどの化け物よりも大きくて乾いた手が、【魅了】に捕らえられたまま俺の肌を撫でていく。そここに吸い付いてくる唇。よくあの化け物が舐めた後にそんな事が出来るな！　って一瞬思ったけど、今はそれどころじゃない！　だって、サカっている男はついに俺の大事なところを摑んできやがったんだ!!

「やぁあ！」

「大丈夫。ひどくはしないよ」

「してる！　ひどい事しているから！　離せ！　やだ、やだ！　助けて！　やめて！　お願いだから、いやぁだぁぁ！」

バンバンと背中を叩いても、デカい身体はびくともしない。

あちこちに吸い付かれて、あそこをしごかれる感触に、快感よりも鳥肌が立つ。

足を持たれて大きく広げられた。はぁはぁと興奮した息が聞こえてくる。こんなの嫌だ。こんなの絶対に嫌だ。涙でグチャグチャになった顔で俺はもう一度口を開いて叫んだ。

「やめてくれ！　ダグラス！　助けて！　やぁぁぁぁ――――！」

「助けて！　ダグラス！　ダグラスゥゥゥ――――！」

「ソウタ！」

名前を呼ぶ声と一緒に、さっきのゴブリンみたいに覆《おお》いかぶさっていた男の身体が吹っ飛んだ。

「ダグラ……」

ああ、今度こそ本物だ。本物のダグラスだ。

「遅くなってすまない」

そう言うとダグラスは自分のマントを外して俺の全身をまるっと包み込んだ。

「う……わあぁぁぁぁぁぁん！」

バカみたいな声が出た。

涙もバカみたいに出た。

トントンと小さな子供を宥《なだ》めるように背中をたたく大きな手。

「笛の音が聞こえてすぐに戻ってきたんだが」

え？　あれ、聞こえたの？

「もう大丈夫だから」

そう言ってダグラスはマントでくるんだ俺を抱きしめてくれた。布越しの温《ぬく》もりに止まった筈の涙が再び溢《あふ》れ出《だ》した。

「ゴブ……リン……が」

「……ああ」

「め、め、眼鏡が」

「………ああ。ここにある」

「み、りょうで……」

「うん」

　ポツポツと状況を説明、というよりは単語を並べただけの俺に、ダグラスは分かったというように返事をする。

「そし、たら、今度は、そいつが……ひっく……ぅ……うぇぇ」

「……そうか。遅くなって悪かった。一人にするべきじゃなかった。俺のミスだ」

「……こわ、こ、こわかっ……ぇぇぇぇ」

「ああ、すまなかった。怖かったな。帰ろう、ソウタ」

「……うん」

　頭からマントをかぶって、ダグラスにおんぶして、その首にしがみつくようにして泣きじゃくりながら俺は町に戻った。まるで本当に子供みたいだって思ったけれど、俺のライフポイントはゼロを通り越してマイナスになっているから許してほしい。もう十歳でも十四歳でも、『ヒヨコ』でもなんでもいい。とにかくダグラスから離れたくなかったんだ。

　途中でやむなくギルドに寄ったら、カイザックがものすごい勢いでやってきて、もういいから連れて帰ってやれって言ってくれた。

　草原の中でダグラスにどつかれて気絶しているはずの金のなんたらの片割れと、それに殺されたと思われるゴブリンの回収は他の誰かがやってくれる事になった。

8　トラウマ

宿屋のエイダも心配してくれたけれど、情けない事にすっかり俺の目は壊れてしまっていて涙が止まらなくなっていた。

ダグラスは部屋に入ると、そのまま涙と鼻水と泥《どろ》と草まみれの俺を風呂に入れてくれた。洗いながら、思い出して気持ちが悪くなって吐いてもダグラスは何も言わなかった。触られたところをゴシゴシこすっていると、石鹸《せっけん》を山ほどつけて洗ってくれた。

自分で出来たけど、俺も何も言わなかった。だってダグラスの横顔がちょっと怖かったから。きっと真面目《まじめ》だから自分のせいだと思って悔やんでいるんだろうなって思ったんだ。

首も、胸も、腹も、足も、跡が残っている所も、そうでない所も洗ってくれて、髪の毛も洗ってくれて、それから……

「あとは?」

「………っ……」

「ソウタ」

「だい……じょぶ」

「ソウタ」

「じぶ、じぶん……でする……から」

「………」

それでどこだか気付いたのか、ダグラスは石鹸のついた手でそこに触れてきた。

「ひっ！」

「洗っているだけだ。こっちは？」

言いながら後ろに触れられて、俺はジタバタと力なく暴れてみた。

「そ、そこはへいき！　や、やられていない！」

「そうか。ならこっちだけな」

「！　や！　ダグ」

大きな手が泡まみれで俺のものをしごいていく。

「あ、や、ダグラ……ダグ」

「こういうのは上書きだ。綺麗に洗ってやるから忘れちまえ」

「あん！　やぁ……っ！　は……ぅ…ん！」

ビクンビクンと身体が震え出す。

そういえばこっちに来て、全然出してなかったなぁと思った。

でも十四歳の身体になっているならそれはそれで有《ぁ》りだった？　ていうか、今現在の刺激が強すぎて、どうしていいのか分からない。下腹に溜まってくる熱。無骨なのに長くて、器用な指が俺を追い上げていく。

「は、あ、ぁ……で、出るか……ら……ダグラス……出ちゃ……」

自分でも信じられないくらい甘い声が出た。でもそれを恥ずかしいと思う余裕すらなかった。

「や……ぁ、あ、あぁ、ほんとに……出ちゃうよぉ……」

「出しちまえ、それで忘れちまえ」

無茶な事を言うと思った。これだから脳筋のおっさんは！　とも思った。

「こ、こわいぃぃ……」

「……出すのも初めてなのか？」

「ちが……でも……」

他人にされるのは初めてで、なんとも言えないような気持ちが込み上げてくるのだ。ゴブリンにも、あの冒険者にも触れられたけど、気持ち悪さと怖さしかなかった。それなのにどうして……

「あ、あ、あ、あぁぁぁ！」

先端を引っかかれるように刺激されて俺はあっけなく果てた。

吐き出された白濁《はくだく》。はぁはぁと上がる息。

「ソウタ」

名前を呼ばれても答える事すら出来ず、クッタリとした身体を抱きかかえられたまま意識が薄れていく俺の耳に「ごめんな」というダグラスの声が聞こえた気がした。

◇◇◇

緑川颯太《みどりかわそうた》、絶賛引きこもり中です！

俺は俺が思っていたよりも繊細《せんさい》、いや、打たれ弱かったみたいだ。

あの日の翌日、俺は普通に起きた。お風呂場での一件もあったけど、不思議な事にダグラスに対しては嫌悪感とか、怖いとかそういう気持ちは湧かなかった。

だから、恥ずかしいって気持ちはあったけど、「大丈夫か？」と聞かれて「うん」って答えて、部屋を出て食堂に入ろうとしたら、足がすくんだ。俺はそこにいる冒険者の男達が怖くてどうにもならなかったんだ。

そして、ダグラスと離れるのも怖くて不安になっていた。

俺が食堂に入れなかったから、ダグラスがエイダに話をして食事をもらってきてくれるその間だけでもダメだった。ちょっとでも姿が見えなくなると怖くて泣きたくなってくるんだ。何？　俺ってば乙女？

部屋の中にいる間はまだいい。長く姿が見えなくなるとダメ。で、他の男が目に入ると震えが出る。

え？　俺どうしたらいいの？

「いっそ目隠しして……いやいや歩けねぇし」

かといっておんぶで草原に連れて行ってもらって、おんぶで帰ってくるわけにもいかないし。

第一、冒険者の男が怖いんだ。あの草原自体鬼門になっているかもしれないから、行けるのかって問題もある。

「まずい、俺の生活プランが……」

あの日からもう三日。ようするに俺はすでに三日も無収入だ。

このまま薬草を摘めなくなったらどうしよう。っていうか、ここから出られないっていうのがまずダメだろう。いや、それよりもダグラスが居ないとまともに過ごせないっていうのが問題か。

「こ、これじゃまごう事なく『ヒヨコ』以外の何物でもないじゃんよぉ……」

しかも、ついて歩くだけどころか、それすらも危ういし、つまり何も出来ないのと同じだ。以前よりも悪くなっている。

とにかく、まずはダグラスが見えなくても大丈夫なように慣らす？

それともエチケット袋みたいなものを作って、外に出てみる？

「『ヒヨコ』でもなんでもいいからまずは飯を食え」

ご飯を持って部屋に入ってきたダグラスは呆《あき》れたようにそう言った。

「ごめん」

「謝るくらいなら飯を食え。気付いていないのかもしれないが、確実に痩《や》せたぞ。これ以上痩せたら倒れる。とにかく食って、太れ。話はそれからだ」

食欲からの体力重視。うん。分かるけど、胃ってさ、一度小さくなるとなかなか大きくならないい……って、そんな事言っている場合じゃないよね。

「これからちょっとカイザックの所に行ってくる」

「！　お、俺も」

「無理だ」

「……だよね」

ギルドには山のように冒険者達が居る。その間を通って行くなんて今の状況で出来る筈がない。大体カイザックにだってまともに会えるかどうかも分からないんだ。

どうしよう。このまま俺の世界がダグラスだけになったら。それでもってダグラスがいずれ居なくなったら俺は……

「大丈夫だ。一時的なショックだ。じきに治る。薬草だってあの草原だけに生えているわけじゃない」

「うん」

「どこかに行きたいなら、落ちた体力がもう少しついたら連れて行ってやるから」

「うん」

「とりあえずは食べて寝てろ。寝ている間に行ってくる」

「うん」

ダグラスは優しい。

どこまでも優しい。

申し訳ないくらい優しくて、男前だ。

「ごめん。俺、ちゃんと元に戻るから。ちゃんと自立出来るようにするから」

「ああ、分かったよ。まぁ、しばらくは甘えとけ」

うわぁぁぁぁ！　何それ。ちょっとほんとにさ、さすがだよ、イケオジ。

「赤くなっているぞ」

ニヤリと笑うイケメンのおっさんに俺はぼそぼそと口を開いた。

「そういう事は見て見ぬ振りをするんだよ」

「そうか」

「そう。それが武士の情け」

「分からん、けど、まぁ、そうか。食え」

「は〜い」

ぐるりと回って戻ってきた話題。

ダグラスが見守る中、食事の半分以上を腹に押し込めて、俺は言われた通りにベッドに横になった。

眠っちゃえば不安はないしね。起きていると今はまだダグラスが居ないのが怖くなるから。

「すぐに戻ってくるから」

「分かったよ。いってらっしゃい」

「泣くなよ」

「――――!」

だから！　そこで頭にキスをするのはやめてくれ。何かが目覚めたらどうしてくれるんだよ。馬鹿たれが！

◇◇◇

「よぉ、小僧の具合はどうだ」

ノーティウスのギルドマスター、カイザックの部屋は相変わらず雑然としていた。部屋の端に見えた鍋。と同時に脳裏に甦《よみがえ》る浮かれていた少年。

「とりあえず、傷は治った。初級ポーションを飲ませちまったしな。ただ、体力と食欲はまだまだな。あとはまぁ、後遺症《こういしょう》の方はちょっと時間がかかりそうだ。それと、ゴブリンの討伐の方は手伝えなくて悪かった」

「ああ、仕方ねぇよ。数は多いがキングが居なかったのは幸いだったな。レッドキャップも二体だけだったから。ちょうど隣の町にA級がきているってぇんでギルドで指名依頼を出した。あの草原はランクの低い奴も入る所だから早めに片付けておかないとまずいからな」

「ああ」

西の森の奥に出来ていたゴブリンの巣は、この町にいた冒険者達と隣町のギルド経由でやってきたA級を含めた冒険者達によって殲滅《せんめつ》された。

他の魔物が集まる事のないように死体はすべて焼き払った。

ゴブリンは素材としての価値はほとんどない。魔石も小さすぎるものが多い。それなのに繁殖力《はんしょくりょく》が強く、上位種になればそれなりの知恵を持つ厄介な魔物だ。早めに倒しておかないといけない。

「冒険者の男が怖いんだったか」

「ああ、翌日の朝以来試していないから分からないが、あまり変わっていないように思う。あとは俺の姿が見えなくなると不安になっている」

そう言うとカイザックは顔を顰めた。

「まさしく『ヒヨコ』だな」

「そう言うな。本人は目隠しして出かけてみるとか、吐きながらでも薬草摘み出来ないかとか真面目に考えている」

「は〰〰……らしいというかなんというか。それにしてもどうにかしないといけないな」

カイザックは疲れたような顔をしてこめかみを揉《も》んだ。

「ああ。でも元はといえば俺の判断ミスだからな。眼鏡が外れて、【魅了】でサカったゴブリンに襲われて、更に助けてもらった男に続けて犯されそうになれば、無事でいてくれただけでもって思うよ」

「まぁそれは……あの【魅了】の力じゃ、遅かれ早かれそんな風になっても仕方がないとは思うがな。もっとも小僧にしてみれば、大きなショックだっただろうさ。だが、ダグラス、あんたに指名依頼がきているんだ」

「指名依頼？」

「ああ、あんたが世話になったデトリスの商人、ブラムウェルから護衛の依頼だ」

「ブラムウェルか……」

ダグラスは眉間《みけん》に皺《しわ》を寄せた。

ダグラスがA級の冒険者になれたのもブラムウェルの助力があっての事だった。若い時には色々と融通《ゆうずう》をきかせてもらったり、手助けをしてもらったりした。今も時々思い出したように、指名依頼がくる。

「南のエステイド国に行く途中、サランの森にどうやら番《つがい》のガルーダが棲《す》みついたらしい」

「ガルーダ？」

珍しい魔鳥の名前だった。全身が赤く、炎の魔法を使う魔物。ランクもAランク以上と高く、厄介な化け物だ。猛禽類《もうきんるい》の王とも呼ばれ、その羽はエリクサーの材料としても有名だった。

「ああ。番というだけでも厄介なのに、万が一抱卵《ほうらん》していたら、近くを通れば殺されるってわけで指名依頼だ。運が良ければ王鳥ガルーダの素材が手に入る」

「…………………」

確かにそれは、おいしい話だし、世話になったブラムウェルへの恩もある。

だが、今のこの状況でソウタを残していくのは……

「いつから？」

「三日後にはデトリスの町を出るそうだ。なるべく早めに合流してほしいという伝言だ」

「デトリスだとここから二日はかかるか。ギリギリだな」

「そうだな。馬は貸すからデトリスのギルドに預けておいてくれ。そうすれば一日で着く。あと二日で小僧を俺の部屋まで来られるようにしな。【鑑定】やらポーション作りでもさせながら面倒は見てやる。行けるようなら薬草摘みも浅い所だけで、女に付き添いを頼もう。エステイド王国までの往復で一か月ってところか。今のところは行きだけの護衛だ。帰りは商隊と一緒に歩くよりは早いだろうからもう少し短縮出来るかもしれないな」

確かにそれならと思う気持ちと、無理だろうと思う気持ちがあった。勿論いつまでも一緒に居られるわけじゃない。本人もそれは分かっている。

だが、ソウタ自身が自分の事を『ヒヨコ』と思っているように、ダグラス自身も庇護欲《ひごよく》のような気持ちが湧いているのは事実だった。

しかも子供だってぇのに手を出しちまうし……。

『は、あ、ぁ……で、出るか……ら……ダグラス……出ちゃ……』

あんなものはスキンシップにもならない筈だけれど、それでも初めて聞く声が耳に残っている。

「………っ………」

苦い気持ちが込み上げて、ダグラスは胸の中で馬鹿か……と自分を詰《なじ》った。

「話をしてみる」

「ああ、そうしろ。今すぐでないにしろ、いつかはって考えているんだろう？　あんまり甘やかすなよ」

「分かっているよ」

「なら、いい。手を出すなら最後まで面倒見ろ」

「馬鹿か、十四だぞ？」

「年を気にしている時点で笑えねぇけどな。依頼、受けるって伝えるぞ」

「……ああ」

頷いてダグラスはギルドを出た。結構時間がかかってしまった。部屋の中だから大丈夫だろうか。

まだ寝ているだろうか。それとも不安がって泣いているだろうか。

「…………」

なぜか、泣いている顔が浮かんで、自分はそうであってほしいとでも思っているのだろうかとダグラスは眉をひそめて頭を振った。まったく何をしているんだ。

ソウタはいつまでも『ヒヨコ』ではいたくないと言っていたのに、これでは自分の方が『ヒヨコ』でいさせたいと思っているようでうんざりする。いや、それどころか……

「いい年したおっさんの方が『ヒヨコ』になってどうするよ」

そう呟いてダグラスは何かを振り切るように宿屋に向かって歩き出した。


部屋のドアをそっと開けると、ソウタは眠っていた。それにホッとしながらダグラスはベッドに近づいた。とりあえず、起こして昼飯を食べさせなければいけない。そして依頼の話もしなくてはならないし、出発するまでにギルドまで行けるようにならないといけない。

「…………」

ソウタはなんて言うだろうか。一か月は決して短い時間ではない。そこまで離れてもソウタは自分と一緒に居たいと言うだろうか。それともすっかり離れてしまうだろうか。

「ソウタ」

小さく名前を呼ぶと、微かに睫毛が震えるのが分かった。それを見つめながらダグラスはこれからの事を考えてやるせない気持ちになった。

◇◇◇

名前を呼ばれたような気がして目を開けるとダグラスが見えた。それがなんだか嬉しくて、俺はふわりと笑いながらゆっくりと起き上がった。

「お帰り、ダグラス。今帰ってきたの？　なんの話だった？　森の後始末の事？」

言われた通りに寝て待っていたのがなんだか照れくさくて、立て続けに問い掛けると、ダグラスがその表情を一瞬だけ曇らせたのが分かった。え？　何？　途端に胸の中に不安が広がっていく。

「ダグラス？　何かあったのか？」

「……いや、よく眠れたか？　そろそろ昼飯を食わないとな」

「もうそんな時間？　寝ていたからあんまりお腹すいてないな」

「……なら少し話をするか」

「うん。なんだよ。何かそんなにやばい事になっているの？」

なんだろう。俺が引きこもっている間に何が起きていたんだろう。ドキドキする胸を押さえて俺はベッドに座りなおした。

「まず、森のゴブリンの巣は全滅した」

「！　すげえ！　じゃあもうゴブリンは居ないんだな？」

「まぁ、またどこからか湧いてくるかもしれないが、とりあえず森の巣の中にいた奴らは居ない」

良かった。これで一つ心配事が減った。

だって今は無理でもこの先薬草摘みに行けそうになった時、またゴブリンが出たらどうしようって思って過ごすのは嫌じゃん。ゴブリンには申し訳ないけど、ここはやはり俺の心の平穏のために安らかに消えてくれ。

「それから、聞きたくはないかもしれないが、お前を襲った『金の鎮魂歌《レクイエム》』の男の方だが、冒険者ランクを下げられて、一か月は町のEランクの奉仕活動。またお前に対する慰謝料《いしゃりょう》が請求《せいきゅう》される事になった」

「い、慰謝料⁉　いやいやいやいや、俺、ヤられていないし」

「それでも助けるべき子供を襲ったという事実はなくならない。実質はこの町での冒険者の活動は出来ないし、ギルドの記録はどこに行っても見られるから、他の町での活動も難しくなるだろう」

「そんな……俺の妙な力のせいなのに」

俺にこんなものがなかったら、ゴブリンから助けてくれた、いい人だった筈なのに。

「慰謝料はギルドと本人が相談して決めている。それでいいと俺が代理で言った。一応慰謝料の中から俺が殴って怪我をさせた治療費は返す形をとった。ソウタが作った初級ポーションだがな。それでこの件は終了だ。ちなみに本人はもうここには居ない」

「……そうなんだ」

なんだか胸の中がイガイガした。申し訳なかったなっていう気持ちと同時に、もう会う事はないっていうほっとした気持ちが俺の中にあった。

「それから」

「まだあるのか」

「ある。ソウタを襲ったゴブリンは一応、先ほどの男のものとなって、微々《びび》たるものだが討伐料は彼のものになった」

「はい。当然です」

だって俺、何もしていないもん。

「あとは……」

「うん」

「依頼が入った」

「…………へ」

俺の間が抜けた声が聞こえなかったようにダグラスは言葉を続けた。

「世話になった事のある商人からの護衛の依頼だ。エステイド王国まで行ってくる。途中にガルーダという厄介な魔物が番で棲みついたからだ。卵を抱《かか》えていれば縄張りに入ってきたものを容赦《ようしゃ》なく殺すだろう」

「そんな……そんなの危ないだろう！　殺されるかもしれないんだぞ！」

淡々とそう口にするダグラスに俺は思わず声を上げていた。だって魔物に殺されるかもしれないのにどうして依頼を受けるんだよ。

「ソウタ、それが冒険者の仕事だ。運が良ければガルーダの素材が手に入るし、報酬《ほうしゅう》も高くなる」

「そ、それでも命があってこそだ！　う、受けたのか？　受けるのか？　お、俺も」

「連れていけない」

「この前は依頼の帰りだったから同行出来た。普通は依頼をされていない者の同行は許されない」

「ダグラス！」

「じ……じゃあ、俺、どうすんの？　どれくらいかかるの？　ねぇ」

起きたばかりの頭はうまく回ってくれない。いや、起きたばかりでなくてもこの話はパニックだろう。だって、こんな状態で置いていかれるんだよ？

勿論いつかはって思っていた。いつまでも一緒には居られないってちゃんと頭のどこかでは理解していた。自分には魔物を倒したりするような事は出来ないから、ダグラスみたいな冒険者にはなれないっていうのも分かっていた。でも、こんなのって、こんなのってない。

だって、どうしたらいいのさ。今ダグラスが居なくなったらどうしたらいいのか分からないよ。

情けないし、呼ばれたくないって思っても今の俺は確かに『ヒヨコ』だ。ううん。『ヒヨコ』以下だ。でも、でもさ、責任転嫁《てんか》以外の何物でもないけれど、そうしたのはダグラスだ！　だって、ダグラスじゃなかったら俺は、俺は、多分もうこの世界には居ないよ。最初の時点で魔物に食われているか、どこかで俺の【魅了】に溺《おぼ》れた男達に犯り殺されている。

「行きは結構かかると思う。それなりに高ランクの冒険者を集めていると思うから、ガルーダについてはまぁ、あまり心配はしていない。手を出さなければお互い牽制して何事も無く通り過ぎる事が出来るかもしれない」

「……でも、戦うかもしれない、でしょ」

「ああ、だけど、死ぬ事はないだろう」

「…………………」

そう言われてしまえば俺には何も言う事が出来ない。だって俺はガルーダがどんな魔物なのかさえ分からないんだから。

ジワリと涙がにじんだ。我儘《わがまま》なのも無理なのも分かっているけど、万が一ダグラスが戻ってこなかったら。俺は……。

「置いて、いかないで」

思わず零《こぼ》れ落《お》ちた言葉を恥ずかしいなんて思う余裕もなかった。

「ソウタ……」

「俺、外に出られるようになるから」

「…………………」

「眼鏡も外れないようにするから」

「ソウタ」

「他の冒険者の男を見ても怖がらないし、吐かないようにするから！　だから！」

「…………ギルドのカイザックが預かってくれる事になっている」

「え……」

ギルド？　俺、ギルドに預けられる事が決まっているの？　もう勝手に決めてきちゃったの？　だって、ギルドだよ？　冒険者の男達が沢山いる所だよ。今の俺にそこに行けっていうの？

「とりあえず、ここに居続ける事の方が危ない。万が一の事を考えるとカイザックの所にいって鑑定を手伝ったり、ポーションを作ったりしていてくれた方が安心だ。もしも今の状態が落ち着いてきて、薬草を摘みに西の草原に行けそうなら、女性の冒険者の付き添いを頼む。この世界では女性の冒険者も結構強い。C級以上の者を頼めば西の草原で出るような魔物に出くわしたり、万が一眼鏡が外れたりするような事が起きても対応は出来るだろう」

　身体の中から力が抜けていくような気がした。ダグラスは、もう全て決めてきちゃったんだ。俺が何を言っても、それが覆《くつがえ》る事はないんだ。そうだよね。だってどう考えてもA級冒険者とずっと一緒に居られる筈なんてないもん。ダグラスが優しいから俺、もしかしたらずっと一緒に居てくれるかもしれないって勘違いしそうになった。

　なんだか身体が子供になったら、思考も子供になっていたみたいだ。

「すまない。出発まで時間がないんだ。それまでに今の状態がどの程度で、どこまで出来そうなのかを知りたい。ひどい事をしていると思うけれど、部屋から出てみよう」

「うん。分かった。仕方ないよね。そうだよ。いつまでも『ヒヨコ』でいたくないって俺も自分で言っていたし」

「ソウタ」

「どうにもならなかったら、カイザックの所に引きこもるよ」

「……ああ」

「ギルドは正直怖いけど、最悪、犯られるだけだからさ。ゴブリンよりはマシだと思う事にする」

「ソウタ⁉　俺はそんな事を言っていない。そうならないために」

即座に顔色を変えて口を開いたダグラスに俺は首を横に振った。

「でも保証はないよ。森にいた筈のゴブリンが草原の浅い所に出てきたように。絶対になんていうのはどこにもないって俺も分かっている。ありがとね。ダグラス。色々考えてくれて。ほんとにダグラスが最初に見つけてくれて俺はラッキーだった。嫌味じゃなくて、本気で言っているんだ。本当にそう思っている。ダグラスじゃなかったら俺、今頃ダグラスが最初に言っていたような奴隷《どれい》？　みたいになっていたかもしれないし、生きていなかったと思うから」

俺の言葉にダグラスは悔しそうな、それでいて傷ついたような顔をしていた。でも俺は前言を撤回《てっかい》はしなかった。だってそう思わないと、泣き喚《わめ》いて連れて行ってくれなきゃ嫌だって十四歳どころかもっと小さな子供みたいに床に転がって泣き出しそうだったんだ。

「時間ないんでしょう？　練習付き合ってくれるの？　ありがとね。じゃあ、まずはこの部屋から出るところからかな」

「…………ああ」

返ってきた低い声。

結果はもちろん最悪で、食堂に行く頃には震えが止まらなくなっていた。

エイダが「やめてあげなよ！」って悲鳴を上げる程度にはすごい顔色だったみたいだ。でも俺は止めなかった。

そしてそのまま外にも出た。歩いている男達を見るだけで吐きそうになった。それでもなんでもどうしても草原に行くと言って抱きかかえられるようにしながら草原に行って、悲鳴を上げて気を失った。

俺はへっぽこすぎた。でも時間は容赦《ようしゃ》なく過ぎる。ダグラスは依頼を断ると言ったけれど、俺はそれを認めなかった。

「大丈夫。俺は『ヒヨコ』じゃねぇ」

これは十九歳の俺のプライドだ。ちっぽけで、薄っぺらいけど、それでも引けない、引いたらいけないものだって思うしかなかった。

そして二日後。

「出来るだけ早く戻るから、頼むから、無茶をしないでくれ」

ダグラスはそう言ってノーティウスの町を出て行った。

９　罠

「ソウタ、こっちも頼んだぞ。俺は一階に降りているからな。飯はいつもの奴が持ってくる。それ以外は開けるなよ」

「はーい！」

カイザックの所に来てからもう半月ほど経った。

ダグラスが依頼を受けると俺に言った翌日。真っ青な顔でマントにくるまれたまま横抱きで連れて来られた俺に、さすがのカイザックも声を失った。たまたまその場に居合わせた冒険者達も息をのんでいたそうだ。

前日と同じ事をして同じような状態になったけど、それでも気を失わずに「このままギルドに連れていけ」って言った自分を褒《ほ》めてやりたいって思っていた俺は周囲がそんな風に思っていたなんてこれっぽっちも思っていなかったんだけどさ。

ダグラスは最後までグダグダ言っていたけど、俺も引かなかったし、とりあえずカイザックに対しては震えたり、吐いたりせずにいられたから、どうにかなると思ったんだろう。

カイザックも「可哀相だが、この部屋からは出さない」と言い切っていたしね。

もっともそんな感じで担《かつ》ぎ込《こ》まれたお陰で、俺は『ゴブリンに襲われたあげく助けに入った筈の冒険者にまで襲われた可哀相な子供で、指名依頼を受けたダグラスからギルドが預かって面倒をみている』と一気に有名人になった。あまり嬉しくないけど仕方がない。中には「そんなにいいのか」なんて言う馬鹿もいたみたいだけどそんなのは丸無視だ。

その後、カイザックが「調べたら【鑑定】のスキルを持っていたから、成人をしたらギルド職員として雇う予定だ」とさりげなく拡散してくれたから、ギルドを敵に回したくない人達には良い牽制になっているんだと思う。

相変わらず、カイザック以外の男は怖いけど、それでも少しずつ慣らすために一日に一・二回は下の階に行ってみたりしているんだ。震えは減ってきて、吐かなくなった。

何より冒険者達が俺に起きた事（未遂《みすい》だったけどな！）を知っているから、無理に話しかけては来ないし、近寄ってもこない。そしてなぜか時々差し入れがきたりもする。

やめとけって言われたけど、カイザックが付き添ってくれて、頭からマントをかぶって下だけを見て手を引かれて歩きながら二回、西の草原にも行ってみた。

一度目は震えが止まらなかった。

でも二度目はどうにか立っていられて、足元に薬草を見つけて摘んでみたら、ガラにもなく涙なんて零れて、カイザックが焦っていたけど、俺も自分でびっくりした。自分でもどうしたらいいのか全然分からないんだけど、とにかく一日一日を乗り越えていくしかないいなって。そしてダグラスが戻ってきた時には「大丈夫だったよ」って言えたらいい。しばらくはこうしてやってみるよってダグラスを自由にしてあげられたらいいなってそんな事も考えた。まぁ。実際に会ったらどうなるかなんて分からないんだけどね。グダグダと考えていたらノックの音が聞こえた。

「ソウタ～、ご飯だよ～」

ボク呼びのカウンターのお姉さんは、やっと俺の名前を憶《おぼ》えてくれたらしい。

「どう？　鑑定は捗《はかど》っている？　う～ん、えらいえらい。ご飯残さず食べるんだよぉ」

「ありがとう。モニカさん」

「モニカでいいよぉ。そのうち同僚になるんだからねぇ。じゃあまた後でね～。こっちの鑑定が終わったのはもらっていくね～」

ちょっと喋りは緩《ゆる》い感じだけど、とてもいい人なんだ。でも怒らせると怖いらしい。そんな感じはしないけどなぁ。

「午後はポーションでも作るかな」

実はここに来てから怪我用の中級のポーションが作れるようになったんだ。といっても作り方は初級とほぼ一緒だけど。鍋の中身を中級が作れるものにして、あとは「創造生成中級ポーション」って言うだけ。

ごめんよ。ちょろくて。でもこれくらいのチートは許してほしい。ちなみに美味しくなれっていう気持ちを込めてみたらちょっとましな味になって笑ってしまった。笑えた事が嬉しくて、その後ちょっぴり泣いちゃったのは内緒だけどね。

食事を終えて俺はカイザックが用意をしてくれた部屋の端っこにあるベッドに横になった。よく婆《ばあ》ちゃんが食べてすぐに寝ると牛になるって言っていたけど、胃に入れたものがちょっと落ち着くまではこうしていた方が楽なんだ。体重はなかなか増えなくてうんざりする。このままじゃ十四歳っていうのも信じてもらえなくなりそうだよ。

「……ダグラスは今頃どの辺かなぁ」

寝ころんだまま、俺はカイザックが壁に貼ってくれたざっくりとした感じの地図を眺めた。

最初に行くデトリスっていう町はノーティウスからちょっと南東へ行った所。地図だとノーティウスから右に下がった辺りに俺が小さくつけた丸印がある。そこからずーっとずーっと南の方に下がっていくと、へたくそな鳥の絵が描かれているのがサランの森で、さらにずーっと南下をすると以前ダグラスが言っていた、このヘヴガイドル王国と同じく海がある国、エステイド王国がある。

ダグラス達はその王国の中のカムイっていう大きな街まで行くのだと聞いた。でも国が違うからちゃんとした場所が書かれていなくて分からない。それでカイザックが「この辺だ」って黒丸をつけてくれたんだ。

「遠いなぁ……」

俺がダグラスと初めて会ったメイコスの森はノーティウスの僅《わず》かに北東。あれだけの距離で三日かかったんだよね。こんなに長い距離、ほんとに一か月で帰ってこられるのかな。

まぁ俺の足とダグラスの足じゃ全然違うけどさ。

「さて、お腹も落ち着いてきたし、ポーションを作って稼ごう」

そう言って俺はゆっくりと起き上がった。するとドアをノックする音がして「マスター！　すみません！　ちょっと急ぎで確認をしたいんですけど」という声が聞こえてきた。

一階カウンターのもう一人の女性の声だ。

「いないのかな、すみません～！」

俺はそろりと扉を開いた。

「あれ？　ソウタだけ？　マスターは？」

「一階に行くって言っていたよ」

「ええ？　じゃあ解体の方に居るのかな。あのさ、ソウタ。今ね、草原に薬草摘みに行くっていう孤児院の子供達の付き添いをする女性だけのパーティが来てるの。もしよければソウタもどう？　向こうからは一緒に面倒みるって言われているんだけど」

「……俺、同行させてもらう依頼料払えない」

「それは大丈夫、ギルドから出るから。前にマスターから女性だけで薬草摘みの付き添いの依頼があれば同行可能か声をかけてやってほしいって頼まれていたから。どうする？　止めておこうか？」

「あ〜〜、じゃあ行ってみます。ダメだったらここまで連れてきてくれるのかなぁ」

「事情は分かっていると思うから大丈夫だよ」

ううう、どんな事情を分かっているんだろうか。

「じゃあ、お願いします」

「分かった。しっかり装備をして、下に来てくれる？」

「はい」

返事をして、俺は眼鏡が落ちないように紐《ひも》でしっかりと固定して、さらにフードのついたマントを被って、履きやすい靴に履き替えて、バッグを斜《なな》め掛けにした。勿論中にはダグラスのマジックポーチが入っている。

ゆっくりゆっくり階段を降りると、聞こえてくる男達の声に身体がすくむ。

う〜ん。意外と頑張れそうだと思ったけど、やっぱりまだ怖さがあるな。もう少し下に降りる回数を増やして慣れるようにしていった方がいいのかなぁ。

「あんたがソウタ？」

声をかけてきたのは金髪の女性だった。

「はい、ソウタです」

「あたしは『薫風《くんぷう》の翼』のカエラ。一緒に行くのはあたしの仲間のアデリンとジェニーよ。外で待っているわ。三人で孤児院の子達が薬草摘みに行く護衛の依頼を受けたの。あたしも孤児院の出だからさ。ソウタの事は聞いているから安心して。気分が悪くなったらすぐに言って。誰かがここまで送るから」

「ありがとうございます。よろしくお願いします」

「うん。頑張ろうね」

「はい」

俺は元気なインストラクターのお姉さんみたいなカエラさんと一緒に外に出た。

あ、カイザックにはちゃんと伝わっているのかな。でもカイザックが受付の人に声をかけていたんだから大丈夫なんだよね？

「あれぇ？　ソウタどこに行くの？」

あ、ボクの人。じゃなくて、モニカさんだ。

「草原に。孤児院の依頼受けた人が同行してくれるって」

「ふ～ん、そうなんだぁ。いってらっしゃ～い。でも、無理しちゃだめだよぉ」

「は～い」

言われて手を振って、俺はギルドの向かいで待っている子供四人と女性冒険者達と合流して、西の草原に向かって歩き出した。

◇◇◇

はい、もうすぐ西の草原です。絶賛滝汗中です！

やっぱり知らない人だけっていうのは怖いな。でもちびっ子が手を繋いでくれているんだよ。ありがとね～。だから帰りたいって言えないね～。

「こわいことがあったらね、シスターがてをつないでくれるのよ」

「そうするとね、だいじょうぶなの。だからメイ、てをつないであげるね」

「マリカも！」

「おまえら前見てあるけよ」

「うるさいよ。ジェイクはおねーさん達と仲良くしてな」

えっと、この子達は大体五歳から十歳くらいの孤児院の子供達なんだ。

最初マントについているフードを深くかぶった俺は彼女達にものすごく不思議がられたんだけど、カエラさんが「ソータはここでものすごく怖い目にあったんだけど、少しずつ来られるように頑張って練習しているんだよ」って話をしたんだ。それが彼女達の何かに火を点《つ》けたらしい。

「は～い。じゃあ、手を離して。あのおねーさんの向こうには行っちゃだめ。ちょっと珍しい薬草はあの辺にあるけど、ホーンラビットが出る事もあるから注意してね。出たら笛を吹く」

笛！　あれダグラス以外も使っていたのか！　そんな俺の疑問に答えるように付き添いの女性冒険

者は「これは魔物にとって嫌な音がするの。吹いたら私達の方に逃げるのよ」と教えてくれた。

「じゃあ解散」

「ソータ、行こう」

言われたけど俺はまだホーンラビットでも魔物のいる可能性がある方には行きたくなかった。

「ごめん。俺、こっちの方で初級ポーションの草を見つける」

そう言うと女の子達はどうしようかと考えてから「じゃあ気を付けるのよ」「またあとでね」とちょっと珍しい草がありそうな方に行った。

うん。そうだよね。集められる時間も、草も限られているから少しでも値段が高くつく方がいいに決まっている。俺はまだ、ちょっと、これ以上深くは行きたくない。こんな浅い所にはろくな薬草はないのは分かっているけど、これは俺にとってはリハビリだからさ。

唯一の男の子は『薫風の翼』のメンバーが立っているぎりぎりの辺りで薬草を探している。女の子達は同じような場所にかたまっているみたいだ。

「ソウタ。もう少しだけ中に入れる？　ここだとさすがに街道に近すぎて、逆に誰かが通る可能性もあるからさ」

声をかけられて「ああ、そうか」って思って、俺は言われた通りにもう少しだけ中に進んだ。周りを見回しても他の冒険者の影はなく俺達しかいない。だとすれば街道にあまりにも近い方が危険だもんね。

「こ、この辺までなら」

それ以上行くのはなんだか怖くて俺は振り向いてカエラさんにそう言った。

「うん。分かった。じゃあその辺にいて。ずっとつきっきりは出来ないけど、近くにはちゃんといるから、具合が悪くなったら遠慮なく言って。笛は……持っているね。じゃあそれを吹いてもいいからね」

「はい」

「大丈夫だよ。頑張ろうね」

「はい」

『薫風の翼』の三人は子供達が見渡せるような位置に大体等間隔《とうかんかく》で立って護衛をしていた。

時折女の子達の「みつけた～！」という声が聞こえてきたが、子供がしゃがんでしまうと隠れてしまうくらいの草丈《くさたけ》があるので俺のいる所からはどこにいるのかは分からなくなってしまった。

青い空。風は気持ちよくて、マントがない方がもっとそう感じられるだろう。

でも【阻害】の眼鏡をかけていても油断は禁物だ。人生何があるか分からない。それはこの前の出来事だけでなく、俺がこの世界に居るって事で十分分かっている筈だ。

「とりあえずは脱『ヒヨコ』だな」

ポツリと呟いた途端、ダグラスの顔が浮かんで、俺はグッと唇を噛み締めながら草っぱらに【鑑定】をかけた。思っていたより薬草があった。もしかしたらこんな浅いところで薬草を摘む人間が居なかったのかもしれないな。それはそれでラッキーだ。

「あ、高額みっけ。やったー」

こうしてしゃがみこんで草を摘んでいると、なんだか悪い夢でも見ていたんじゃないかって気さえし始めた。襲われた事も、対人恐怖症みたいになった事も、そしてダグラスが居ない事も全部夢でもしかしたら後ろを向いたら「どうした？」って…………

「なわけねーじゃん。現実逃避もここまでくるとヤバいな。真面目に稼ごう」

そう。これからの事を考えるとずっとこうしてはいられない。今はカイザックの好意でギルドの空《あ》き部屋に鍵《かぎ》をつけて寝泊まりさせてもらっているけど、ここで本気で暮らしていくなら、どこか住む場所も考えなくてはいけないだろう。

もっともどれもこれも未成年ではどうにもならない。そういう意味では未成年になっていたっていうのも逆に考える時間があっていいのかも？

いやいやいやいやいや、未成年じゃなかったらもっと他に色々選択肢《し》はあった。少なくとも冒険者登録は出来た。でも、ダグラスは未成年だったからここまで関わってくれたのかもしれない。

「あ〰〰〰〰〰」

あっちにいったりこっちにいったり、相変わらず俺の思考は忙しい。何が出来るのかとか、どうしたいのかとか、そういうのがちゃんと決まっていないから考えが定まらないんだ。

大体さ、ダグラスは俺の事をどう思っているのかな。いや、どう思っているとかじゃなくて、単純にダグラスはお人よしだっただけだよな。面倒見がいいイケオジだった。それでもってA級冒険者だったからちょっと余裕もあって、頼られたから突き放せなかった。

でもダグラスはそうでも、別に俺は『ヒヨコ』の刷り込みでダグラスと一緒にいるわけじゃないのになﾞ。それじゃなきゃ、あんな……ん？　あれ？　それじゃなきゃなんだっていうんだよ。おいおいおい。

「やべぇ、現実逃避の次は思考が乙女だ。何考えてんだ、ほんとに！」

気分を変えるために立ち上がって周りを見回すと、少し離れた所に立っているカエラさんが気付いて手を振ってくれた。俺もぺこりとお辞儀をしてまたしゃがみ込んだ。

もうほんとに止め！　うじうじ考えるのは止め止め！　とにかく、ダグラスが帰ってきたらもう一度これからの事を相談しよう。ダグラスにはダグラスの生活があるんだしさ、いつまでも一緒には居られないんだから！　それは仕方がない事なんだから。だからそれを淋しいなんて思ったら駄目なんだからな。

「よし！　この辺は採りつくした感じだな。もう少しだけ向こうに行くか」

わざと声に出してそう言って、俺は少しだけ横に移動した。来た時は緊張があったから怖かったけど、こうして一人で黙々と作業していれば案外大丈夫だ、ちょっと余計な事も考えたけど、身体の調子もなんとなく良くなってきた気がする。あと少しだけ採って、無理のないうちに帰ろう。

「あ、ラッキー。また高額。この辺はまだありそうだな」

グルグル回るような乙女思考とは裏腹に、現実的な俺の手はぶちっと薬草をゲットしていく。うん、それでいい。頑張れ俺の現実思考。

そうしてどれくらい経っただろうか。思っていた以上に薬草も採れたし、そろそろカエラさんたちに言って面倒をかけるけどギルドまで送ってもらおう。そう思ってゆっくりと立ち上がった俺は自分の目を疑った。

「え？」

先ほどカエラさんが立っていた辺りには誰もいなかった。そしてあのお姉さんよりも向こうにはいかないという目印のお姉さんも、もう一人の人もいない。

「え？　どういう事？」

何か向こうの方で魔物が出て皆で逃げたんだろうか。それならどうして俺には声をかけてくれなかったんだろう。

「……っ……」

途端に嫌な汗が流れ始めて息が早くなった。

「だ、誰か！　皆、どこ⁉」

でも誰の声も聞こえない。どうして？　なんで？

「そ、そうだ、笛」

笛を鳴らせば戻ってきてくれるかもしれない。

きっと俺があまりにも一生懸命に薬草取りしていたから先に休んでいるんだ。そうじゃなかったら俺は。

「ひ、ひとりでギルド、帰るのは……」

ヒリヒリするような喉を我慢して笛を吹いた。あの日と同じく笛は鳴らない。

でも鳴らない笛の音がダグラスに聞こえたように、あの冒険者達にはきっと聞こえている筈だ。

「！」

ガサっと草が掻き分けられたような気がして、俺はカエラさん達が来てくれたのかと振り返った。

だけどそこにいたのはガラの悪そうな男達だった。

「お前がソウタ？」

「マジかよ、完全にガキじゃん」

頭の中で警戒音が鳴っている。誰かが逃げろって叫んでいる。

「……っ……！」

「おっと、逃がしたら報酬がもらえなくなるからな」

「報酬？」

「なんだよ。騙されているのにまだ気付かないのか？」

「お前嵌《は》められたんだよ。カエラ達に」

「!!!」

俺は信じられないような気持ちで男達を眺めた。

「どういう事……」

「どういうもこういうもないの。ほら、もう少し向こうに行こうぜ」

「や！　いやだ！」

「ここじゃあ邪魔が入るかもしれないだろう？」

「行かない！　やだ！」

「うるせぇよ！　大人しくしろよ！　カエラ達はもう子供達を送りに行っちまったよ。お前は帰った事になっているから誰も来てくれない」

「う、嘘だ！」

喋りながらも男達は俺の身体をがっちりと摑んで草原の奥の方に歩いていく。

「いやだ！　ここはやだ！　やめて！　やめてくれ！」

「へぇ、マジみたいだな。ここでゴブリンとヒースの野郎に犯られたってぇのは」

「ヒースは未遂だって言っていたらしいぜ？」

「どっちでも同じだよ。こんなガキにサカって一生を棒に振ったんだ」

この男達は何を言っているんだろう。ヒースって誰だ。それよりも何よりも、騙されたってどういう事なんだ。

「この辺でいいか。とにかくあの女達はお前をボロボロにしてやりたいんだとさ」

「どうして……」

「さてねぇ。俺達は依頼された事をやって、奴隷商に引き渡す。それだけだ」

「────！」

ここにきてまさかの奴隷商！　冗談じゃねぇ！　っていうか、なんで俺カエラさん達にそんな風に恨まれているんだ？　だって今日初めて会った人なのに！

「やめろ！　マジでいやだ！　ほんとに吐く、吐くから！　吐いちゃうから！　無理！」

「諦めな。ほらフードを取れば意外といける……いや、眼鏡が邪魔だな」

「いやだ！　眼鏡は取ったら」

「うるせぇよ！」

パンッと頬を打たれた。

「おい、傷が出来ると値が下がるぞ」

「犯ってからなんだから同じようなもんだって。どのみちこいつだってダグラスの奴と犯りまくっているんだろう？　まさかあのダグラスがこんな子供が趣味だなんてな。そりゃあカエラもやってられないって気持ちにもなるだろうさ」

「おい！」

「おっと、じゃあ、坊主。しばらく俺達と楽しもう。お前の情夫よりいい思いが出来るかもしれないぜ？」

ニヤリと笑って男は俺の身体を押し倒して乗り上げてきた。

もう一人は俺のフード付きのマントをとって、ニヤニヤと笑いながら両手を拘束《こうそく》して眼鏡をはずす。

俺はギュッと目を閉じた。

「観念したか。そうそう、お互いに楽しんだ方が痛い目を見ないで済む」

声と一緒に生ぬるい息が首筋に触れる。

「やだあぁぁぁ!!!」

それだけで全身に鳥肌が立った。

その瞬間、開いてはいけない目を見開いてしまったと気付いた時には遅かった。

「へ、へへへへ」

嫌な笑いと共に着ていたシャツが引き裂かれて、湿ったような手が胸に触れる。

押さえていた男も興奮したように顔を寄せてきて、俺は気持ち悪さに顔を横向けにして嘔吐《おうと》した。

「……汚ねぇな」

一瞬だけ鼻白《はなじろ》んだようになったけれど、どうやら俺の【魅了】は有能で、その位で性欲が衰《おとろ》える事はないらしい。

脱がしたマントでごしごしと口を拭われた。さすがにそこに口づけをしようとは思わなかったようだけれど、それでも顔は舐められた。

「ヒィ！　や、やめろ！　気持ち悪い！　やだ！　脱がすな！　やだ、ダグラス！　助けて！　ダグラス！　やだぁあ――――っ！」

涙が溢れた。這《は》いまわる手も、首筋に埋《うず》められた顔も、乗り上げている男が固くなったそれを押し付けてくるのも、何もかもが悪夢のようだった。

最悪、犯られるだけだからなんて、ゴブリンよりはマシだからなんて嘘だ！　俺はもう死にそうなくらいダメージを受けている！

「案外いけるな、小僧。泣いている顔もそそられる。そろそろこっちも可愛がってやらないとな」

「さ！　触るな！　馬鹿野郎！　や、めろ〰〰〰〰〰〰〰！」

「誘われているようにしか思えねぇな」

それは、くそスキルの【魅了】のせいだってぇの！　だから！　顔を寄せるな！　胸を触るな！

揉《も》むな！

ハァハァと勝手に欲情している男達に為《な》す術《すべ》もなく、こんな風にされて、ダグラスに会えないまま奴隷商に売られるなんて絶対に嫌だ！

「おい、早くやって交代しろ！」

「分かってるって！　ああ、面倒だな。これも破くか」

落ちてしまうウェストをベルト代わりの紐でがっちりと結んだから、ズボンがうまく下ろせずに焦《じ》れた男はナイフを取り出した。

さすがにズボンはシャツの様に手で引き裂く事が出来なかったらしい。というかそこで諦めてくれよ！

「止めてくれ！　お、お願いだから！」

「は、別のお願いならきいてやるぜ？　まずはこっちに入れさせろよ」

「ふ、ふ、ふざけんな！」

「威勢がいいねぇ」

ニヤリと笑って男のナイフが容赦なく俺のズボンを切り裂いた。

「痛っ！」

「はは、ちょっと足を掠《かす》めたか。でもこれもまた煽情的《せんじょうてき》だな」

男はどこかうっとりとしたように、うっすらと血が滲《にじ》んでいるだろう太腿《ふともも》の辺りに触れ、そのままゆっくりと中心へと大きな手を這わせた。

「やだやだやだぁぁぁぁぁ！　ダグラス！　ダグラス！　助けて！　やだあぁぁ！」

動けない身体をそれでも必死に動かした。

来てくれる筈のない人の名前だけを叫んだ。

涙が溢れる。だけど助けはこない。俺の声は、ダグラスには届かない。

勝手にサカる男たちはズボンを裂いて俺の足を抱え上げる。嫌だ、こんなのってない！　絶対に理不尽だ！　いきなりこんな世界に飛ばされて、なんの説明もなくて、しかもこんな変なスキルなんかつけやがって！　ふざけんな！　恨んでやる！　絶対に恨んでやる！

責任者、出てこ――――――い！


『は～い！　ああ、良かった。やっと繋がった』

「…………………は？」

『緑川颯太《みどりかわそうた》さんですよね？　わぁ、ギリギリで間に合った感じかな。良かったぁ。あ、はじめまして、責任者です！』

「はぁぁぁぁ？」

ニコニコと笑う自称責任者を見て、俺は盛大な「はぁ？」をぶちかました。

10　お約束の白い部屋とけなげな嫁

「おい、ソウタがいないぞ！」

ギルドの二階から下りてきたカイザックは開口一番そう叫んだ。

「ええ～、さっき依頼を受けたとか言ってましたよぉ」

「依頼だと？　どういう事だ！」

「や～ん、あたしに怒鳴られても困りますぅ。依頼関係はミーシャですからぁ」

モニカはムッとしたようにそう言った。

「ああ、分かった。分かった。悪かったよ。おい、ミーシャ、ソウタはどうした？」

「は？　ああ、ええと孤児院の子の薬草採りの護衛依頼があって、女性だけのパーティだったのでソウタに聞いてみたら行くっていうから出しました。そうですね、そろそろ……あれ？」

「どうした」

「いいえ、あの、依頼終了になっているなって」

「なんだって？　じゃあソウタは」

「戻っているんじゃ？」

「居ないから聞いているんだろう？」

「ええ！　あれ？　おかしいな。も～、あたしは依頼を受ける方だからさぁ。ねぇ、この依頼の終了ってさ」

ミーシャは依頼終了の確認をしている同僚のカウンターへ向かった。それを見ながらカイザックは嫌な予感がしていた。

「おい、その依頼見せてみろ」

「あ、はい」

手渡された用紙。

「『薫風《くんぷう》の翼』？　聞いた事がねぇな。これのメンバーは？　カード確認したんだろう？」

「ああ、はい。これです」

「…………カエラ？　おいおい、カエラってぇのはまさか」

「ああ！　思い出したぁ！　ソウタと一緒にいたの、『漆黒《しっこく》の使い』のカエラさんだぁ」

「なんだと？」

「あれ？　でもカエラさんてぇ、ダグラスさんと揉めて拠点《きょてん》変えたんじゃなかったぁ？」

「……ああ、変えたな。しかもこのジェニーっていうのは『金の鎮魂歌《レクイエム》』の片割れだろう？」

「え、ちょっとまずいんじゃないの？」

ミーシャが顔色を変えた。

「少し出る！」

短くそう言ってカイザックはギルドを飛び出そうとした。その背中にギルド内にいた男が声をかける。

「おい、待てよ。眼鏡の坊主の事だろう？　俺も一緒に行ってやる。人数は多い方がよさそうだ」

それはダグラスと気さくに話をする冒険者だった。

「ああ、悪いな。助かる」

「いや、以前あの坊やに会って、ちょっと嫌な思いをさせちまったんだ。面倒なものがついていただろう？」

男はそう言って目の辺りをトントンと指で示した。

「……ああ」

「急いだほうがいい」

「ああ」

カイザックと男は頷いて、ギルドを出た。

◇◇◇

「だれ……」

整った顔。輝く金色の髪。透き通るような青い目。日本人にとっては典型的な外国人だけど、話している言葉は日本語だ。いや、実際は日本語ではないのかもしれない。だって俺、ダグラスもカイザックもモニカさんもみんな日本語で聞こえているもん。

ああ、いや、そうじゃなくて、ここどこ？　白くてなんにもない部屋。もしかして、俺、死んじゃ

ったの？

「ええっと、死んじゃったって言うなら、死んでいます」

「え‼」

「ああ、元の世界で、です。こっちの世界じゃないです」

「はぁ⁉」

短い声を上げて驚き続ける俺に、綺麗な外国人はおずおずとしたように言葉を続けた。

「あのですね、本当なら緑川《みどりかわ》さんはもっと早く私と会っていた筈なんです。でも貴方、事故のショックで全然起きなくて、とにかくこっちの世界に移しちゃえっていう事で」

移しちゃえ？

「それで、起きないから元の世界での記憶を探ったら、大学に入ってからバイトに追われて友達もまともに出来ないとか、彼女に振られた事も分かって、だったら他の人達と仲良く出来るスキルがあった方がいいかなぁって。でもはりきったらものすごく強力になっちゃって」

仲良く出来るスキル？　強力？

「とりあえず保護者的な人が出来て、なんとかやっているみたいだから大丈夫かな〜って思っていたら、大丈夫じゃなかったですね〜。あははは」

ブチッ！

俺の中の何かが切れた。

「ふざけんな！　てめぇ！　お前のせいでこんな！　こんな！」

思い出しただけで吐き気がする。ほんとにマジで気が狂うかと思った。てめぇ、一遍《いっぺん》サカった男に身体中撫で回されてみろ！

「わ〰〰〰〰〰！　ちゃんと説明をしようと思っていたんですよ。でも色々あって遅くなっちゃって。だけどほら、ギリギリ間に合ったみたいだから怒らないでくださいよ～」

外国人はビクビクとして頭を押さえながらそう言った。

「……ちゃんと説明しろ。まずはお前の正体から」

「あ、はい。えっとですね。私は、その、管理者というか、貴方がたが言うところの神様っていうものですね」

あ～、ちょっと頭が痛くなってきた。うん、白い部屋。なるほどね。ありがちな設定だよね。

「そして、緑川颯太《そうた》さんは元の世界で事故で亡くなりました」

「え？」

「でも想定外の死亡事故だったので、急いで貴方の魂《たましい》をこちらの世界に移動させて、身体は少し修復。お詫《わ》びにちょっとだけ若返らせました」

にっこり。お前か、やっぱり十四歳はお前のせいか！

「で、転移の特典で過去の転移者達が喜んでいた【言語理解】とか、【鑑定】とか、後は色んな手違いがあったので特別に【創造魔法】とかつけて、本来は本人にどんな事がしたいとか、どんなものが欲しいとか聞くんですけど、貴方全然起きないから記憶を探って【魅了】をつけたんです。やりすぎちゃったみたいですけど」

ああ、まずい、殴りそう。マジで殴ってもいいかな？

「……うん、それで？」

「えっとそれで、起きたら改めてコンタクト取ろうと思っていたんですけど、頼りになりそうな人がいるからいいかな〜って。でもちょっと目を離したらその人いないし、貴方襲われているし、びっくりしてここに移動させたんです。えっと…………すみません」

「うん。そうだよな。まず謝罪だよな。とにかくこれ、この目の厄介なの取ってくれ」

「え？　要《い》らないですか？　もう少し力を弱める事も出来ますよ？」

「いらねぇ」

「でも」

まだごちゃごちゃいう自称神様に俺は首を横に振った。

「確かに俺は中学くらいまでは親の転勤が多くて友達も少なかったよ。それが落ち着いた高校になってからも親友っていうような友達は出来なかったし、恋人と呼べるような人間もほぼいなかった。だから淋しいと言われればそうだったかもしれない。でも俺は別におかしな力で俺を好きになってもらいたいなんて思っていない。そりゃ彼女に振られた時はショックだったけど、いずれほんとに好きな人が出来るって思っていたんだ。だけど気が付いたら訳の分からない世界で、しかもよく分からない【魅了】なんて面倒くさいものを付けられていて……俺は、俺は……」

「……す、すみません」

再び謝罪を口にする自称神様をちらりと見て、俺はそのまま言葉を続けた。だって胸の中からものすごい勢いで言葉が溢れ出してきて止まらなくなってしまったんだ。それになんとなく今思っている事を口にしておかなければならない。そんな気もした。神様には悪いけど、起きなかったからってとんでもないものをプレゼントしてくれたツケをきっちりと払ってもらおう。

「この世界で初めて出会った人がダグラスで俺は本当にラッキーだったって思ったよ。何も分からない、素性もしれない俺の面倒をみてくれて、迷惑でしかない筈なのに町まで連れて行ってくれながら色々な事を教えてくれて、『異界渡り』かもしれないって心配もしてくれた。あんたがさっき言ったみたいにダグラスは確かに頼りになる人だったよ。でも、俺は最初に見つけてくれたのがダグラスだったから、『ヒヨコ』の刷り込みみたいにダグラスに懐いていたわけじゃない。そんなんじゃないんだ！」

「あ、あの……み、緑川さん？」

「うるさい、黙って聞いてろ！　そうだよ、俺はダグラスがダグラスだったから一緒に居たし、一緒に居てほしいと思ったんだ。だけど、ゴブリンには襲われるし、他の冒険者も巻き込まれるし、そうこうしているうちにダグラスに依頼が入るし、わけわかんない女に恨まれて嵌められるし！　もう駄目だって、犯られて、奴隷商に売られるって思った時に、俺、俺、ダグラスじゃなきゃ嫌だって思ったんだ。でもそれは俺が『ヒヨコ』だからじゃない！」

「え……ええ？　ええっと…………」

神様は俺のグダグダの話に困惑しきっていた。だけど俺は、俺の中にあった気持ちを言葉にしてトロ過ぎるかもしれないけれどようやく自分の気持ちが分かった。そう。俺はダグラスだから一緒にいたんだ。そして、ダグラスならいいと思った。俺、ちゃんと分かっていたんだ。

「俺、ダグラスの事が好きなんだ……」

あんな事があって、こんな風に自分の気持ちを喚《わめ》き散《ち》らして気付くなんて恥ずかしいけど、そして神様にとっては迷惑だったかもしれないけれど、俺は『ヒヨコ』の刷り込みじゃなくて、いつの間にか、面倒見が良くて、強くて、優しくて、ちょっと不器用なA級冒険者のダグラスの事が好きになっていた。ちゃんと好きだって気付けた。好きだからこれからもずっと一緒に居たいってダグラスに伝えたいよ。

「俺は、誰にでも好かれたいわけじゃない。好きな奴に好きだって伝えてちゃんと好きになりたいだけだ。だから、こんなものいらない。好きでもない奴に好かれるなんて嫌だ。好きでもない奴とヤルなんてもっと嫌だ。好きな奴に好きって言って、好きになってもらいたいから」

「……分かりました。では【魅了】は返していただきます。ではあなたは他に何か望みがありますか？」

神様は神様らしく静かにそう言った。

「元の世界には帰れないんだよね？　死んでるし」

「はい」

「じゃあ……元の十九歳に戻すか、せめてこの世界の成人である十五歳にしてくれ」

「う～ん……十九歳は身体から作り変えないと駄目なので難しいです。十五歳は……まぁあまり心配しないでも大丈夫です」

……ああ、そうかよ。まぁ見た目が変わってダグラスが俺だって分からなくなったら困るしな。じゃあ、改めて願いなんて聞かずにさっさと【魅了】を取りやがれと思ってから、ふと頭に浮かんだ事を口にしてみた。

「それなら【転移】は？　この世界の好きな所に、そこの安全が確認されているなら瞬間移動出来るみたいな」

「ああ、なるほど。分かりました」

「あ、あと、よく自分の【鑑定】って言うかステータス？　あれって俺には見られないのかな。ほらよくあるだろ？『ステータスオープン』って言うと【鑑定】の草のタグみたいな感じで自分のスキルとか魔法の事とか色々みられるって言うの」

「え？　見られますよ。自分に【鑑定】をかければ」

「どうやって？　っていうか！【創造魔法】もどうやって使ったらいいのかよく分からないし、マニュアル？　取扱説明書《トリセツ》？　そういうのくれよ。何がなんだか分からないんだよ」

「あ〜〜、分かりました。じゃあ【創造魔法】はやりたい事を考えたら出来る方法が浮かぶようにします。無理なら何が無理なのかもお知らせします。それで、ええっと自分の事を知るステータス？それは『ステータスオープン』という言葉で画面みたいなのが出るのがいいんですね。分かりました。

じゃあそういう感じで」

「うん。ありがとう」

「いえいえ。こちらこそ色々とご不便とご迷惑をおかけしました。では同じ場所に戻すと面倒なので、あの保護者、じゃなくて貴方が好きな人の所に転移させますから」

「え？」

「本当にコンタクトが取れて良かったです。これで私のミスで死んでしまったお詫《わ》びがきちんと出来ました。ではお幸せに〜〜〜〜」

「！　ちょっと待て！　ミスで死んでって、てめぇ、何から何まで全部お前のせいじゃないかよ！　ふざけんな！」

「ソウタ!?」

「へ…………」

そしてその次の瞬間、俺はダグラスの腕の中にいた。

◇◇◇

「ふざけんな！」

怒鳴り声と一緒に落ちていく身体。自称神様のやる事は本当に雑だと俺は思った。最初の時もこんな感じで落とされて岩？　に頭をぶつけたんだな、きっと！

「ソウタ!?」

「へ…………」

聞き覚えのある声と会いたかった顔。

しっかりと俺を抱き留めてくれたのは、間違いなく……

「ダ……グラス」

その瞬間、俺はどこかが壊れて、何かが外れてしまったように泣き出した。

「ダグラス、ダグラス、ダグラス！」

ああ、ほんとにほんとにダグラスだ。少し無精ひげが生えているけど、ダグラスだ。

どうやってここに来たのか。

どういう事なのか。

何が起きたのか。

きっと聞きたいと思っているけれど、聞かない男。そんな変わらない彼に、けれどそれが嬉しくて俺はその太い首にぎゅうっと腕を回した。

シャツは破けていてはだけているし、ズボンもどう見てもナイフのようなもので切り裂かれているし、きっと肌の上にはいくつもの赤い痕《あと》がついているだろう。思い出すだけで気持ち悪くて、悔しいけど。

「……大丈夫か？」

短くそう言って、ダグラスはむき出しになっている俺の身体を隠すようにマントでくるんでくれた。

それからギュッと抱き締めてくれて、そっとそっと、誰にも聞こえないような小さな声で、言いにくそうに「何があった？」と尋ねてきた。

「ダグラス、俺！　俺……」

「……大丈夫だ。もう大丈夫だ」

「うっ……うぅ」

「……何があったか、話せるか？」

「お、俺、騙されて、草原で、知らない奴らに……やられ」

「犯られたのか！」

「や、犯られてない！　犯られそうになったけど、俺、俺、だって！　やだもん！　ダ、ダグラスじゃなきゃやだ！　ダグラスがいいもん！　『ヒヨコ』じゃないよ。刷り込みじゃなくて、ちゃんとダグラスが、俺、ダグラスが好きだ！」

「…………ソウタ」

「好き。ダグラスが好きだ！　だから逃げてきたんだ。ダグラスじゃなきゃ嫌だ、嫌だよぉ……」

何がなんだか分からないけど、会えた事が、そしてこうして抱きしめてくれる事が嬉しくて、俺はさっき気付いたばかりの気持ちを何も考えずに口にした。ダグラスもそんな俺をもう一度ギュッと抱きしめてくれたんだけど……だけど！

「襲われて必死に逃げてくるなんて、けなげな嫁《よめ》じゃねぇか。ダグラス」

「――――！」

聞こえてきた知らない声に、俺は流していた涙が一気に引っ込んだ。

「だだだだ誰」

「ああ……その、今回の依頼主だ」

「あわわわわわ」

しまったよ！　そうだよね！　ダグラスは護衛の依頼を受けている最中だったんだよ。しかもガルーダだかなんだかのすごい魔物が居るとか言っていて、他にも冒険者が居るって……

「随分《ずいぶん》若い嫁だが、まぁ、ここまで飛んでくるとは確かにけなげな話だ」

「ダグラス、お前転移のスクロールを渡していたのか？　ご執心《しゅうしん》だな」

「まぁ、それで助かったんだ。良かったな」

「しかしダグラスの嫁だと分かっていて、いない間に襲うとはな……」

「とりあえず、落ち着かせてやれよ。可哀相に」

「あんなにボロボロになってよぉ。無事に辿り着いて良かった」

「きちんとスクロールが起動して良かったな」

「それにタイミングも良かった。昨日だったらえらい事になっていたぜ」

「確かに！」

身体が震えてくる。俺はいったい何人の前で大告白大会をやらかしたんだろう。

「…………帰る」

「駄目だ」

「だって！」

皆が口を揃えて嫁って、嫁って！　恥ずかしさで軽く死ねそうだよ！

クッソー！　あのポンコツ神、好きな人の所に転移させるとか言っておいて、いきなり護衛集団の中に飛ばすか？　普通。しかもこのいかにも襲われましたみたいな格好で！

「眼鏡は？」

「取られた」

「……じゃあ、顔を見られないようにしとけ」

そう言ってダグラスはマントを引き上げて完全に俺を隠すようにして抱きなおした。

「…………ちょっと苦しい」

「我慢しろ」

「…………ううう」

ボソボソとやりとりをしていると先ほどの声が聞こえた。

「ダグラス、いくら誰にも見せたくなくてもそれじゃあ、嫁が可哀相だ」

「すまん。ブラムウェル。違約金は払うから次の町で依頼を終了させてくれ」

とんでもない台詞《セリフ》が聞こえてきて俺は思わずマントの中で飛び上がった。けれどダグラスはそれを抑え込んで抱きしめる腕に力を込める。

「ダグラス、戻るにしてもそのなりじゃあどうにもならんだろう。とりあえずあと二日ほどでカムイだ。その支店には簡易の魔法陣がある。デトリスの本店に飛ぶようになっているからそいつを使いな。それまで嫁は馬車の中にいさせればいい」

「ブラムウェル」

「なぁに、お前さんには世話をした以上に助けてもらっている。俺からの祝儀だ。お前が渡しておいたスクロールで必死に逃げてきたけなげな嫁だ。大事にしてやりな」

「すまない」

「はっはっは！　あのダグラスが落ちたんだ。落ち着いたら紹介しろよ」

依頼主の言葉に周囲がわぁっと沸いた。

「ソウタ、馬車の中に居させてもらえ」

「……は…………はい」

も、もうどうとでもしてくれ…………。

こうして俺はダグラスの『けなげな嫁』という事になった。

11　初めての夜

商隊は予定の場所を通り過ぎて、目的地のカムイの街の少し手前にある村に到着した。

商隊の男達は馬に水や飼葉《かいば》を与えて休ませ、警護しやすいように馬車を集め、荷物の中に何かが入らないようにきっちりとその入り口を塞いだ。そして十人以上いる護衛の冒険者達はその間に見張りの順番を決めていく。

「いや、それは！」

「いいから！　とにかく付いていてやれ。心細いだろうし、こういう時はな、ダグラス、お清めと上書きだ！」

「そうそう。せっかく予定より足を伸ばしてこの村まで来たんだ。ブラムウェルさんの厚意を無駄にするんじゃねえぞ！」

「でも」

「でもじゃねぇ！　あんな状態で必死に逃げてきたんだ。こういう時に男を見せずにどうするんだ！　まぁ、起きられたら明け方にでも顔を出せよ」

「じ、じゃあ明け方の見張りを」

「かぁ――！　いい図体《ずうたい》した、いい歳の男がグダグダ言ってんじゃねぇ！　ほらよ、プレゼントだ。よく効くぜ？」

男達はそう言って大声で笑いながらバンバンとダグラスの肩を叩いた。

この村はカムイまで行き着けなかった者達の受け皿となっていて、今回のような大きな商隊の馬車を集めて駐《と》める場所や野営に必要なものを揃《そろ》えている。そして頼まれれば食事を提供する事も可能だった。しかも商隊の護衛ではない普通の冒険者達が泊まれる宿屋もあり、ソウタはすでにその一室にいる。ブラムウェルが手配をしてくれたのだ。とりあえず一度顔を見に行って話を聞こう。そう思って歩き出した途端。

「ダグラス、とりあえず服だ。着替えさせてやりな」

ブラムウェルはそう言ってどこかで調達をしてきた服をダグラスに手渡した。

「何から何まですまない」

「いや、大した事じゃない。きちんとしたサイズのものはなかったが、あれよりはマシだろう。今日は最後の夜になるから護衛達にも夕飯を振る舞う予定だ。お前さん達のお陰でいい旅になった。ガルーダの素材は約束通り三分の一はこちらでもらうが、残りは護衛で分けるように指示してある。分け前はきちんと持ち帰ってくれ」

「ありがたくいただく」

「ああ。とりあえず今夜は男達の中では怖い気持ちがあるかもしれないからな。宿屋で食事をさせて休ませてやりな」

「ありがとう。本当に感謝するよ」

「いいって事よ。お前さんが大事なものを見つけたんならそれでいい。まぁこれからもよろしく頼むぜって意味も含めてのご祝儀《しゅうぎ》だと思ってくれ。じゃあ、明日。いつもの時間には発《た》つ」

「分かった。最後までしっかり護衛をさせてもらうよ」

ダグラスはもう一度頭を下げて依頼主の背中を見送った。

コンコンとノックの音がした。次いで聞こえてくる「俺だ」と言う声。

それにホッとして俺はドアにかけていた鍵《かぎ》を外した。

開くと同時に入ってきたダグラスに俺は「ううん」と首を横に振る。

「待たせたな」

なんか照れくさい。

結局ダグラスのマントにくるまれたまま馬車の荷台に乗せてもらって、安心した俺はちょっと図々しいと思うがこの町に着くまで眠りこけていた。

うぅぅ、いきなり降ってきた上、タダで馬車に乗せてもらって眠りこける。最悪だ。

本当なら以前ダグラスと一緒に商隊の野営に潜《もぐ》り込《こ》ませてもらった時みたいに、魔物があまり出ない、開けている所で泊まる予定だったみたいなんだけど、少し無理をしてその先にあるこの村まで足を伸ばす事になったのはどうやら俺の為《ため》らしい。ダグラスの依頼主は心が広くて優しい。

でも本当にあれこれ追及されないで良かったよ。特に自称神様が転移させましたとか、自分も転移出来る力をもらったとかは言えないしね。

商隊の中では、ダグラスが俺に転移のスクロールっていうのを持たせていて、それで俺がダグラスの所に逃げてきたって事になっていて、俺もダグラスもそれを否定していない。

勿論俺はスクロールなんて見た事も使った事もないけどね。でも、もうそれで乗り切るしかないって思っているよ。

「大丈夫か？　これ服だ」

「ありがとう」

服は破かれたり、切られたりしているから、今の俺は半裸でマントみたいな状態だ。一歩間違えたらヤバい人だよ。

「今日はこの部屋を俺達で使っていいそうだ」

「え！　野営の見張りは？」

「………明け方にしてもらった」

「あ、そうか。うん、ごめん」

「いや、それで、その……いや、飯だ。ああそれとも風呂か」

「！　風呂あるの？」

「ああ、エイダの所よりは狭いと思うけどな」

ダグラスの言葉に俺は一も二もなく風呂を選択した。だって気持ち悪いじゃん！　あちこち触られているし、吐いているし、草の上に転がされていたしさ。

「じゃあ、ゆっくり入って来い」

「うん」

返事をして立ち上がろうとして、俺はうまく立ち上がれない事に気が付いた。

「あ……れ？」

「どうした？」

「なんか、ちょっとうまく立てなくて」

「どこか痛むのか？」

「いや、そういうわけじゃないんだけど」

立ち上がろうとするとがくがくと身体が震え出すんだ。

え？　なんで？　さっき俺ドアの鍵を外したよね？　その時は立てたし、歩けたよ？　なんなのこの子鹿状態は。嘘でしょう？

「は、ははは、なんか、安心したら今頃腰が抜けたみたいに……」

俺は笑おうと思って失敗していた。

本当に今更なのに、怖かったんだって、頭じゃなくて、身体が訴えている。

そしてダグラスがちゃんとここに居てくれるって思って、気が抜けて、馬鹿みたいに震えているんだ。まったく鈍《どん》くさいにもほどがあるよね。

ダグラスは何も言わずに俺を抱き上げて風呂場に連れて行った。そして容赦《ようしゃ》なくマントをとって、ボロボロの服もガンガンはぎ取って、しまいに自分の服も脱ぎ捨てた。

「ダ、ダグラス！」

まぁ裸はすでに見られていますけどね。なんなら一度、抜いてもらっているけどさ………かけられたお湯に顔を顰めると「しみたか？」という声が落ちてきた。

どうやら大腿部《だいたいぶ》に残された傷に気づいたらしい。勿論深いものではなくて、血もほとんど出ていなかったけれど、ダグラスは酷《ひど》く痛々しい表情を浮かべてそっとそこに触れてきた。

「………っ………」

「痛むか？」

「だ、だいじょぶ……」

「…………他は？」

「え？」

「他はどこを？　どんな風に触れられた？」

先程の表情とは打って変わって、ダグラスは今度は怒ったような、何かを抑えているような顔をしてそう問いかけてきた。

「ダグラス、何を」

言っているのか、どうしてそんな事を尋ねるのか聞こうとして、ダグラスの方が先に口を開く。

「さっきの言葉、信じていいか？」

「…………え」

「好きだって、俺も言ってもいいか？　ソウタ」

「……っ……」

こ、これは反則だろう！　くっそー！　このイケオジめ！

「キスは？」

「さ、されてない！」

答えるとダグラスは嬉しそうにキスをしてきた。

「……っは……っん……ふ」

舌を絡めとられてクチャリと音がした。

「ダ…………」

「耳は？」

言いながら舌が耳を舐めて、耳たぶをそっと嚙まれた。

「や…………そんなのされてな」

「じゃあ、首は？」

「あ、やめ」

言いながらも首筋を舐《な》められて、ジュッと吸い上げられる。チリリとした感覚にガラにもなく煽《あお》られた。

「もうやめ、ダグラス！」

「やめない。ソウタが好きだと言ったんだ。だから俺はもう逃がさない。諦めない。他の誰にも触れさせない」

お湯をかけられて、置かれていた石鹸で洗われながら、赤い痕《あと》は全て上書きをされた。

俺が言ったんじゃない。ダグラスがそう言ったんだ！　自分で見えるところも、見えないところも、ダグラスは丁寧にそこを鮮やかな紅《くれない》に染め変えていった。そうして石鹸が洗い流された後、俺の身体は信じられないくらい赤い痕だらけになっていて、どう考えても増えているだろうって思ったけれど、勿論そんな事が言える状況ではなくて……

「ここは？」

「さわ、られてない！」

嘘だ。直接は触られてはいないけど下着の上からは触られている。でもそんな事言えないだろう？　普通！

「ああ！」

大きな手が勃《た》ち上《あ》がりかけていたそこをゆっくりと扱《しご》いた。

「やぁ！　あ！　ダグラ……ああ！」

先ほどとは違った意味で身体がガクガクと震えた。

「出ちゃうよぉ……」

「いいよ」

「やだ、あん！　やぁ！　ダグラス……っんん！」

風呂場の壁に縫《ぬ》い留《と》められたようにしてそこを捏《こ》ねられて喘《あえ》いでいる自分が信じられません!!

ちょっと、もう、ほんとに、いきなりの展開で、どうしていいのか分からないんだよ！

「や、苦しい、立っていられないっ！　あん！」

「ソウタ……」

「やぁあっ！　あ、あ」

「可愛い……」

「――――っ！」

反則！　反則だから！　耳元でそんな声でそんな事言ったら……

「あぁぁ！」

白濁が風呂の床にパタパタと落ちた。

息が上がっているのに口づけてくる男に文句を言いたかったけれど、出てきたのはくぐもった甘い声だけで、しかも崩れ落ちてしまわないようにその背中に手なんか回してしがみついちゃったりして、ううう……経験値に差があり過ぎて俺のライフポイントはもうボロボロだよ。

「悪い……湯舟につかろう」

そう言うとダグラスは俺を抱き上げて今度は湯舟に入った。

でも、でもさ、この湯舟エイダさんの所より狭いしさ、それにあた、当たってるよね。

うん。分かるよ。だって男だもん。俺は今、出したけどさ、ダグラスはまだで、それでその……じゃあ俺もお返しに手でって流れじゃない事くらいは鈍い俺でも分かっちゃうんだよ！

なんだかいたたまれなくて、でもどうする事も出来なくてそのままダグラスに抱きしめられていたら、ダグラスが俺の肩に頭を乗せるようにして「ソウタ」と言った。

「なに……」

「年甲斐《としがい》もなく、がっついてごめん」

「ううん……」

「でも、抱きたい」

わ〜〜〜〜〜〜〜〜〜〜〜〜〜〜っ！　直球だった！

「好きだ。抱きたい。……だめか？」

イケオジが、イケオジが……強烈な告白とお願いをしてきます！　当たっている所は熱いし、お互いの鼓動は馬鹿みたいに早いし、もう、もう、もう……

「だめ……」

「…………………」

「……じゃない」

「――――！」

「でも、あっち、いこ、ダグラス。のぼせそう。それに、もう、汚くないから……」

「！　そんな事は思ってない！」

「俺が嫌だったから！　だから……もう……ちゃんと……して」

小さくなってしまった言葉が終わるか終わらないかっていうタイミングで噛みつくように口づけられて、そのまま笑えるくらいの早さで風呂から出て、気付いたらベッドに押し倒されていた。すごいなA級冒険者。でも、あの時みたいな怖さは微塵《みじん》もなかったよ。ああ、俺ってばほんとにこの男の事を好きになっていたんだなって思った。

「ダグラス！　ダグラス！」

「ソウタ」

さっき上書きされた痕をもう一度上書きして、ダグラスは俺の身体に赤い痕を増やしていった。ダグラスの舌が、指が、唇が、首筋に、鎖骨《さこつ》に、ささやかすぎる乳首《ちくび》に、そして脇腹にへそに、再び熱を持っているそこに触れていく。

「ああ！　やぁ！　ダグ、あぁ！」

自分でも信じられないほど甘い声が上がった。

どこからかダグラスが香油のようなものを持ち出して、それを前と後ろに塗《ぬ》りたくられて俺は更に身も世もなく悶《もだ》えた。顔見知りの冒険者からの贈り物だそうだ。後ろをほぐすためと若干《じゃっかん》の媚薬《びやく》入り。

初心者に優しいのか、優しくないのか分からない。

「あ、あ、あ、ああ！　あん！　ふぁっ！　あぁぁ！」

知識は多少あったけど、実践《じっせん》経験なんか勿論なかったから、後ろの穴に指を入れられて、こすられて、初めてなのに気持ちが良すぎて泣いて、縋《すが》って、どうしていいのか分からなくなった頃にダグラスは俺の足を抱え上げて、そこに自身をあてがった。

「ソウタ……ソウタ……好きだ」

「うん……俺も好き、ちゃんと……好き……好き…………あ、あぁぁぁぁ!!」

まさか異世界で男の恋人が出来るなんて思ってもいなかった。

熱くて、太いそれが俺の中に入ってくる。ゆっくりと、でも少しだけ余裕のなさも感じられて嬉しいなんて思っている自分がいる。

「好き、ダグ……っ……あ、あ、あん!」

揺さぶられて、融《と》けて、熱くて、気持ちいい。

「あ、ふぁ! あ、あ、ああ! あん! ダグ、やぁぁ!」

「ソウタ、ソウタ……愛してる」

「…………うん」

俺も、という言葉は届いただろうか。次第に早くなっていく律動《りつどう》に自分のものではないような甘い声を上げながら広い背中にしがみついた。

ガクガクと揺さぶられてお互いの腹の間で先に達してしまった俺にダグラスが嬉しそうに口づけを落とす。

「あ、あ、あ、やぁぁ! またイク……イっちゃ……ダグ……ダグラ、んんっ……あぁぁぁん!」

もう何がなんだか分からなくなる。合わせた肌も、繋《つな》がっている身体も、自分のものであって自分のものではないような気がしながら甘い声が止まらない。

「も、あ、もぅ……あぁ……も……いっしょに……あ、いっしょがい……ダグ……」

「……ああ、一緒にイこう」

その瞬間、猛《たけ》った熱をズルリと抜かれ、すぐさま挿入《そうにゅう》されて突き上げられ高い声が上がる。

「！　ひぁ！　あぁぁぁぁ！」

「…………くっ……！」

「あ、あぁ……あつ……あついよぉぉぉ」

そして俺は大きな波に飲み込まれるようにして、奥にダグラスが放った熱を感じながらゆっくりと意識を手放した。

◇◇◇

おはようございます。朝です。もうすぐ出発するそうです。

立てません。

もう一度言います。立てません。

「悪かった」

はい。その原因の人が頭を下げています。

「俺は初めてって、ちゃんと言ってはいないけど。でも分かってた筈だ」

「ああ」

「しょ、初心者にこれって、ちょっと……」

「悪かった。とにかく昨日と同じように荷台に乗せていいって言われているから行くぞ。パンは食べたな？」

「うぅぅ、食べた」

「よし」

確かにね、盛り上がっちゃったよ。多分あの香油みたいなのがね、初心者に良かったのか悪かったのかは分かんないけど、少なくとも痛みよりははるかに、その、き、気持ち良かったし。信じられないような声も出ちゃったし！

「でもソウタが気を失ったから、一回しかしていない」

「言うな！　馬鹿！」

「仕方がないだろう？　俺はこれでもかなり配慮はしたつもりなんだ。とにかく抱いて連れて行くから恥ずかしいのは我慢しろ」

ええ!?　配慮？　それ言っちゃう？

開き直ったようなダグラスを赤い顔で睨みつけて、俺は昨日と同じようにマントにくるまれてお姫様抱っこをされて馬車に向かった。あああ、視線が痛い。見えなくても皆がニヤついているって分かる。なんなら口笛吹いてるアホもいる。

「ダグラス」

聞き覚えのある声がダグラスを呼び止めた。

「ブラムウェル、すまない。今日も世話になる」

「ああ、ゆっくり休めたか？」

「ああ。ありがとう」

「また今度改めて紹介してくれ」

「ああ」

確か依頼主、依頼主だよね！

「あ！　あの！　色々とありがとうございました」

慌てて声を出した俺に二人は一瞬だけ黙った。そして。

「素直ないい嫁だ。大事にしろよ」

「はい」

ううぅぅ……嫁。

けなげな嫁から素直な嫁になりました。にあ、似合わねぇ……

とにもかくにも俺は昨日と同じように荷台の端っこに乗せてもらって、赤い顔を隠すべくマントをがっつりかぶって静かにしていた。まぁ、馬車の揺れがね、ちょっとしんどいのもあったんだけどさ。

昼食休憩《きゅうけい》でダグラスが迎えに来てくれて、荷台から降りた。簡単な食事の後、ダグラスが「気休めかもしれないが」と初級のポーションをくれた。あ、そうか。それを飲めば良かったのか。俺もバッグの中にと思って今更ながらバッグがない事に気が付いた。

「ダグラス、俺、バッグ無くした。ダグラスのポーチも」

多分襲われていた時に外されたんだ。マントも、眼鏡も、笛も何もない。

「ああ、気にするな。またダンジョンでとってきてやる」

え？　そんなに簡単にマジックポーチってゲット出来るの？　まあ、ラノベだと作れちゃう人がいるけどな。あ、そうか、帰ったらちょっと検索してみよう。神様が作り方浮かぶようにするって言っていたもんね。

帰ったらと考えて、そういえばギルドの方がどうなっているのか気になった。

さすがに俺が戻っていない事に気付いたカイザック達は探しているよね。大丈夫かな。大変な事になっていないかな。

「なぁ、ダグラス。カイザック達大丈夫かな」

「ああ?」

「いや……俺、襲われている時にいきなり神様の所に呼ばれたからさ。多分、消えちゃっている感じになっているんじゃないかな」

「どういう事だ?」

あ、いけない。そういえば飯だ、風呂だって言っていて、結局風呂場からそのまま流されてイタしちゃったから、ちゃんと説明していなかったんだ。

「えっと、あのさ」

俺は遅ればせながら、事の経緯《けいい》ってやつをダグラスに話した。

孤児院の子供達の薬草摘みの護衛で、女性だけのパーティが依頼を受けたから一緒に行くかって声をかけられた事。

子供達は慣れているのか少しだけ中の方に入ったけど、俺は中の方には行きたくなかったから街道からぎりぎり見えないくらいの浅い所で薬草を採っていた事。

気付いたら子供達も女性達のパーティもいなくなっていて、プチパニックを起こしていたら二人の男達がやってきてお前は嵌《は》められたんだって言って襲ってきた事。

どうして見た事もない女性達にそんなに恨まれているのか分からなかったけど、強姦《ごうかん》したら奴隷商に渡す手筈になっていた事。

ほんとにやばいと思ったら神様が助けてくれた事………

ダグラスの顔がどんどん怖くなっていく。

「俺はさ、元の世界で神様の手違いで死んだらしいんだ。それでこっちに転生させて、【鑑定】とか【創造魔法】とか色々つけてくれたらしいんだよね。【魅了】も沢山友達が出来るようにって。でも張り切ったから強すぎたみたいだって」

「はぁ!?」

だよね！　はぁ!?　ってなるよね！

ダグラスの怒りは見事にどこかに吹っ飛んだ。

「それで【魅了】は取ってもらったんだ」

「取れたのか！」

「代わりに【転移】をもらった」

「…………」

ダグラスの顔がスンッてなった。

「でもここに送ったのは神様だ。あの人ほんとに雑」

「いや、それを『雑』で終わらせられるソウタもすごい」

「え？　そう？　だってもう保護者みたいな人のそばにいるから大丈夫かな～って思ったとか」

おいおい、そこでちょっと嬉しそうな顔をしないでよ。なんかこっちまで照れるし。

「おい、いい雰囲気だが出発するぞ。今夜はカムイでゆっくりすればいいさ。あれ、良かっただろう？」

ダグラスと同じか、もう少し年上のおっさんがニヤニヤしてそう言った。そうか、お前か。あの香油は。

「欲しいなら都合つけるぜ？」

「…………ああ、じゃあ」

か、買うのか！　買うのかよ！　馬鹿！

顔から火が出るほど恥ずかしくて、思わずペシリと背中を叩いたら「なかなか威勢《いせい》のいい嫁だ」と褒め？　られた。

荷台は揺れたけどマントはかぶらずに下に敷いておけって言われてそうしたのと、ポーションのおかげでちょっと楽になって助かった。それから半日ほどして商隊は目的地であるエステイド王国の街、カムイに到着した。

◇◇◇

「うわぁ……」

目の前に広がっているのはヘヴガイドル王国とは異なる南国風の明るいレンガみたいな素材で作られた家が並ぶ街並みだ。海が近いのか潮の香りもする。

いきなり商隊に加わったからどうなるかと思ったけれど、ギルドで鑑定した時に渡された俺の仮登録カードをダグラスが保護者として持っていてくれたから、何事もなく入国出来たよ。自分で持っていなくて良かった。

しかも……

「あ、十五歳になっている」

「ああ、本当だ。成人だな。帰ったら冒険者の本登録をしよう」

「うん」

入国のチェックを受けたら十四歳だった年齢は十五歳に変わっていた。俺は七月が誕生日なんだけど、多分この世界でそれを迎えたんだろう。細かい事は気にしない。神様は直《じき》に十五になるって分かっていたから心配しなくても大丈夫って言ったのかな。もしかしたらあの時点でなっていたのかもしれないしね。まぁ、とりあえずネックになっていた事が解消されたのはめでたいね。

入国してすぐに商隊とはお別れ。ダグラスと同じく指名依頼を受けた護衛達とその依頼主は一緒にカムイのギルドに向かい、荷物を載せた馬車はこっちの支店長さんみたいな人が引き継いでそのまま取引先に向かった。護衛が皆ギルドに来ちゃっていいのかなって思ったけど、依頼はカムイの街までだから後は依頼終了の手続きや報酬の受け取りになるらしい。

カムイのギルドはノーティウスのギルドとは比べものにならないほど沢山の冒険者達が居た。

「大丈夫か？」ってダグラスがそっと尋ねてくれたけど、俺はあれほど怖かった冒険者を見ても吐く事も倒れる事もなかった。なんかさ、結構ゲンキンだよなって思って笑ってしまったよ。

【魅了】の事ももう心配いらないから眼鏡をかけていなくても大丈夫だし、何よりもダグラスがずっと手を繋いでいてくれるんだ。周りのおっさん達は「暑い暑い」と冷やかしているけど、そんなものは無視だ。なんなら羨ましいだろうと言いたかったけど、ダグラスに「やめておけ」と言われたから勘弁してやった。まぁ多分おっさん達には「別に」って言われちゃうと思うしね。

指名依頼の完了手続きはすぐに終わるんだけど、途中で倒したガルーダも分ける事になっているそうで、その解体やら計算やらが終わるまでは一日二日かかるらしい。

ガルーダは素材でそのまま欲しいか金でほしいかと聞かれたので、俺が目をキラキラさせていたらダグラスが素材でもらいたいと言ってくれた。

やったー！　何が出来るのか楽しみだな！

だって、さっき依頼主がマジックボックスから取り出した鳥？　の魔物は大きくて、赤い羽根がとても美しかったんだ。

指名依頼の依頼料を受け取って、とりあえずはこれで終わりかと思ったらギルドの方に伝言が届いていると言われた。この世界にもFAXとかメールみたいなものがあるのかとちょっとワクワクしていたら、転送魔法で送られてきた手紙だった。アナログなんだかファンタジーなんだか分からないそれを受け取って開いたダグラスは「ああ、やはり」と声を出した。

手紙はノーティウスのカイザックからのものだった。

12 ノーティウスのギルドは大混乱

ソウタに何かがあったのは間違いがなかった。

無茶なところはあるけれど、それでも他人を困らせるような事はしない子供だ。『異界渡り』である事も理解をしようとしていたし、ここで生きようと頑張っていた姿があったから、ダグラスと一緒に手を差し伸べたのだ。

それがこんな風に戻ってこないというのは、何かに巻き込まれたとしか思えない。大体まだ身体は本調子ではないのだ。やっと普通にものを食べられるようになってきたが、それでもすぐに吐き戻したり、蒼い顔をしている事が多い。

しかも瞳にはとても厄介な【魅了】がついている。ダグラスからあれほど気を付けてやってほしいと頼まれていたというのに。

「ちくしょう！」

カイザックは胸の辺りを無意識にぎゅっと押さえて、一緒に行くといった冒険者の男、シグマと共にソウタ達が向かった筈の草原に急いだ。すると草原沿いの街道で揉《も》めている男達の姿が見えた。

「だから！　何度も言っているだろう！　消えたんだよ！　急に」

「そんな馬鹿な事あるか！　こっちはすでに金を払っているんだ。殺しちまったか、自分達のものにするなら金を払いな」

「知るかよ！　とにかく俺達は」

「よぉ、なんだか楽しそうな話をしているじゃねえか。ちょっとギルドで詳《くわ》しい事を聞かせてもらおうか」

揉めていた男たちは一斉《いっせい》に振り返り、口々に自分達には関係ないと言ったが、この町のギルドマスターであるカイザックを見るなり関係ないと言う事自体が関係していると言っているようなものだ。

「カエラ達から持ち掛けられた話をぜひ、俺にも聞かせてくれ」

その途端逃げ出そうとした三人をカイザックとシグマは難なく地面に沈めた。

「少年がいただろう？　どうした」

「知らねぇよ！　いきなり消えたんだよ！」

「そんな事あるか！」

「あったからこんな事になっているんだよ！」

喚《わめ》く男達をカイザック達は引きずるようにしてギルドに連行した。これがノーティウスのギルドに最強の嵐が吹き荒れる引き金となる。

「いやぁぁ！　このマント！　吐いている跡がある！　ソウタってば吐いているよぉ！　心配～！

しかもナニコレ、シャツ、破けているぅ！　え？　ズボンの破片？　ちょっと何したのよぉぉぉ！

バッグも、眼鏡も、笛も泥だらけの草だらけ！　ありえないから！　しかもソウタはいなくなった？

消えた？　ん？　どういう事ぉ？　なんで？　どうしてぇ？　うちの貴重な新人見習いに何しやがっ

たんだ、てめぇぇぇぇ！」

唸《うな》り声と共にバキイィイッ!!　と置かれていたテーブルが砕けた。

「うわぁぁぁぁぁ！　マッドウルフだ！　狂狼《マッドウルフ》のモニカだ！」

ギルドの中が震撼《しんかん》した。カイザック達に連れて来られた男達が証拠を隠滅《いんめつ》するために持っていたソ

ウタのものと思われるそれらを見た途端、鑑定カウンターの女性が豹変《ひょうへん》したのだ。

しかもランクの高い冒険者ほど「狂狼《マッドウルフ》」と口にして顔を蒼くしている。

「ああ⁉　もう一度言ってみな。誰が何をどうしたって？　オラ！　言わねぇと踏みつぶすぞ！」

「ひぃぃぃぃ！」

「……モ、モニカ、それくらいで」

依頼受付のミーシャが震えるような声を出すと、いつもとはまるで違う視線が、連行された男達か

らカウンターの中に向けられた。

「はぁぁぁぁ？　大体、ミーシャがきちんと調べてから依頼受けさせればこんな事にはならなかった

んだよ！　うちの有望な新人候補をもっと丁寧に扱えってぇの！　しかもソウタが戻ってきていないのに依頼の終了受けるって何！　ありえないからね、グレイン！　減給！　カイザック、この二人減給しな！」

「いいいやぁぁぁ！　許してください！」

「モニカ様！　二度としませんからぁぁぁ！」

「うるせぇんだよ！　減給！　じゃなきゃこいつらと一緒に首並べるから」

「いやぁぁぁぁぁぁ！」

「ひいぃぃぃぃぃぃぃ！」

ギルドの中は修羅場《しゅらば》と化していたが、ここで終わるわけがない。

「さて、こっちはそろそろ言いたくなってきたんじゃないかな？　キリキリ言えよ！」

「モニカ、もう少し静かに尋ねないと言葉が出てこねぇよ」

怯《おび》え切《き》っている三人に、カイザックがやれやれというように口を開いた。

「ああん？　チッ！　じゃあ、優しく聞いているうちに言わないとダメだよぉ？　誰にぃ、何を頼まれてぇ、幾《いく》らもらったのぉ？　聞いてるのは三つだけ。とりあえず」

にっこりと笑って、指を三本立てて見せたモニカに男達はガクガクと震えながら口を開いた。

「カ、カエラに、『漆黒の使い』のカエラに、ここにいるソウタってガキを犯ってから奴隷商に引き渡してくれって言われたんだ。カエラには昔借りがあって、それで、金貨一枚で引き受けた」

「ふぅ～ん。そうだったんだぁ。それでぇ？　犯っちゃったのぉ？」

「犯っていない！」

「ああ、犯ろうと思っていたらいきなり消えたんだ！　本当だ！」

「えぇぇ？　信じられなぁ～い！　だってぇ、人がぁ、いきなりぃ、消えるわけねぇだろうがよぉぉおぉ！」

　バキィイッと拳《こぶし》一つで今度は床板に穴が開いた。

「ほほほほ本当なんです！　本当に、い、入れようと思ったら消えちまったんですよぉぉお！」

「えぇぇ！　ほんとにぃ？」

「本当です！」

「いきなりいなくなって、俺らも探したんです！」

「それで受け取りにきた奴隷商のこいつと口論になって！」

「そっかぁ、で、あんたはいくら払ったのぉ？　カエラの仲間は～？　どこにいるか知っているのかなぁ？」

「わわわ私は金貨三枚払いました。どうにでもしていいからと言われて。仲間は『金の鎮魂歌《レクイエム》』だったジェニーとヒースの姉のアデリンで、三人がどこにいるのかはわか……ひぃぃ！」

　何もしていない筈なのに男のひげがパラパラと落ちる。

　風だ。風の魔法だ。無詠唱なのにこんなに繊細《せんさい》な調整が出来るなんてありえない。

「分かんなくないよね？　今度は間違えてさっきの風を首に当てちゃったりするかもしれないなぁ。それで？　金をどこで渡したの？　どの町？　そいつらの家は？　根城は？　言ったら勘弁してあげようかなぁ。うふふ」

「根城はアデリンの家がやっている隣町の宿屋で、黄金亭っていう」

バキィイ！　拳が綺麗に右の頬にヒットして奴隷商は床に倒れ伏した。

「ひぃぃぃぃぃ！」

「ゆる、ゆるし」

「はぁ？　許すわけねぇだろうがぁ、このきたねーものをソウタに入れようとした罪《つみ》を贖《あがな》え！」

そう言った途端、二度、勢いよく足が踏み下ろされて、男達は泡を吹いて転がった。

「あとは頼んだよ。ちっと隣町まで行ってくる。馬、借りるから」

「生きて連れてこいよ。話を聞かねぇといけねぇからな」

「チッ!!」

盛大な舌打ちをしてモニカはマントをつけて歩き出した。

「そうしていると冒険者だった頃のままだな」

「はぁ？　冒険者なんて戻らねぇよ。はぁい！　どいてぇ、雌犬《めすいぬ》三匹捕まえてくるからねぇ」

ザっと音がする勢いでギルドのホールに道が出来た。

「あたしが帰ってくるまでにぃ、ソウタ見つけておいてねぇ。ほんとにあの子使えるから、ギルドの職員になるの楽しみなのぉ。ダグラスと一緒に居るのを見ているのも可愛いしさ～。あたしの癒《いや》しなんだからねぇ」

「善処《ぜんしょ》するよ」

「け！　見つけるって言えよ」

言い捨てるような言葉を残して嵐が去った。

「……本当に存在していたんだな。Ｓ級の狂狼《マッドウルフ》」

引きつった顔でそう言うシグマに、カイザックは眉間《みけん》の辺りを揉みながら口を開いた。

「本人の前で言ったら命はねぇぞ」

「あの勢いで剣も魔法も一流なんて厄災《やくさい》だな」

「それも黙っておいた方がいい」

「おう」

カイザックは粉々になったテーブルと床に転がる男達を見て溜息を落とした。

「おい、こいつらに中級ポーション飲ませておけ。さすがにこれじゃあ衛兵に引き渡せねぇ」

「わ、分かりました！」

「あと、これ以上あいつを暴れさせないように、ミーシャ、グレイン、お前達は減給。後で何か現物支給してやるから一回は諦めな。言い出したら聞かねぇからよ。帳簿までチェックするからな」

「はい！」

「今後二度とないように気を付けます！」

ギルドの中の止まっていた時間が動き出し、カイザックは痛むこめかみをぐりぐりと揉みながらまずはダグラスにこの事を知らせる書簡を送ろうと思った。そろそろカムイに到着するだろう。カムイのギルドに送っておけば連絡はつく筈だ。

「それで、坊主はどうするんだ？」

「ギルド依頼で草原の捜索をする」

「よし、受けよう」

「俺もだ！」

「俺も受けるぜ」

次々に上がる声。

「ソウタ、皆がお前を探しているぜ？　早く戻ってこい」

呟くようにそう言って、カイザックはカウンターに向かって歩き出した。

◇◇◇

「手紙にはなんて？」

俺が尋ねるとダグラスは渋い顔のまま口を開いた。

「ソウタを騙したのは俺と以前揉めた事のあるカエラっていう冒険者で、一緒にいたのは『金の鎮魂歌』のジェニー、そしてヒースの姉のアデリンだったそうだ」

「んと、ヒースってあのゴブリンを倒してくれたけど【魅了】で襲ってきた？」

「ああ、結局ヒースは冒険者を続ける事が難しくなったからな。カードには罪歴が残るから。だがそれでも逆恨みだ」

「うん……」

ヒースって人には申し訳ないなっていう気持ちもあるんだ。助けてくれたのに、俺の【魅了】が有能すぎたからある意味彼も被害者だ。でもそれにしても、強姦させて奴隷商に売るっていうのはどうかと思うよ。えげつないっていうかさ～。俺だってあの後ものすごく後遺症《こういしょう》みたいなのが出て本当に大変だったんだよ。

「帰ってこないソウタを探しに行ったら男達と奴隷商が揉めていて、何をしたのかが芋《いも》づる式に分かったんだけど、肝心《かんじん》のお前がいなくて大捜索していたらしい」

「わぁぁぁぁっ！」

たたた大変だ！　やっぱりそんな事になっているんじゃないかと思ったんだよ。まぁ……ダグラスの所に転移させてもらった後は全く思い出しもしなかったけどさ。

「とりあえず、ソウタは俺が渡しておいた転移スクロールでこっちに来ている事にして返事を出す。こちらの処理は一、二日で全て片が付くから、そうしたらブラムウェルの魔法陣を借りて戻る事も一緒に知らせておく」

「う、うん。お、俺、転移で先に帰っている？」

「いや、そっちの方が心配だから。金じゃなくて素材だからうまくいけば明日中には渡してもらえるような気がする。そうしたらそのままブラムウェルに挨拶《あいさつ》をして店の簡易魔法陣を借りるよ。その方が安全だ」

「分かった」

ダグラスはすぐに手紙を書いてノーティウスのギルドに転送をしてもらった。

そしてその晩はカムイの宿に大人しく泊まって……いるわけはなくて、結局二日連続でダグラスに抱かれてしまった。

ダグラスは本当にあの香油を買っていたみたいでさ、ベッドに入ったらちゃっかり出てきたんだよね。それでもってなんだかもう、わけがわからないっていうか、やるのが当たり前？　みたいな感じで、しかも昨日とは違ってダグラスの方はちょっと余裕が出てきたっていうか、キ、キスをやたらとしてきたり、胸とかないのに触ってきたり、な、舐めてきたりして。お陰でちょっとヒリヒリするし、その……あ、赤くなっているだけでなく、ちょっと膨らんでいる気がするんだ。ち……乳首が。

それでもって、負担がどうとか言われて後ろから挿《い》れられたりした。結局泣かされてまた意識を失ったんだけどさ。でも慣れてきているような自分が怖いよ。だって無茶されたって気持ちもあるんだけど、一応今朝《けさ》は起き上がれたし、立てたし、歩けたんだもん。二回もしたのに。

ダグラスが妙に機嫌が良かったのが恥ずかしくて、ちょっとだけ殴りたくなった。もっとも俺のパンチなんてA級の冒険者にしてみたら触ったくらいのものだろうけどね。

ガルーダの素材はその日の夕方に解体が終わって分配された。今はダグラスのマジックバッグの中にある。結局またカムイに泊まる事になったので、そういう事ですよ。ハハハ……。

そして翌日、俺達はブラムウェルさんが経営しているエステイド王国・カムイ支店に居た。

ここでヘヴガイドル王国のデトリスにある本店に転移出来る魔法陣を貸してもらうんだって。

「いい仕事が出来たよ。助かった」

「いや、こちらこそ色々とありがとう」

「また依頼を出す。よろしくな」

ダグラスと依頼人のブラムウェルさんが挨拶をしているその斜め後ろに立って、ちょっと緊張している俺にブラムウェルさんがにっこりと笑いながら口を開いた。

「色々大変だったが、ダグラスと仲良くしてくれ」

「は、はい。その、本当に色々とお世話になりました。ありがとうございました」

「うん。礼儀正しい。良い嫁だ。ダグラス大事にしろよ」

「はい」

ううう、『嫁』と言われる度《たび》に俺のライフポイントが削《けず》られる気がするよ。いや、実際はそんなものはないけどさ。でもダグラスが世話になったっていう人だし、俺も今回すごく世話になった。

結局今着ている服も、マントも、そして片方だけなくなって使い物にならなくなってしまった靴《くつ》も、全部ブラムウェルさんが用意をしてくれたんだ。

【魅了】がなくなったからちゃんと顔を見て挨拶も出来るし、本当に良かった。

それにしても、この世界は男でも『嫁』なんだな。えへへ、『嫁』かぁ。照れるね。

でもこうして認められて大事にしろなんて言われると、俺、自分の気持ちに気づいて良かったって心の底から思う。

男とか、女とか、『ヒヨコ』とかそんなの関係なく、ただダグラスに会えて、ダグラスが一緒に居てくれて、そしてダグラスを好きになって良かった。ちゃんと、ちゃんと気づけて良かった。

思わずダグラスのマントをギュッて摑んだら、二人に微笑まれてしまったよ。やめてくれ、照れるから。

「じゃあ」

「ああ、そのうちどこかで飲もう。今回はゆっくり出来なかったからな」

「ああ」

そうしてダグラスと俺は魔法陣に乗って、ヘヴガイドル王国のデトリスまで一気に戻ってきた。そこからは俺の足で三日ほどなんだけど、デトリスのギルドで馬を借りて約一日。

俺の尻が耐え切れなくなる寸前にノーティウスの町に辿り着いた。

◇◇◇

「ソウタ！　無事で良かったよぉ！」

ギルドに入るなり飛びついてきたのはモニカさんだった。

「襲われたって聞いてほんとに心配したんだよぉ〜。でも無事で良かったね」

「ありがとう、モニカさん」

「それにしても転移のスクロールなんてよく持っていたねぇ。無事に発動出来て良かったよぉ〜」

「あはははは！　なんかもう必死で！　気付いたらダグラスの所にいました！」

うん。半分は嘘じゃない！　でもスクロールなんて見た事も使った事もないよ！

「うんうん。もう二度とあんな事は起きないからねぇ。今回の奴らは皆はんご……ううん、衛兵に渡されたしね、ソウタへの賠償金も請求《せいきゅう》してあるからねぇ～」

はんご？　なんだろう？　あ、また賠償金がくるのか。

「そうなんですね。色々と面倒な事をお任せしちゃったみたいで、本当にありがとうございました」

ぺこりと頭を下げた俺にモニカさんはなぜかものすごくプルプルして。

「これだよぉ!!　この素直さと可愛らしさが癒しなんだよ～！　分かる？　分かるよね！」

振り返った先のカウンターの中でミーシャさんとグレインさんが首振り人形みたいにブンブンって頷いていた。え、なんか二人とも無表情で怖いんだけど。

そう思っていたら、モニカさんの後ろにいたカイザックが苦笑しながら話しかけてきた。

「モニカ、そのくらいでとりあえず俺とも話をさせてくれ」

「分かった～。じゃあ、ソウタ。また後でね～」

「はい。また鑑定がんがん頑張るからモニカさん、よろしくお願いします」

「んんん！　うん！　一緒に頑張ろうね～。うふふ。なんかやる気が出てきたよぉ」

そんなモニカさんの声を背に、俺達は階段を上がってカイザックの部屋に行った。

「まずは、ソウタにもダグラスにも申し訳なかった。外には出さないと言っておきながらギルド内の申し送りがきちんとされていなかったのは俺のせいだ」

部屋に入るなりそう言って頭を下げたカイザックに俺は慌ててしまった。

「やめてよ！　俺が行くって言ったんだから！　前に女性だけのパーティならって話をしていたから全然疑っていなかったし。ダグラス、そんな話していたよね！」

「…………ああ」

俺がそう言うとダグラスも渋々と頷いた。未遂《みすい》だったとはいえ俺が襲われたのは事実で、ギルドから連れ出されたっていうのが、ダグラスにとってはどうなっているんだっていう気持ちもあるんだろうと思う。

でもさ、行く前はそんな話をしていたし、俺に話をしていたって事はカイザックともしたんだろうし、俺を預かる事になるカイザックがそれをギルドの皆に話すのは当然の流れで……

もっともギルドに連れてこられた時は俺の体調は最悪だったし、部屋から出るのは無理みたいな状態だったから、女性冒険者と草原に慣らしになんていうのは難しいだろうって言われたんだよね。

だけどその後は慣らしを含めて一階に降りたり、二度ほど無理を言ってカイザックに付き添ってもらって草原へも行ったりしたから、他の人達が変更した事でなく、最初に話した予定を覚えていたとしてもおかしくはないんだ。

カイザックが言う通り徹底《てってい》していなかったっていうのは紛《まぎ》れもない事実なんだけど、俺でさえ、声かけてもらってああ、だいぶ良くなってきたからな位しか思わなかったからお互い様だ。というか、大捜索までしてもらって本当に申し訳ない。

「ソウタの言う通り、俺も女性達だけのパーティならって思っていた時期もあったから、まさかこんな事になるとは思っていなかったけれど。迷惑をかけた。ありがとう」

「いや、今後は気を付けるようにするし、犯罪歴だけでなく過去に何かあった冒険者達のチェックはカードの方で分かるようにしていく予定だ。無事でいてくれて感謝する」

カイザックはもう一度深々と頭を下げた。

「それで、今回の関わった奴らはすでに衛兵に引き渡されたそうだが」

「ああ………」

ダグラスの言葉にカイザックは頷いて、眉間を指で揉むようにして目を瞑《つぶ》る。どうしたんだろう。疲れているのかな。あの辺って眼精疲労の時にちょっと揉みたくなる場所だよな。

「ええっと、ソウタがいない事に気付いて、改めて依頼書を確認して、カエラ達の仕業《しわざ》と分かってな。ギルドにいたシグマという冒険者と一緒に草原に行ったら、襲った奴等と奴隷商が揉めていやがったんでそのままギルドに連れてきた。ソウタの持ち物とか色々な証拠もあったしな」

「え！　俺の持ち物って、もしかしてバッグとか？」

「ああ、全部回収してある。その後の捜索で見つかった片方の靴とかも」

わ～、靴とか眼鏡とかはこの際どうでもいいけど、バッグは嬉しい。

「それで、その、連れてきた奴らだが、ギルドでもお互いに言い合いをしているんで……元S級の冒険者がキレたんだ」

「え？」

「おい……まさか……」

カイザックの言葉に俺とダグラスの声が重なった。

「元S級？　そんな人が来ていたんだ？　すごいなぁ。それでその人が何か言ってくれたのか？」

「あ、ああ。とりあえず、三人とも泣きながらやった事を吐いてな。奴隷商は相当あくどい事もしていたみたいだから一緒に衛兵のところへ突き出した。カエラ達の根城も聞き出せたからそいつがすぐに行ってくれて。首謀者《しゅぼうしゃ》の三人もその日のうちに衛兵に引き渡した」

うわ～～～～～！　元S級の冒険者、すげ～～～～～～～！

「S級の冒険者ってやっぱりすごいんだね！　もう居ないの？　俺、ちゃんとお礼が言いたかったなぁ」

「あ、ああ。転移のスクロールを使って逃げたってダグラスからの手紙を見て、良かったって喜んでいたよ」

「そうなんだ！　いつか会えたらお礼を言おう。またギルドに来るかもしれないからな。カイザック、来たらちゃんと教えてくれ」

「お……おう。ああ、でももう冒険者は引退しているからな」

「あ、そうか。元だもんね。ダグラスの知っている人？」

「は？　あ、S級はそんなにいないから、もしかしたら…………」

「そうか～、なんていう名前の人？」

「あ～～～～～名前は分からねぇな。ウルフと呼ばれていた気がするが」

「ウルフか～、かっこいいなぁ。どこかで会えたらお礼をしよう」

ひとしきり元S級冒険者の話をしてから、俺はカイザックに神様の事を話した。

『異界渡り』の事を教えてくれたカイザックにはちゃんと話しておいた方がいいと思ったんだ。【魅了】が無くなったって事もあるし。

「カイザック、実は俺、神様に助けてもらったんだ」

「…………は？」

「いや、マジで突拍子もない話なんだけど、俺さ、元の世界で神様の手違いで死んでいるらしいんだよね」

「…………おい」

「それで慌ててこっちの世界に連れてきてくれて、身体も修復してお詫《わ》びにちょっぴりだけ若返らせたって。余計なお世話だったけどさ。まぁ、そのお陰でダグラスに保護してもらえたから良かったけど。で、本当はどんな力が欲しいか聞いてくれる予定だったんだけど、俺事故のショックでなかなか起きなくて、とりあえず過去に『異界渡り』した人が喜んでいた【鑑定】とか、【言語理解】とか、奮発《ふんぱつ》して【創造魔法】とかつけてくれて、なんか友達少ないのが分かったから、沢山の人と仲良く出来るように【魅了】をつけたんだけど、気合い入れすぎて効きすぎたとか言ってた。ありえなくない？」

「……頭が痛くなるような話だな」

「だよね～」

ほんとにそれ。効きすぎたってなんだよ。何度思い出してもイラっとする。

「それで、【魅了】は外してもらったんだ」

「はぁ⁉」

「代わりに【転移】をもらった」

「おいおいおいおいおい」

「ばれるとヤバい？」

「当たり前だ！」

「じゃあ転移のスクロールって事で今後もやり過ごそう」

「待て、小僧。転移のスクロールなんてそう簡単に手に入るものじゃねぇ」

「うん。でもほら、ダグラスいるし。スクロールって作れないの？」

「作ろうと思えば作れるが、優秀な魔導士が必要だ」

「そうなんだ。まぁでもなんとかなるでしょ」

俺がそう言うとカイザックは胃の辺りを押さえてダグラスを見た。

「これどうすんだよ」

「どうもこうも。とりあえずは周囲の人に見られず、危険のない場所《もくてきち》に出るらしいから、いざという時のために練習をさせるよ」

「はぁぁぁぁ…………次から次へと」

カイザックは今度こそ頭を抱えてしまった。

でも報告はこれだけじゃないんだ。

「それとね。【創造魔法】の使い方が分からないって言ったら、なんか説明みたいなのが浮かぶようにしてくれたからもう少し使い勝手がよくなりそうだよ？」

「そうかよ。ああ……お前が今後も要注意人物だってぇのはよく分かった。とにかくギルドに居ろ。ここならある程度は匿《かくま》ってやれる。もう今回みたいな事は起こさせない」

カイザックの言葉に俺はにっこり笑った。

「カイザックも結構イケオジだよね」

「はぁ？　なんだそりゃ」

「なんでもない。ところでさ、俺、成人した。十五歳になっていたから本登録して」

俺がそう言うと、カイザックはニヤリと笑った。

「そうか。よし。冒険者登録もしてやるが、正式なギルド職員に採用してやる」

いえ〜い！　成人と同時に就職だ〜！　就職活動なし！

「あとね」

「なんだ、まだあるのか？」

うんざりしたようなカイザックに、俺はとびきりの笑みを浮かべて口を開いた。

「うん、俺、ダグラスの『嫁』になったよ」

わぁぁぁぁー！　言ってしまいました！

「はぁぁぁぁ⁉」

そしてものすごいでかい「はぁぁぁぁ⁉」を頂《いただ》きました‼

まぁカイザックは最初から俺達の事を見ていたんだからそうなるよね。うんうん。俺もさ、こんなイケオジの嫁になるなんて思ってもみなかったもん。しかも年の差十九歳。

だけどそんな事関係ないよ。俺がダグラスの事が好きで、ダグラスも俺の事が好きならなんの問題もないもん。それにあんな事出来るのはダグラスだからだよ。ダグラスにしか出来ないし、させるつもりもない。好きじゃなかったら絶対に無理だよ。思い出すだけでも恥ずかしくて死にそうだもん。あれは俺にとってはそれくらい大変な事なんだ。こういうのって重たいって思われちゃうかもしれないけど、ここはもうイケオジパワーでダグラス、覚悟してくれ！

「おい！　どういう事だ！　ダグラス！」

「いや、その、拾ったら最後まで面倒を見るというか、『ヒヨコ』は卒業したっていうか。元から『ヒヨコ』じゃなかったっていうか。まぁ、ようするに、俺が手放せなくなったんだ。他の奴になんて渡せないいな」

「…………て、照れる。でもありがとう。俺も皆から『ヒヨコ』じゃなくて『ダグラスの嫁』って言われるように頑張るよ！　だからよろしくね。す、末永《すえなが》く」

「分かった、末永く、一緒にいよう」

ああ、もう、本当に誰かを好きになるって幸せだけど、恥ずかしいな。でも恥ずかしくても一緒にいられる方がいいから。ギュッて抱きついたら、抱きしめてくれる腕がある方が、ずっと、ずっと素敵で嬉しい事だから。

「………………よし、分かった。今日は宴会《えんかい》だ」

「え？」

そこ？　おめでとうとかじゃなくて、着地点はそこなの⁉

俺が驚いているのにダグラスは「お披露目《ひろめ》だな」って笑っているよ。それがこの世界のやり方なのかな。まぁ、俺は十五歳だけど、本当は十九歳だから、郷に入っては郷に従えって気持ちで宴会に参加するよ！　そう思って抱きついたダグラスを見上げたら、おでこにチュってキスされて、ちょっと腰が砕《くだ》けそうになった。

まだ新米の『嫁』なので、手加減もよろしくね。


カイザックはそのまま一階に下りていって、モニカさんに俺が十五歳になった事と、冒険者に本登録をしたい事、正式にギルドの職員として雇う事、鑑定とカウンター業務の指導はモニカさんが行う事を伝えた。

モニカさんはニコニコの笑みを浮かべて「任せておいてよ～！　しっかり面倒みるよぉ」っていつもの調子で喜んでくれた。うん。いい人だ。

最初は「ボク」と呼ばれてちょっとイラっとしたけれど、ほにゃっとした口調の割に面倒見も良くて、実はとても仕事が早いんだ。

「モニカさん、よろしくお願いします」

「もちろんだよぉ～、ソウタ！　よろしくね。うふふ、これだよ！　これ！　分かるよね！」

そう言ってモニカさんはカウンターのミーシャさん達を見た。ミーシャさんとグレインさんはまた無表情のまま首振り人形みたいにブンブンと頷いている。え、何これ、今の流行《はや》りなの？　怖いんだけど。

そして、カイザックは俺がダグラスの嫁になる事も伝えた。ギルドの中で言ったもんだから、雄叫《おたけ》びみたいな声が上がって、そのまま併設《へいせつ》されている食堂兼居酒屋での宴会に皆でなだれ込んだ。

もう【魅了】はないから、俺は安心して皆の顔を見て話をした。あんなに怖かったのにカムイのギルドと同じく、ちゃんと顔を見て話が出来て嬉しいって思った。

「良かったな、小僧！」

「可愛がってもらえよ！」

「それにしても、若い嫁を貰ったな、ダグラス！」

「ソウタ！　最初が肝心だぞ！　しっかり手綱《たづな》を握っておかねぇとな！」

「ば〜か、ダグラスをてめぇと一緒にするなよ」

「すでにメロメロだよなぁ！」

「もう『ヒヨコ』なんて呼んだらいけないな！　『嫁』だ、『嫁』！」

そんな声が飛び交う中で飲んだアルコールはバカみたいに効いた。エールは苦いって言ったら誰かが果物の酒っていうのをくれた。元の世界ではお酒は二十歳からって言われていたし、ほら、俺ってば友達も少なかったからアルコールの類《たぐい》は婆ちゃんが作っていた梅酒を舐める程度だったんだよ。だから余計に効いたのかもしれないし、嬉しくて楽しくて箍《たが》が外れたのもあるのかもしれない。

とにもかくにも勧められた果物の酒は美味しかった。ふわふわして、気持ちよくて、気付くと笑いながら「ありがとう」って言って何度も乾杯をした。

そのうちに誰かが「良かったな」って抱きついてきて、その場のノリ？　みたいな感じで「うん！」ってハグしようとすると、ダグラスとカイザックと、なぜかモニカさんが相手を引き剝がして放り投げていたような気がした。それがおかしくて俺はゲラゲラ笑っていた。

どこかで「ウルフ」って聞こえたような気がしたから、もしかしたら俺の事を助けようとしてくれた元Ｓ級の冒険者も来てくれていたのかもしれない。会いたいな。ちゃんとお礼が言いたい。でもうまく頭が回らなくて。だけどすごく嬉しくて、楽しくて、あ～幸せだなって思いながら持っていたジョッキをダグラスに奪われたのはうっすらと、覚えている、ような気がした。

13　【創造魔法】とイケオジの本気

どうやって宿に帰ったのか全然覚えていなかったけど、翌日ベッドの中で二日酔いで死んでいた俺にダグラスはムッとしながら「ソウタには酒は飲ませない」と言った。

え？　何したの、俺。マジで記憶なくて怖いんだけど。っていうか考えられないくらい頭が痛いんだけど。気持ち悪いし。

涙目になっている俺を見てダグラスが大きな溜息をついた。

「怪我用のポーション飲んどけ」

「二日酔いにも効くの？」

「ああ。体力回復の効果がある」

そう言われて、耐え切れずに飲んだよ、ポーション。そして思い出したよ。このまずさ！

「うぇぇぇぇぇぇぇぇ」

「吐くなよ」

容赦ない声が聞こえてきて、殴りたくなったけど、今は無理。

「ぐぅぅぅ、馬車で飲んだのはここまでじゃなかったのに」

そう。思ったよりマシだったから「慣れたのかな」なんて思ったんだよ。

「あれはこの前ソウタが作ったものだ」

「これは？」

「普通の」

ぐぬぬぬぬぬ！

涙が滲《にじ》むけど我慢だ。口の中は気持ち悪いけど、胸のムカムカするような気持ち悪さが消えてきたし、頭が痛いのもだいぶマシになってきた。頼む早く、早く効いてくれ。

ベッドの上で悶絶《もんぜつ》している俺にダグラスはもう一度溜息をついて、水を差し出した。

「飲めるか？」

「ううう」

「……仕方ないな」

そう言うとダグラスは自分の口に水を含み、口移しをしてきた。

「んんぅ………っ………ふ……」

苦みが残っている口の中に入ってくる水と舌。口の端から水が零れてしまうのも構わずに、ダグラスは口の中の苦みを取るみたいに舌を動かした。

「……………っ……」

「……もっと飲むか？」

「……自分で」

そう言った途端、再び口移しで水が流し込まれて、俺は思わずダグラスにしがみついた。それをどう思ったのか、ダグラスは口の端から流れる水に構う事なく、俺の口の中を蹂躙《じゅうりん》する。

「……っだ……んん………ぁ……んぅ……」

上顎《うわあご》の方を舌でこすられるように舐められると、身体がゾクゾクとする事を俺は初めて知った。たまらない感じで鼻にかかった甘い声が漏れるのが恥ずかしい。

「ダグ……ふぁ……も、や……」

溢れた水は首を伝って服を濡らす。それが嫌で首を振ったら、ぺろりと唇を舐めあげられてどうしたらいいのかもっと分からなくなった。

頼むからもう少し手加減をしてくれ。俺は本当に恋愛初心者なんだ。それが奇跡的に通じたかのように、ダグラスは口づけを解いてそっと俺を抱きしめてきた。

「ソウタ……酒を飲むのは俺とだけにしてくれ」

「ふぇ……？」

「笑顔を振りまいて、誰彼構わず抱きつくのは駄目だ」

「え……ええええ⁉」

俺、そんな事をしていた？　だとしたらそれは申し訳なかった。もしも自分が反対の立場だったら、ものすごく嫌だ。ごめんと言おうとして、だけど次に聞こえてきた言葉に俺は思わず自分の耳を疑った。

「とりあえず、今夜は覚悟しておけよ」

「……はぇ？」

「ノーティウスに戻ったらって思っていたんだ」

「……ノーティウスに戻ったらって……お、俺達、カムイでも毎日していたよね」

「…………手加減していた」

マジか！　手加減されていたのか！

「ソウタはもう少し自分の事を分かった方がいい。他の奴にニコニコ無防備に笑ったら駄目だ。ましてや抱きつくなんて論外だ。お前にハグをしたい奴の列が出来ていたんだぞ」

「…………」

俺は思わず黙り込んでしまった。ハグ待ちの列……いやいやそれはないだろう。でもダグラスの目は真剣だった。

「【魅了】なんてなくても、ソウタは十分に魅力的だ。自覚しろ」

「……わ、分かった。お酒はダグラスとしか飲まない」

「ああ、それならいくらでも抱きついていいぞ」

イケオジのニッコリ笑顔はものすごい破壊力だ。しかも抱きついていいって言いながらどうして抱いている手がシャツの中に潜ってきちゃったりするのかな？

「もうポーションが効いてきただろ？」

「な……ん……ぁ……夜って……」

さっき今晩覚悟しろって言っていたよね？　それがどうして今になっちゃいそうなわけ⁉　これでダメージ受けたらまたポーションってなっちゃうじゃん。

「だめ！　今はだめ！」

「ソウタ？」

「だって……まだちょっと頭が重いし、それにヤッたらまたポーション飲む羽目になるかもだし。だから」

「だから？」

「俺は美味しいポーションを作る！」

「はぁ⁉」

久しぶりに聞いたな、ダグラスの「はぁ⁉」。でもここで引いたら確実にエッチ一直線だもん。ダグラスとするのは嫌じゃないけど、今後の為に俺は美味しいポーションを作りたい。だって、覚悟だよ？　あの村ではダグラスは配慮していたって言ってたのに翌日立てなかったんだよ？

カムイの時だってさっき手加減していたって言ったよね？　手加減されたのにやっぱり意識失ったんだよ。それなのに覚悟って。覚悟って何？　俺、どうなっちゃうの⁉

回復するのにこんなまずいポーション飲むのは嫌だ！

「リンゴとかオレンジとかブドウとかいちごとかの味の美味しいポーションを作る。絶対に！」

せっかく神様に文句を言って【創造魔法】を改良してもらった筈なんだ。だからきっと考えたら何か浮かんでくる筈だ。

それに、ポーション以外にも作りたいというか、何が作れるのか気になるものがある。

ダグラスがくれたガルーダの素材だ。

以前エリクサーがどうのって言っていたけど、さすがにこれだけじゃ作れないと思うし、何が作れて、何が足りないのか調べておきたいんだ。

「とりあえず、ギルドに行こう、ダグラス」

「……分かったよ。でも酒は飲むな。飲んでも飲まなくても、祝いを受けてもハグは駄目だ」

「はい……」

駄目押しされて、素直に頷くとダグラスはふわりと笑ってキスをしてきた。

「今夜が楽しみだな」

ううう。俺は今夜が怖いです。

◇◇◇

ポーションですっかり二日酔いが治った俺は、元気に朝食を食べてギルドにやってきた。

「おはよ～、ソウタ。昨日は大丈夫だったぁ？　だいぶヘロヘロだったけど～」

相変わらずのモニカさん。

そう言えばこの人、昨日ダグラスやカイザック達と俺に抱きついてきた酔っ払いをぶん投げていたような気がしたけど、目の錯覚《さっかく》だよね。うん。だって、冒険者のデカくてゴツイ男がこの人に投げられるなんてシュールすぎでしょ。俺ほんとに酔っぱらっていたんだな。

「大丈夫です。ポーション飲んできました！　後で本登録お願いします。二階で職員になるサインしてきます」

「うん。分かったよぉ～！　楽しみだねぇ。ちゃんとバッチリ面倒見るからね！　って言ってもソウタは見習いの時と同じで大丈夫だよぉ。カウンターは基本的にあたしが居ない時だけでいいからね。厄介なのは残しておいてくれていいしぃ。とりあえず鑑定を速やかに正確にこなしてくれたらいいんだよぉ。それが一番」

「はい。バリバリ【鑑定】していきます」

「んんん！　よろしくねぇ！」

モニカさんに見送られながら俺はダグラスと一緒にカイザックの所に行った。

「よぉ！　起きられたか。今日は昼まで無理かと思ったぜ」

うん。起き抜けは昼でも無理でした。

「とりあえず、職員の契約な。ここにサインしてくれ。あ、ちゃんと読めよ」

「はい」

それは契約の基本だからね。出されたそれをしっかり読んで、給料もしっかり見て。

「え、こんなに出るんだ」

「ああ、【鑑定】スキル持ちだからな。専門職扱いになってその分高くなる。ちなみにポーションの買取はまた別だ」

「や、やったー！」

嬉しい。これでダグラスへの借りを返せる。

まぁ、多分受け取らないと思うけど、これはほら、そう、ケジメっていうか、その……これからよろしくねっていう気持ちも込めて一回きちんと清算をしてそこから始めたい。

そう考えていたらカイザックが口を開いた。

「一緒になるって事はダグラスも拠点をノーティウスに置くんだろう？」

「え？　今までも拠点はここだったんじゃないの？」

俺はびっくりしてダグラスを見た。以前カイザックは冒険者は一つの所に長くはいないみたいな事を言っていたけど、拠点をおいて依頼に合わせて移動している冒険者もいるみたいだったから。

「いや、割とよく使ってはいたが、拠点は特に決めていなかった。しいて言えばヘヴガイドル王国を拠点にしていた」

まさかの国単位だったのか。

「え、じゃあ。俺」

なんにも考えずにここのギルド職員になっちゃったけど。っていうか先に言ってくれ。

「ああ、別に拠点なんてどこでもいいんだ。指名依頼ならどこのギルドでも入るし、依頼だけでなくダンジョンに潜る事もあるしな」

「ああ、そう、なんだ」

「まぁ、そろそろ拠点を置いてもいいなと思っていたから丁度《ちょうど》良かった」

「そ、そうなのか。なら、良かった」

にっこりと笑ったダグラスに俺はちょっとだけ顔を赤くした。

「おいおい、惚気《のろけ》は他でやってくれ。じゃあ、いつまでも宿屋暮らしでなく家を探すか？」

「家⁉」

「ああ、そうだな。ソウタも家があった方が落ち着くだろうし、俺も依頼で出かける時に宿屋に一人は心配だ。どこか良さげな所があったら教えてくれ」

「分かった。さて、サインは出来たか？」

「は！　あ、うん」

慌ててサインをして書類をカイザックに戻す。

「よし。これからよろしく頼む」

「よろしくお願いします」

差し出された右手を握り返しながら、俺はここでこうして生きていくんだななんてしみじみと思ってしまった。

「あ、カイザック。早速なんだけど【創造魔法】を試したいんだ。なんか改良してくれたって神様が言っていたから」

「ああ？　そういえばそんな事を言っていたな。で、何がしたいんだ？」

「美味しいポーションを作りたい。リンゴ味とかブドウ味とかオレンジ味とかイチゴ味とか」

「なんだそりゃ……」

「だって本当にまずいんだもん。怪我用のも、魔力用のも。毒用は飲んだ事ないけど、でもきっと全部まずいよね。怪我用のは体力回復にも使えるってダグラスが言うから今朝飲んだんだけど、二日酔いの時に飲んだらそのまま戻しそうだった。だからね、作ってみたいなって思ったんだ」

「…………そうかよ。まぁやってみな」

「うん」

カイザックは好きにしろと言わんばかりに胡乱な目をしてそう言った。いいもんね。だって俺は俺のために作るんだから。

「とりあえず、初級ポーションだな。怪我とか体力回復の普通の奴。これは、う～ん二日酔いの時にも使えるような味にしよう」

「小僧、二日酔いを治すのに普通はポーションなんざ使わねぇよ」

「えええぇ！　そうなの？」

「そこそこ値段はするからな」

ああ、そうだった。怪我用の初級ポーションは金貨一枚。魔力回復用は初級で金貨三枚だったもんね。金貨一枚の二日酔い覚まし……うん。確かにないな。でも作るけど。

「そ、そっかー。でもさ、二日酔いも辛《つら》いじゃない？」

「お前は当分飲むな。というかもう飲むな」

ひ、ひどい、カイザックまでそんな事言うなんて。ハグの列がまずかったんだな。うん。

「お、お金を出してでも二日酔いを止めたい人もいるかもしれないから、オレンジ味はやめよう」

オレンジはリバースの引き金になりやすいからな。

「……やっぱり作るんだな」

「おう！」

だって、色々効いた方がお得じゃないか！

「えっと、頭の中に浮かぶって言ってたよな」

俺は頭の中でブドウ味の初級ポーション、怪我・体力回復・二日酔い用を作る【創造魔法】の材料は？　と考えた。

「あれ？」

出てこない。浮かばない。ちょっと神様、また間違えたの？

「う～ん。『創造魔法、材料検索』！」

声を出してみるとブンと不思議な音がして、画面みたいなのが目の前に現れた。

「おおおお!!」

「ソウタ？　大丈夫か？」

ダグラスが顔を引きつらせている。でも大丈夫だ。俺は別におかしくなったわけじゃない。

「あ、そうか、ここに『ブドウ味の初級ポーション、怪我・体力回復・二日酔い用』っていうのを入力するのか……入った。口で言うのか。独《ひと》り言《ごと》多くなって嫌だな」

「おい、ソウタ」

「大丈夫。おかしくなってないです！　あ！」

「「どうした！」」

二人の声が重なった。

「見えましたっ！」

なんかインチキくさい占い師みたいになっちゃったけど、ちゃんと材料が出てきたよ！

「待って待って、えっと、ここまでは普通の初級ポーションと同じで、ふーん。まんまブドウを入れるのか。適当だな。え！　なければ？　凄いな。有能！　なければこれを入れればいいのか！　よし！」

俺はいつものごとく鍋の中に材料を入れた。ブドウは手元になかったけど代替品はあったからそれでお試しだ。そしてなんだかまるっきり信じていないような二人の前で意気揚々《ようよう》と声をあげた。

「創造生成初級ポーション。ブドウ味！」

それから俺は魔力回復ポーション・オレンジ味と、怪我用の中級ポーション・リンゴ味を作った。

オレンジとリンゴはギルドの食堂にあったからもらってきたんだよ。ダグラスが。

ちなみに上級ポーションは怪我用も魔力回復用も足りない素材が多くて無理だった。

ダグラスは「本当に規格外というよりは無茶苦茶だな」って笑って、カイザックは「……買取はしてやる」とだけ言った。

俺は自分の分を三本残して後は売り払った。

そして、気になっていたガルーダの羽で何が出来るのかも調べてみた。

「マジか!!!」

そこには足りない素材が色々あってとても作れそうもないけれど、〈エリクサー〉の文字が浮かんでいた。でも、俺が気になったのは…………

その下の方に〈エリクサー劣化版〉っていうのがあって、なんとなく集められそうな薬草が並んでいる横に、『十年若返る』っていうのが見えたんだよね。

さすがの俺も口にはしなかったけど。

◇◇◇

結局その日はガルーダの素材を使ったものを作るのはやめた。

でもすごく気になった。だってさ、俺とダグラスは三十四歳と十五歳でその差は十九歳。

もしも本当に十歳若返るっていう薬が出来たら、そしてダグラスがそれを飲んでくれたら、年の差は九歳になるわけだ。

良くない？　え、マジですごく良くない？

「何を考えているんだ？」

ダグラスが俺の顔を覗き込んできた。

「あ、うん。ポーションが出来て良かったなって」

そう言うとダグラスはニヤリと笑った。

「そうだな。これで心置きなく出来るな」

「────っ！」

な、何を！　俺は何をされちゃうわけ？　しかもそんなに爽やかだけど色気があるっていうわけの分からないイケオジの力って何？

「……まだ、夜の七時だよ」

「ああ、早めに夕食を済ませたからな」

「ううう」

そう。ギルドからエイダの宿に戻ってきて、さっさと夕食を食べてしまったので、これからの予定は特にない。もとい、これからの予定は一つしかない。

「ソウタ」

名前を呼ばれた。それだけで腰の辺りがズクンときた。やめろ、必殺イケオジボイスめ。

触れた唇はすぐに舌が入ってきて、濃厚な口づけに変わった。朝のポーションの苦味を薄めるようなのではなく、なんだか口を食べられちゃうみたいな、合わせて、吸われて、舌が絡んで、俺が弱いって知られているように、上顎の方もじっくりと舐められた。

「……ダグ……んぅ……あ……ん」

口づけを受けるだけで息が上がる初心者なんだから、やっぱり手加減は必要なんじゃない？　そんな事を考えられたのはそこまでだった。いつの間にか上半身は剝かれていて、大きな手が肌の上をゆっくりと移動しながら、時々胸の突起をクリクリしてくるからどうしていいのか分からなくなってしまう。

「あ、ま、やぁ……おふ、お風呂…………入りたい」

「…………『クリーン』！」

「――――っ！」

目の前でクリーンを目いっぱいかけられた。ああ、以前ダグラスにしたのはこういう事だったのか。うん、確かに申し訳なかった。でもわざと意趣返しみたいな事をして、ニヤリってものすごく悪い顔をするのはずるい。

「悪いな、あとで入れてやる。カッコ悪いが余裕がない」

わぁぁぁぁぁぁぁぁ！　イケオジボイスでそんな事を言ったらいけません！　しかもその後に耳たぶを噛んだら駄目だってば！

勿論そんな『ササヤカナテイコウ』はダグラスにはなんの効果もなくて、俺は口づけでとかされた後、気付いたらベッドの上で全裸になって甘い声を上げていた。

「やぁぁ！　……あ、あ、あん！　……あぁ！」

手際が良すぎる！　これ絶対に勝てるわけないし、すでにそれどころの騒ぎじゃない。熱い舌がなんだかちょっと膨れているような胸の突起をしゃぶって、指は前と後ろを同時に攻めてくる。

「ダグラ……ス、また来る……やぁ！　後ろ……あぁぁ！」

実はもう二度達《い》かされていて、例の香油によって広げられている後ろは三本の指がバラバラと動いているんだ。

それが時折ものすごく感じてしまう所をこするから、馬鹿みたいな甘い声が出てしまう。その繰り返し。だけど気になるのはそれだけじゃなくて、その、ダグラスはまだ一度も達ってないんだよ。チラッと見えたそれは、ものすごく大きいし、俺を見下ろしているダグラスの瞳はなんだか本当に欲が浮かんでいて。ううう、カッコよくてどうしよう。しかも俺の息子はまたしても先走りなんか零して勃ち上がっちゃっているし……

「イッていいよ」

「！　や……やだ！　俺ばっかり……ダグラスも……一緒にいってくれなきゃだめ……」

言ってしまった。こ、これっておねだりなのかな？　だって、だってさ！

「っ……！　あ、ふ……んんぅ」

再び唇が重なって、またしても食べられるみたいな口づけに変わった。

息が苦しい。

でも嬉しい。

意識して大きく足を開くと前を扱いていた手と後ろを拡げていた指がなくなって、その代わりにギュッと抱きしめられた。

「ソウタ。あんまり煽るなよ」

「……っう……あお……あっ！」

その途端、身体をひっくり返されて、腰を高く上げられた。

くちゅくちゅともう一度香油をそこに垂らされて「ヒッ！」と小さな声を上げた瞬間、熱いそれが入ってきた。

「あぁぁぁ‼」

「……っ……！」

十分にほぐしてもらった筈なのに、埋め込まれてくるそれは大きくて、熱くて、苦しい。

「もう少し……この辺だった……ああ、ここだ……」

そう言ってダグラスは少しだけ腰を揺さぶった。

「！　ああ――っ！」

途端に身体がびくりと跳ねて声が出た。

「感度がいいな」

背中越しに聞こえてきた声。顔は見えない筈なのに頭の中にニヤリと笑っているダグラスの顔が浮かんだ。

「ばかぁ！　あん！　あ・あ・あ……あぁぁ！」

同じところを突かれて途切れる事なく声が落ちる。

ギシギシとベッドが軋《きし》む音がひどく生々しい。

少しずつ、少しずつ奥へと入ってくる熱い塊。それを感じた途端、触れられていない前が弾けた。

「イッた……あぁぁん！　ダグ……ふぁっ！　あ……まっ……て」

「待たない」

「あああ！　……っ……ふか……あ、あ、んんん！　っ…あぁぁ！」

抜き差しを繰り返しながらダグラスは奥へと入ってくる。

怖い、と思った。感じ過ぎて、頭が馬鹿になりそうだとも思った。

「おなか……破れちゃうよぉ……」

なんだか信じられないような所にそれがいるような気がした。これからどうなってしまうのか。どうしたらいいのか。背中に覆いかぶさるようにしてゆるゆると腰を動かしてくるダグラスに合わせて、お尻だけを高く上げた俺の腰も揺れる。

「ダグラス……こわいぃぃ……また、くる……あぁぁ」

「大丈夫だ。好きなだけイケばいい」

「あ・あ・あん！　……っうぁ……ん！　あぁ！　……あん！」

グチュグチュと音がして、パンパンという音もする。

次第に早くなっていくそれと一緒に腰どころか身体ごと揺れているような気がした。

「気持ちいいか？」

「……あぅ……あ…い、いい……きもち……い……ひぁ！　あぁぁん！　ダ、ダグラスは？　ダグラスは……きもちい？」

「………ああ、最高だ」

「……うん……っ……は、うぁ……」

「ご希望通り、一緒にいこうか、ソウタ」

その言葉に俺はがくがくと頷いた。

「いきた……い……いっしょ……いきた…あ、あ、あ！」

グイッと身体を起こされて、ダグラスの身体に寄りかかるようにされながらがつがつと奥を突かれる。突かれる度《たび》に俺自身からダラダラと何かが流れ出しているみたいな気がしたけれど、それを恥ずかしいと思う余裕はどこにもなかった。

「あー、あー、あぁぁ！　ダグ…ダグラスゥゥゥ…ひ……ぁぁぁ」

もう自分がどんな嬌声《きょうせい》を上げているのかすら分からない。

悲鳴みたいな甘ったるい声でダグラスの名前を呼んで、俺の中に熱いものが広がって、俺自身も何回目なのか分からない熱を弾けさせた。

終わったの？　俺、上手に出来たかな。俺は……

そのまま沈み込んでいきそうな意識を引き上げたのは勿論ダグラスだった。

「上手にイケたな……ソウタ」

「…………ん……」

「でもまだいけるだろう？　ほら、まだ勃ってくる。いい子だな」

ちょっと待ってくれ、いや無理だし。俺が何回イッたと思っているんだよ。そりゃダグラスはまだ一回、でも、無理だから、もう無理だから。絶対に無理だから！

だけど、イケオジの本気は本当の本当に本気だった。

ぐったりした身体を抱き起されて水を飲まされて、例の香油と何かでベタベタになったベッドを一瞬で『クリーン』にすると、ダグラスは当たり前のように第二ラウンドに突入したのである。

◇◇◇

俺は、冒険者の体力をなめていました。

あれだ、ほら、ＡＶなんて見た事ないけど、『絶倫《ぜつりん》』っていう言葉は知っている。多分それだ。

今までの「配慮」とか、「手加減」っていうのが本当にそうだったんだって思ったよ。

もうね、さ、三回目くらいまではなんとなく覚えているんだけどさ。ついこの間まで『ヒヨコ』なんて言われていた俺が、そんな化け物みたいな体力についていかれるわけがないんだよ。

俺はしみじみそう思った。そしてブドウ味のポーションを作って良かったって心の底から思ったよ。

腕も上げられないような状態であの激マズポーションを飲んだらマジで死ぬところだった。

もっともそのために作ったんだろうっていう本末転倒みたいな感じもするんだけどさ、とりあえずは復活して、それからエイダに怒られた。

えっと声がね、そのね、あのね、うん。でも俺よりも怒られていたのはダグラスだった。

成人したって言ってもついこの間まで未成年だった、しかも大変な目にあって体力も落ち切っていた人間に、いくら結婚したからと言っても、もう少し配慮があってもいいだろうって。

うん。配慮は一応あったんだよね。昨日が解禁だっただけで。

ちょっとしょんぼりしていたイケオジはなんだかカッコ可愛くて俺のツボに入った。

ごめんね、ダグラス。俺、もう少し体力をつけるよ。だからもう少し待っていて。きっとこの世界で十九になったら……多分……あんまり変わらないかもしれないなぁ……

でも何はともあれ俺は『ヒヨコ』を無事卒業して、この異世界でA級冒険者であるダグラスの『嫁』として生きていく事になりました！

幸せです！

『異界渡り』の俺は
イケオジS級冒険者の
『女房』になりました

1　新婚さん向け優良物件

俺がダグラスの『嫁』になってから一か月が過ぎようとしていた。

俺はノーティウスのギルド職員として順調に働いている。だいぶカウンターの査定受付の業務も慣れてきた。

もっとも査定を言い渡すのはモニカさんで、俺は物を受け付けて【鑑定】をしてモニカさんに渡すだけ。見ていると皆モニカさんの言う事はよく聞く。強面《こわもて》の人やランクの高い人ほどよく聞く。時々文句を言うのは若手かこの辺ではあんまり見かけない冒険者で、それでも周りが何かを言うと「それで大丈夫です！」って言う人がほとんどなんだよね。

「うふふ～。だってさぁ、あたしちゃんとソウタが【鑑定】したのを見て価格を出しているんだからさぁ～。間違いがあるわけないいんだよぉ。信じられないなら別のギルドに行ったらいいだけの事だよねぇ」

なんかカッコいい。モニカさんってカッコいいな。こういう人を『男前』って言うんだろうな。

「モニカさん、凄《すご》い！　俺、マジでソンケーします！」

「んんん！　これ！　これだよ!!　もうほんとにソウタが来てくれて嬉しいよぉ」

モニカさんがそう言うとミーシャさん達は相変わらずがくがくと首を縦に振っていた。でもなんか目がうつろなんだよね。怖い。

「ソウタ」

「あ、ダグラス」

依頼を終えてダグラスが戻ってきた。今回はちょっと東の山の方って言っていた。四日くらいの予定だったけど少し早かったかな。完了の手続きをして俺のカウンターの方にやってくる。

「何か売りたいものがある？」

「いや、今回は特にないな。討伐《とうばつ》で魔石が取れたけど大したものじゃないし、何かに使えそうだからな」

そう。ダグラスは結構色々な素材を持って帰ってきてくれるんだ。

以前のガルーダみたいな大物は中々ないけど、それでも珍しい魔物の素材とか、魔石は売らずに渡してくれたりする。俺はそれを鑑定して【創造魔法】でどんなものが出来るのかを調べる。

面白《おもしろ》いものが出来そうな時は、ダグラスがダンジョンで見つけたっていう事でカイザックが買い取ってくれる事になっているんだ。

「ほら、これ」

ダグラスはカウンターの所にコロコロとした、くすんだ青い石を置いた。

「わぁ、結構沢山だね」

「今回はこれの討伐依頼だったんだ。毒ガエルの魔物。ポイズン・トードの魔石だ。これからの季節、大量に発生すると面倒な事になるからな。多くなり過ぎないうちに討伐するしかない」

「お、お疲れ様」

そんなやりとりをしているとカイザックが二階から下りてきて「いちゃつくなら他でやれよ、新婚」と言う。くっそー、そんな事を言っていると流行《はや》っているブドウ味のポーションを売らねーぞ。

俺が睨《にら》みつけているとカイザックは振り返ってニヤリと笑った。

「ダグラス、いい物件が出たぜ」

「！　どこだ？」

ダグラスの問いにカイザックは再びニヤリと笑って何かを放って寄越した。

「そこだ。今日はそんなに忙しくないから嫁《よめ》と一緒に見て来いよ。エイダが呆《あき》れていたぜ？」

「…………」

ダグラス、そこで黙るんじゃない！　なんだか俺達がものすごく毎日やっているみたいに思われるじゃないか！

「行こう。ダグラス」

「お、おう」

「尻に敷かれてるぜ、ダグラス」

「カイザック、これ以上からかうと俺にも考えがある」

そう言うとカイザックは肩を竦《すく》めて「怖い怖い」と言って二階に上がってしまった。

「もう！　すぐにからかうんだから。きっと羨《うらや》ましいんだよ。可哀相《かわいそう》に」

俺がそう言ったら後ろでモニカさんが噴き出した。

「いいよぉ。やっぱりソウタってサイコーだよ～。うんうん。そうだね。可哀相だねぇ。じゃあ、お家を見ておいで」

「すみません。モニカさん」

「いいんだよぉ。あ、今度さぁ、また失敗作出来たら回して、買い取るから」

「分かりました」

俺がにっこり笑うとモニカさんもにっこり笑う。うん、俺ほんとに直属の上司に恵まれたな。

俺達はギルドを出て、カイザックが渡してくれた地図を見て歩き始めた。するとダグラスが不思議そうな顔をして尋ねてきた。

「ソウタ、失敗作ってなんだ？」

「あ、うん。ポーションでちょっと『疲労回復』みたいな感じのが出来ないかなぁって思っていたらさ、『見えた』んだよね。それで作ってみたんだけど微妙でさ。俺的にはなんか懐かしい感じなんだよね。リポなんたらみたいな味で」

「りぽ……？」

「あ～、前の世界にあった薬みたいな味。鑑定したら『元気になれる』っていうのだったたんだけどカイザックは『いらねぇ』って。まぁ確かに怪我が治ったり、体力が回復したりするものがある中で『元気になれる』じゃ中途半端だもんね。それで初級が売れなくなるのも困るしさ。で、モニカさんに失敗作なんだけど飲んでみます？　って渡したら気に入ったみたい」

「ふ～ん」

ダグラスは気のない返事をした。

「ダグラスも飲む？」

「いい」

「なんで？」

「元気になるとまたエイダに叱《しか》られるから」

「――――っ！」

なんて事を言うんだよ！　もう！

「いい家だといいな」

「え、あ、うん」

少しだけ赤い顔をして頷いた俺にダグラスはとどめを刺す。

「そうしたら怒られないしな」

…………そろそろそこから離れようか。


紹介された家は町の中心からは少し外れていたけれど、ギルドに通うのにそんなに大変というわけでもない。家自体は二階建てで、町の大半と同じような落ち着いた茶系の石と木を組み合わせて作られている。

そして一戸建てだからなのか、それとも少し町から外れているからなのか、結構大きいし、庭付きだった。大事な事なのでもう一度言う。一戸建ての庭付きだった。

え！　マジか！　だって！　庭だよ？　庭！

前の世界で考えると町の中心からはちょっと離れているけれど、歩いて行かれる範囲で、なんならカイザックの部屋の隅っこに転移をさせてもらえば俺的には移動時間なし。

多分借家だと思うけど、二階建てで庭付き。これ、元の世界なら四人家族でゆったりと住んじゃう感じじゃん！　セレブ！

「ダグラス、これ借りるのにいくらくらいするんだろう？」

高いのかな？　ここの相場が分からないからなんとも言えないけど、月々いくらくらいで借りられるんだろう。二人なんだしもう少し手狭《てぜま》な感じでもいいかなーって思うけど。

「借りる？」

「へ？」

ダグラスが予想外って顔をするから、俺も「？」って顔になった。

「借りたら宿屋に泊まっているのと変わらないじゃないか。まぁ掃除も何も全部自分達で賄《まかな》うようになるがな」

「あ、うん。自分でするのは勿論《もちろん》そうだけど、ええっと、宿屋と同じ？　あれ？」

「何を言っているんだ、ソウタ。まさかここにきて俺と住みたくないなんて言い出すんじゃないだろうな」

眉間《みけん》にぎゅ〰〰〰っと皺《しわ》を寄せるイケオジはちょっと怖い。

「ダグラス、家を買うの？」

「家は買うものだろう。借りるなら宿屋と同じだ」

「――――！」

そうか！　そうなんだ。家っていうのは本当にこの場所を拠点《きょてん》にするって意味だから、この世界には家を借りるなんて事はないのか。借りるくらいなら確かに宿屋の方が色々と楽だ。

「ごめん、俺、自分も両親も賃貸だったから家を買うっていう考えがなかった。でもそうだよね。借りるなら宿屋と変わらないもんね」

だけど俺の感覚だと町の中心に近い所の一軒家で庭付きなんてすごく高いイメージだよ。こっちではどうなのかな。

「そうか。まぁ異世界の事情は分からないが、ここに住むという事はここを拠点にして生きて行くのを決めたという事になるからな。どうせならきちんとした家がいいだろう。多少手狭な感じもするが二人だしな」

は？　手狭？　これで？　二階建てで庭もあるのに？

「いや、狭くはないでしょ」

「……まぁソウタがそう言うなら。とりあえず中を見てみるか」

家は多分全面リフォームをしたのだろう。中もとても綺麗だった。

「わぁ、暖炉《だんろ》があるよ、ダグラス」

「ああ、この辺りは冬になると時々雪が降る」

「へ〜そんなに寒くなるんだ」

俺がここに来てからそんなに大きな気温の変化はないから、ここはずっとこれくらいなのかと思っていたよ。この前行ったエステイド王国のカムイって街は南国みたいな感じだったからやっぱり場所によって随分《ずいぶん》違うんだな。

暖炉のあるリビングルーム（広い）。

カウンターキッチンになっているダイニングキッチン（広い）。

これ設計したのなんとなく同郷者のような気がするな。

そしてお風呂とかトイレとか洗面所とかそれぞれにゆったりとしたスペースで、この他に部屋が二つ。しかもどちらも結構広い。

え？　二階いらなくね？

なんかこう、贅沢《ぜいたく》な2ＬＤＫのモデルルームみたいだよ。

「この部屋がゲストルームになるのかな」

まだガランとした部屋を見てそう言うとダグラスが「誰を泊める気だ」って低い声を出した。

え？　じゃあ、この部屋はなんだろう？

「物置にでもソウタの作業部屋にでもなんにでもすればいい」

あ、そう。そういう贅沢な事が出来るわけか。

そんな事を考えながら二階に行くと、またしてもこれはもしかしてリビングなのかなっていう大きな部屋があって、その先は家の入口からは見えなかったけれど広いバルコニーになっていた。

「ダグラス！　すごいよ！　バルコニーだ！　広い！」

後ろは林で、その向こうは山脈が見える。凄《すご》く贅沢だ。ポツポツと他の家も建っているけれど、やっぱりみんな町の中の方がいいと思うのか、この辺りの家はまだ少なくて、それがまたお互いに干《かん》渉《しょう》しない感じでいい。向こうの世界でいったら郊外の一軒家とか、もしくは大きな別荘って感じかな。

でも町中までそんなに遠くないのによくこんな物件が出たな。さすがギルドマスターのカイザックだなとちょっとだけ見直したよ。

きっとお店とか工房とかをやっている人は町中に居ないと駄目だし、住居を兼ねていないと使い勝手が悪いのかもしれないな。だから反対にこういう住むだけみたいな物件は中々需《じゅ》要《よう》がないのかもしれない。まぁ、ノーティウスの町自体がそんなに大きくはないしね。

「夜は星が綺麗だろうね」

俺がそう言うとダグラスはものすごく驚いた顔をした。え？　なんで？

「……ああ、そんな事は思いもしなかったけれど、そうだな」

「こっちの人は星空は見ないの？」

「そんなにじっくりと鑑賞するような事はないな。方角を確認するくらいか。夜に外にいる時は野営だからな」

「ああ、そうか。そうだね」

思い出す初めての野営。俺は全く役には立てないから早々にテントに入ってしまったけれど、ダグラス達は交代で夜通し見張りをしていた。そんな時にさすがにのんびりと星空を眺めてなんかいられないな。

「確かに、ソウタと眺める星は綺麗だろうな」

「…………っ……」

無駄に甘い事を言わないように。色気もいらないから。

顔が赤くなってくるのが分かった。止《や》めろダグラス、嬉しそうに笑うんじゃない！

「ほ、他の部屋も見よう」

「分かった」

そう言ってダグラスはなぜか俺の腰を抱き寄せた。

「ちょ！　近い！　歩きにくいから！」

「なら抱いて行こうか？」

「見にくいからダメ」

「じゃあ、これで我慢しよう」

くっそー！　腰抱きはやめるつもりはないんだな！

二階の部屋はベランダに繋《つな》がるリビングだと思われる部屋以外にもう二部屋あって、広い方が主寝室になるのかなと思ったらダグラスが嬉しそうに「大きめのベッドを買おう」と言ったのでまたしても顔が熱くなった。

もう一つの部屋はなんとなく大きなウォークインクローゼットというかそんな雰囲気があった。

そして二階にもトイレとなぜかまた風呂があった。二階の風呂の方が大きかった。

ダグラスがすごく嬉しそうだったのでそっと離れたよ。だってなんとなく何を想像しているのか分かるような気がするから。

俺はさっさと一階に戻って、暖炉のあるリビングから庭を見た。う〜ん、ＢＢＱ出来そうだ。

「庭と呼ぶには狭いな」

「そうかな」

俺としては贅沢だな〜って感じだけど。

「剣を振る事も出来そうにない」

「ああ〜、まぁ剣の練習は裏の林の方でやればいいんじゃない？　俺としては十分な感じだけどそうでもないの？」

「まぁ、家を買おうと思って見た事がないからよく分からないな。でもソウタが気に入ったならここにしようか。庭に薬草の畑を作ってもいいしな。それくらいなら出来るだろう」

「――――――！」

そうか！　そんな事が出来ちゃうんだ！　それでもって一階の部屋で何かを作る事も出来ちゃうわけだ。

慣れてきたポーションとか、リポなんたらみたいなのならここで作ってもいいよね。

それでもって、よく使う薬草はここで育てちゃえばいいんだよね！

「ダグラス！　俺、ここにする。ここがいい！」

「よし、分かった。ここにしよう」

そう言ってニッと笑ったイケオジは今度こそ俺を抱きしめて、キスをしたのだった。

2 新居へのお引っ越し

エイダの宿屋暮らしもすっかり慣れて、まるでここが自分の家の一室みたいな感じになっていたんだけれど、ダグラスと一緒に見に行った家を買って、がらんとしていたそれぞれの部屋に色々な家具を入れると、なんだかほんとに自分達の家なんだ！　って感じがしてテンションが上がる。

ここには家具屋なんてものはないからさ、欲しいものは家具を作れる職人にオーダーメイドで作らせるか、古物商といわゆるリサイクルショップみたいなところで買うか、究極は自分で作るかなんだそう。

でもほら、俺、例の魔法があるからさ。試しに薬草とかを入れられる引き出しのついた棚《たな》っていうのを作れないかなって調べたんだ。そうしたら材料さえあればなんとかなるみたいだったから、必要な物を揃《そろ》えてなんとかしたよ！　も〰〰〰マジすげぇよ！　神！

【魅了】のポカも許してやろうかなって思うくらいにすげぇ。

そうして一階の俺の作業部屋は材料を保管出来る引き出し付きの棚が三つ。しかも引き出しは時間経過なしの魔法陣をつけた。そういうのを描く人も居るらしいけど俺は勿論【創造魔法】にお願いしたよ。ふへへへへ。

それから鍋《なべ》とか、ポーション入れる瓶《びん》とかを入れておく場所と後は小さな机と椅子。

とりあえずはそれくらいで後は必要なものを揃えていけばいいやって。

そして一階のもう一室はダグラスの冒険者用の色々を置いておく部屋にした。

剣とかはその辺にあったら怖いしさ、やっぱり手入れも必要でしょう？　だからきちんと置いておける方がいいよねって事で、依頼を受けた時に着る服とかマントとかを掛けたり、必要なものを置いたり出来る棚も作った。うんうん。なんかいい感じになったよ。

リビングの家具は俺にはセンスがなかったからダグラスに任そうと思ったら、ダグラスもなんでもいいみたいな感じで、それをギルドで話したらモニカさんが世話を焼いてくれた。

新しい家に行ったら真っ先にリポなんたらを作ろう。手持ちのもちょっぴりあるからあげよう。

そして二階の主寝室はダグラスの要望通りに馬鹿でかいベッドを置く事になった。しかも家具職人に注文するって聞かなかったんだ。それでブラムウェルさんに職人さんを紹介してもらって、最優先でやってもらいました！　イケオジ、わがまま。

あ、ちなみに二階のもう一つの部屋は最初に思った通り、洋服入れる箪笥《たんす》とか、あんまり必要ないと思うけど姿見を置いた。その位しか思いつかなかったからとりあえずそれだけでガランとしている。

まぁ俺もダグラスも服が多いわけじゃないしさ。

それにしてもこの世界の一部屋って結構広くて、二階のリビングはベランダと繋《つな》げると三十畳以上あるし、主寝室も二十畳くらいはあると思う。俺的には宴会場かよって感じだよ。ちなみに下の俺の部屋もダグラスの部屋も多分十畳以上はあるんじゃないかな。ダグラスは小さい部屋って言っていたけど、十畳は小さくないぞ。だってその作業部屋だけで俺が借りていたアパートの部屋入っちゃうもん。ワンルームだったからさ。だけどさすがにそれは言わなかったけどね。

とまぁ、そんな感じで買ってから半月くらいで家具も揃《そろ》っていよいよ今日は引っ越しだ。

そう言っても宿屋から移るだけなんだけど、本当に長く泊まらせてもらったから自分の家から新居に引っ越しするような感覚になったよ。

「淋《さび》しくなるねぇ、あんまり無茶されたらここに逃げてくるんだよ」

エイダさんの言葉にダグラスの顔が引きつっていた。

「あ、ありがとうございます。毎日ギルドに来るので、また食堂の方に顔を出します」

「ああ、そうしな。ダグラス。くれぐれも、だからね」

「……分かっている」

短い挨拶《あいさつ》を交わして、俺達は宿屋から荷物を持って歩き出した。と言っても俺はななめ掛けバッグだけだし、ダグラスもマジックバッグがあるからそれほど大きくない肩に掛けるバッグと、依頼を受ける時みたいな大剣ではない、短めの剣を腰のベルトにつけているだけだ。なので引っ越しって感じは全くない。

ちなみに家に招待をしてパーティみたいな事はしないんだって。どうして自分達のプライベートな場所を見せるなんて危険な事をするのかって信じられないような顔をされたよ。だからモニカさんがリビングを見に来た時も嫌がっていたもんね。職人さんは仕方がないけどさ。

「色々とありがとうございました。今日から自宅に移ります」

ギルドに顔を出して挨拶をしたら俺は三日間の引っ越し祝い休暇に入る。

新居完成の祝いだってカイザックが二日間の特別休暇をくれたんだ。俺は週休一日だからそれと合わせて休みは全部で三日間。

「いよいよか。まぁ、これからもよろしくな。あと足りなくなったものは休み明けに補充してくれ」

くっそー人使いが荒いな。さすがはギルドマスター。そこは手を抜かない。

「あ～ん、ソウタ。三日間かぁ～淋しいね～」

「すみません。休み明け頑張ります。それからモニカさん、家具とか色々ありがとうございました。こんなに早く引っ越しが出来たのはモニカさんのお陰です。これ少しだけど。また出来たらお知らせしますね」

そう言って俺は手持ちのリポなんたらを差し出した。

「いい子過ぎる！　あ～ん、ありがとねぇ。これ飲んで頑張ってソウタの事待っているよぉ。ダグラス、体格差、いい？　体格差！　分かるよね？」

「…………分かったから」

片手で顔を隠したイケオジはやっぱりカッコいいなって思った。

こうして俺達はギルドを後にして、俺達の家に向かった。

◇◇◇

「お、おじゃましま～す」

「ソウタ？　何を言っているんだ？　自分の家だぞ？」

思わずそう言ってしまった俺にダグラスが少し呆《あき》れたように言った。

昨日全ての家具が揃った事を確認して、予定通りに今日の引っ越しになったんだけど、なんていうか、すごくドキドキする。

なんかさ、二人の家っていうのもドキドキするけど、他に誰もいなくてさ、それでもって自分達が気に入ったものだけに囲まれていて、しかもお祝いだって三日もお休みもらって、エイダなんて、帰ってから料理とかするのも大変だろうからって食べるものまでもたせてくれたんだ。

もう、至れり尽くせりだよ！　しかも女性陣はなぜかダグラスに注意喚起《かんき》していたし。

「どうした？　周りに誰もいなくて淋しくなったのか？」

そう言って持っていた荷物を床の上に置いたダグラスに、俺は「へへへ」って笑ってみた。

とにもかくにも今日からここが俺達の家だ。

キッチンはあるけれど、しばらくはきっと使われないような気がする。

ダグラスに聞いたら、簡単なものなら自炊出来るって。という事は、俺より料理の腕はまともという事だ。ううう、こう言ったらあれだが、俺の前世の調理レベルはカップラーメンだ。つまりは湯を沸《わ》かす事しか出来ない。しかもこの世界にカップラーメンはない。

となればあと出来る事は買ってきたものを並べる一択となる。うん、自分で考えて引くよ。でもさ、何か作るなんてしない方が絶対にいいって思うんだ。包丁を使ったら指を切る未来しか見えないし、調味料もこれから覚えていくって言ってもさ、やれる気がしないし、きっとダグラスがやらせないと思うんだ。たぶん、きっと、そんな気がする。危険すぎて。

「ダグラス」

「うん？」

「改めて、今日からよろしくね」

ダグラスは一瞬だけ驚いたような顔をして、それからニヤリと笑って「ああ」とだけ言うと、すぐさま俺を抱きしめてきた。

「ダグラス？」

「ソウタ。今日から二人きりだ」

「う、うん」

「正直、メイコスの森で会った時にはこんな風になるなんて考えられなかったけれど、ソウタに出会えた事を俺は感謝しなければいけないな」

「う、あ……」

重い、言い方が重いぜ、ダグラス。そして照れる。

「覚悟してくれ」

「え？」

また覚悟なの？　という問いは勿論《もちろん》口づけに飲まれた。

「ちょっ……」

「ここでいいか？」

何を？　何がいいの？　答えはとっくに分かっているような気がするけど、それはあんまりにも早急じゃないですか？　まだドアを開けて家に入ったところだよ？

リビングルームのソファにさえ座っていないよ？　エイダにも、モニカさんにもクギを刺されていたよね？　分かったって言っていたよね？　ねぇ？　聞いている？

「聞いてない」

「ダグラス……」

「一回だけにするから」

「だ、め……。だって、絶対に一回で終わりそうにないもん。まずはもらってきたご飯で引っ越しのお祝いをしよう？　あとさ、二人しかいないから少しだけならお酒を飲んでもいいでしょう？　抱き付いちゃうのもダグラスになら問題ない……んん〰〰〰〰〰！」

話を聞けってばよ！　言っているそばからキスするのはなし！

「ダグラス、ちょっと……んん……ぁ……まだ明るいってば」

「ああ、ソウタの事が良く見えるな」

そうじゃない、そうじゃないんだってば、だからもう、服を脱がすな、ソファに押し倒すなって……話を……

「んん……ベッド……やぁ……ベッドいこ……ダグラス……ベッドがいいよぉ」

違う〰〰〰〰！　そうじゃない！　そうじゃないだろう、俺！

新居に引っ越してきたお祝いとか、もう一度改めて部屋を見て回ろうとかだよね！

「わぁ！」

足をすくいあげられるようにして横抱きのいわゆるお姫様抱っこってやつをされて、脱げかけているシャツをそのままに、俺はあっという間に二階に連れて行かれた。その間にも短い口づけが顔に降ってくる。

おっさん！　もう少し初心者に合わせろ！　いやもうヤッた回数的には初心者とはいえないかもしれないけど。

「到着」

「馬鹿！　もう！　余裕なさすぎ！　もう少しこうゆっくりと」

「出来ない」

言うが早いかダグラスはベッドの上の俺に覆《おお》いかぶさってきた。特注のベッドは馬鹿みたいに大きくてダグラスが五人くらい寝ても余裕の大きさだ。出来上がってから運び込むのは無理で、部屋の中で組み立ててもらったんだ。立ち会うのは本当に信じられないくらい恥ずかしかった。

「ダグラ……」

「好きだ」

「……っ……もぅ……っ……俺も、好き。ダグラスが、好き」

ああ、もうほんとにこれじゃあバカップルだ。でもしょうがない。だって、好きって言われたら、好きって言っちゃうよね。

「ん、ふっ……ぁ……っん」

角度を変えて重なる唇は、合わさる度《たび》に深くなっていく。

「……ソウタ……」

「………っ！」

「ほしい」

「ふ、ぁ……っ……ん！　や！　あぁ！」

手早く残りの服を取られて、首筋に唇が寄せられたと思ったら、今度は胸を吸われてやわりと噛まれた。そうしている間にも手は肌の上を辿《たど》って早急に中心へと降りていく。

このクソ甘い声は本当に自分の声なのか⁉　って毎回思うけど、ジワリと身体の中に広がっていくような熱はもう覚えのあるもので、持て余してしまいそうなそれに自分が分からなくなってしまう気がして、俺は大きな背中にしがみついた。

「ダグラス、引っ越し祝い、あ、ぁ、あぁ！」

「ああ。お祝いしよう」

「……んっ！　なんかちが……んぁ！　やぁん！」

そして枕の下から取り出されたのは馴染みのある小瓶《こびん》だった。くっそー仕込んでいたなって思ったけど、腹の上に垂らされたそれを中心と後ろに塗《ぬ》られて、たまらずに腰が揺れ始めた。マジでどれだけ買ったんだろう。

「あん！　あん！　あ、あ……っつ、やぁ、ゆび……あん！」

「もう少し……」

クチュクチュといやらしい音がする。大きく広げられた足の真ん中ですっかり勃《た》ち上《あ》がってしまった俺自身から先走りがタラタラと流れて落ちた。

「ダ……ぁ、あ、あ、も、やぁ……」

長い指がバラバラと動いて、時折たまらない所をこすり上げて、甘い声が上がると「ほしいか？」という声が聞こえてきた。

「！　ほ、ほしい！　ぁあ！　ほし、ダグラス、もぅ……ほしいよぉ」

耐え切れずにそう言うと、熱いそれが入口にあてがわれて、中へと入ってきた。

「あぁぁぁぁ!!」

「……ふ……っ！　……熱いな」

「く……っ…あ、ばかぁ！　あん！」

ゆっくりと中に入ってくるダグラスに焦《じ》れて思わず腰が浮いた。途端に腰を引かれて「やだ！」って声が出た。

「や、だ、やぁ！　ダグラス！　あ、も、やぁだぁ！」

緩《ゆる》やかに中を行き来するダグラスの熱がもどかしい。もっとひどくしてほしい。そんな事を考えた自分が恥ずかしくて、だけど耐え切れずに俺は全く色気のない声を上げた。

「やだ、意地悪しちゃや……も、もっと、ちゃんとしろ、ばかー！」

「ああ、そうだな。俺も限界……だ」

そう言うと先ほどとは打って変わったようにダグラスは俺の腰を摑んでガツガツと奥に打ち付け始

めた。

「あ、あ、あん！　やぁ！　あぁぁ！　あん！」

「ソウタ、ソウタ、ソウタ」

繰り返される名前。

ずるりと出されて、再び突き上げてくる肉棒。

「あふ……っ……くぅ…あぁぁ！　あん！　あぁ！　やぁぁ!!」

腹の中に熱いものが広がった、それを感じて一つ大きく息を吐く。でもその次の瞬間、ずるりとそれを引き抜いたかと思うと、いきなり身体をひっくり返されて腰をあげられて、ダグラスはそのまま奥に突っ込んできた。

「あぁぁぁぁ！」

「ソウタ……」

後ろから抱かれるのはあんまり好きじゃない。でもさっきよりも深い所にダグラスはぐいぐいとそれを押し付けてくる。

「は、は、っつ……ふかぃ……ダグ……あぁぁぁぁ！」

大きく揺さぶられて身体が浮き上がる。

「や、あ、あ、あん！　あん！　おなか……やぶけちゃうってばぁ」

「大丈夫だよ。破けた事ないだろう？　ほら、もう少し……」

「は……っ……あ、や！　ああああああ！」

感じた事がないような奥でダグラスが再び熱を弾《はじ》けさせた。俺のはもうなんだか分からないけれど勃ち上がったままだらだらと白っぽいものが零《こぼ》れているだけだ。

「あ、たま……おかしく……なる」

「気持ちいい……だろ？」

「き、あ……ぅ……」

「ああ、でもやっぱり顔が見える方がいいな」

「ふぇ……っ……ぁ……やぁぁぁぁん！」

信じられない事にこのおっさんは繋がったままで体勢を対面座位に変えやがったんですよ！

「ダグ……」

「今度はゆっくりな。ほら」

「あぁん！　あ、あ、やん！　あ」

ゆさゆさと揺さぶられて奥を突かれて、腹の間でこすられて、何がなんだか分からなくなってきた頃にダグラスは耳元で「愛しているよ、ソウタ」と信じられないくらい甘い声で囁いた。

やっぱりイケオジはズルい。ズルくて、最高にかっこいい。

「うん……れ、も……んんっ……あぁぁ！」

こうして俺は引っ越し初日に広大なベッドの上で意識を飛ばした。


「……っ…ご、は……ん」

ものすごく魅力的な匂いで意識が浮かび上がった。

食いしん坊と言わないでくれ。だって、今日はバタバタしていてまともにご飯を食べていなかったから、エイダが引っ越し祝いを兼ねて料理を持たせてくれたんだ。着いたらそれを食べてダグラスとお祝いしようと思っていた。そう思っていたのに……

「ソウタ？　起きたのか？」

聞こえてきた声にゆっくりと目を開くと多分、二階のリビングにいた。

「あ、れ？」

一瞬どうなっているのか分からなかったけれど、次の瞬間思い出す。このおっさんは引っ越してきた途端に無茶をしたんですよ！　しかも俺の最後の記憶は空《から》イキだよ！　馬鹿！

「エイダさんとモニカさんに報告案件だ」

かすれた声でそう言うと、ダグラスは苦い笑みを浮かべながら「勘弁してくれ」と言った。

一階は普通のソファが置かれているリビングだけど、二階はローソファが置かれているリビングになったんだ。だから最初に感じたように広いバルコニーに繋がっているように見える。

「すまん。嬉しくてタガが外れた。ポーション飲むか？」

「いらない」

プイとそっぽを向くと、もう一度ごめんと言ってダグラスは隣に腰を下ろした。

「食べよう。食べられるか？」

目の前に並べられた料理の数々。

ダグラス、これきっと全部今日の分ってわけじゃないと思うよ？

でもまぁいいか。明日は明日で何か考えればいい。だって、俺達の生活はこれからずっと続いていくんだから。

「あっちの肉、とって」

「了解」

甲斐甲斐《かいがい》しく世話を焼くおっさん、もとい、イケオジに戻してやろう。

「食わせるか？」

「ぷっ！　それじゃ『ヒヨコ』に逆戻りだよ」

「そうか？」

「そう」

「まぁ、俺はそれでもいいけどな。ソウタがいてくれるならなんでもいい」

「そんな風に口説《くど》いても、今日はもうしないからね」

「え！」

嘘だろう？　というような顔を見て俺は思わず吹き出した。ほんとにまだやる気なのかよ。俺の旦那はマジで絶倫《ぜつりん》だな。でもまぁしょうがない。これが惚《ほ》れた弱みってやつだよね。

必死に宥《なだ》めてくるダグラスの声を聞きながら、俺は運んでもらった肉を口に入れて、さて明日は何をしようかなって考える。ダグラスに任せていたら爛《ただ》れた三日間になりそうだからね。

実はエイダにこっそり言われたんだ。最初が肝心《かんじん》だよって。そうだよね。でもブドウ味のお世話にならないっていうのは難しいかなぁ。

「ソウタ？」

「何でもない。ちょっとだけお酒飲みたい」

「………少しだけだぞ」

「うん。あ、あとそっちのハンバーグも食べたい」

「分かった。ほら、フォーク持てるか？」

「うん」

俺達の新居での生活はこんな風に始まった。

3 出来ちゃったエリクサー劣化版

引っ越しをしてから二か月くらいが経《た》って、ダグラスが言っていた通りノーティウスの町も大分涼しくなってきた。俺がこの世界に来て半年くらい経っている事になる。

まだ半年かっていう気持ちと、もうそんなに経ったのかっていう気持ちがある。しかも俺、結婚しちゃったし！　ひゃあ〰〰〰〰〰！　人妻ですよ。俺。

なんて馬鹿を言っちゃうくらいには順調です。お陰様で。

「ソウタ。そろそろブドウ味が足りねぇ」

「は〜い」

カイザックにそう言われて俺はいい子の返事をした。俺が作る『美味《おい》しいポーションシリーズ』はノーティウスの町の密《ひそ》かな名物になっている。やってきた時に飲んだ冒険者達の間に口コミで広がったんだ。

怪我用（体力回復用）初級ポーション　ブドウ味
怪我用中級ポーション　リンゴ味
魔力回復初級ポーション　オレンジ味

そしてモニカさんからの熱烈プッシュで疲労回復ジュース　リポなんたら味
これは俺がダンジョンの宝箱から出てきたレシピを買い取って作成した事になっている。

そうすると俺にお金を払わないと同じものが作れないいんだって。

でも多分材料を揃えても同じものは出来ないいんじゃないかな。チートだから。

レシピなんか勿論ないけど、一応カイザックがそれらしく作ってくれた。

そしてダンジョンでそのレシピが入った宝箱を取ってきたのはダグラス、という設定だ。

上級ももう作れるんだけど、あえて作っていない。あんまり目立つと面倒だからね。

この世界、どうにでもなる感じもするな。

生きやすいんだか生きにくいんだか分からないけど、十五歳の俺でもちゃんと働いて稼《かせ》げるのはとても嬉しい。しかもお金はギルドの銀行みたいなところに預けているから盗まれる心配もない。

欲しいものがある時にモニカさんに言うと俺の口座から出してくれるけど、そんな事は今まではない。全てダグラスが出してくれているからだ。だって受け取らないいんだもん。

「あ〜〜、しまった。怪我用初級の薬草が足りねぇ。草原に行ってくるか」

「待て、一人で行くな」

カイザックも、ものすごく過保護になった。

でも俺がポーション作っているのはもう知っている人は知っているから、以前みたいに【魅了】とかの心配じゃなくて、誘拐して監禁してポーション作らせるみたいな事が起きる可能性があるんだって。

今ダグラスは依頼を受けていてノーティウスには居ないんだ。だから余計にカイザックがピリピリしている。

「モニカと一緒に行ってこい」

「え！　モニカさんがいなかったら買取が困るじゃん」

「お前がいなくなるより百万倍はマシだ」

「ああ、そう。じゃあ、今回はそういう事で。次はこれは庭で育てるようにする」

「そうしてくれ」

そうなんだ。俺は当初の予定通り庭で薬草を育てている。

でももうすぐ冬みたいだし、枯れないように何か考えないといけないなぁ。そういう魔法がないのかダグラスが帰ってきたら聞いてみよう。

「ソウタ！　『ブドウ君』の薬草足りないから採《と》ってくるんだってぇ？　一緒に行こう〜」

モニカさんがニコニコしながらそう言ってくれた。やっぱりモニカさんって優しいなぁ。

「よろしくお願いします」

「は～い、お願いされましたぁ。行くよぉ～」

俺達はいつもの草原に向かった。出来れば他の薬草もあったらいいなと思うので、少しだけ奥に入る。

まだなんとなく嫌な気持ちになる事もあるけれど、ダグラスやカイザックやモニカさんと一緒なら平気。モニカさんは昔、まぁまぁ強い冒険者だったんだけど、つまらないからやめたって言っていた。でもモニカさんは査定をバシッて出している時がカッコいいと思うから、今のお仕事はすごく合っているんじゃないかな。そう言ったら「そうかなぁ～」ってすごく嬉しそうだった。

俺達は薬草を探して、採って、採って、採って、もういいか～って思った頃に珍しい草を数株《かぶ》見つけた。

「へぇ、これがこんな所で見つかるなんてねぇ」

モニカさんはそう言って見つけた株を全部根っこごと採ってくれた。

「なかなかない薬草なんだよぉ。珍しいから家で育ててみたら～」

そう言われたので【鑑定】をしてみたら、なんと、エリクサーに使える草だった。

俺はごくりと喉を鳴らしてそれを時間経過のないバッグにしまった。

「ダグラスはもうすぐ戻って来るね」

「はい。大体二週間って言っていたから」

そう。今回はあのメイコスの森の向こうにある町までの護衛。メイコスの森がちょっと厄介《やっかい》だから頼まれたんだ。懐かしいけどコボルトっていう魔物がいるって聞いた気がするから、俺は二度と行く気はない。

「淋しい？」

「ちょっと」

嘘だ。すごく淋しい。淋しい時はエイダの所に泊まれって言われている。

でもご飯だけ食べたら帰る事にしている。エイダには転移が出来るようになったって話してあるから、宿の中からそのまま転移をさせてもらっている。

でもダグラスが馬鹿みたいなデカいベッドにするから余計淋しくて、実は今はリビングのソファで寝ているんだ。でもそれももうすぐ終わりだ。

「ふふふふ、ソウタは嘘をつけないねぇ」

「モニカさんに嘘なんてつきませんよ」

「そういう事にしておくよぉ」

ニコニコと笑うモニカさんに「はい」って返事をして、俺たちはギルドに戻った。

ブドウ味を作ってからカイザックに許可をとってその日はギルドに泊まる事にした。

断じて淋しかったからじゃない。だって、作れるって分かったから。

今日採ったあの薬草の葉っぱの部分を入れると、そんなに沢山の素材がなくてもエリクサーの劣化《れっか》版《ばん》が出来ちゃうんだ。

ドキドキする気持ちを抑えて、ずっとバッグの中で眠っていたガルーダの赤い羽と今日採った薬草の葉っぱ、それから材料表に書かれていたその他の素材を二つ入れて、ごくりと喉を鳴らした。

失敗したらそれまで。

だけどもしも、もしも成功したら……

「『創造生成、エリクサー劣化版・十年若返る』!」

鍋が光る。胸の奥がドキンとする。そして――……

「で、出来ちゃった……」

出来上がったそれは綺麗な赤ワインみたいな色と香りだった。

◇◇◇

「だからどうしてお前は勝手に面倒なものを作るんだよ……」

頭を抱《かか》えているカイザックに俺は小さく「だって、一番いい材料が揃っちゃったから」と言う。

「で? どうするんだ? これ。ダグラスに飲ませるのか?」

「わ、分からない。でも聞いてみようとは思う」

そう、十歳若返るエリクサー劣化版。これをどうするかは俺だけじゃ決められないよね。だってさ、いくら鑑定では完璧《かんぺき》でも、飲むのはダグラスだし、本当に若返るのかなんて誰も分からないんだもん。

「はぁぁぁぁぁぁ、これが世の中に出回ったら大変だぞ？　分かっているのか？」

「分かっていませんでした」

「言い切るな！」

「だって！　自分達の事しか考えなかったんだもん」

今、俺は十五歳。ダグラスは聞いてはいないけれどそろそろ三十五歳になると思う。多分。

その差は約二十歳。

今はまだいいよ。でもさ、これが二十五と四十五になって三十五と五十五になって四十五と六十五
……うん？　まままま待ってくれ！

「カ、カイザック！　この世界の男の平均的な寿命っていくつくらいなの？」

俺は半分涙目になりながらそう尋ねた。だって肝心な事を確認していないのに気付いたんだ。

「ああ？　寿命？　そうだな。平均的には百二十くらいか？　ダグラスみたいに魔力が大きくてしっかりした奴《やつ》だともっと長生きするかもな」

「え？　百二十……え、えええええ！」

ま、まさかの寿命、違いすぎか！　短いんじゃなくて長いのか！

「こ、これを飲まなきゃならないのは俺かもしれない」

「はぁぁ⁉」

神様は俺の事をどう作り直しているんだろう？　こっちに合わせてくれているんだろうか。それとも元は変わらないからあっちと同じか？

いやいやいやいや、俺も一応魔法が使えるようになっているんだからこっち仕様になっているんじゃないかと思いたい。思いたいけど！

「ダグラスが平均の百二十歳として、それぞれの寿命で換算すると……二十九歳くらい？　で、俺の前世の平均寿命が八十くらいだとして、十五歳だから前世仕様だとすれば約十九歳。でででも」

この差は大きい。だって例えば十年したらさ、俺は二十五歳だけど実質は三十一で、ダグラスはえっと四十五だけど実質は三十七！

「待って、ちょっと待って、ええっと……六十歳と四十歳が同じ五十歳なんだ。その後は逆転していくのか」

「…………お前は、何を計算しているんだ？」

紙を取り出していきなりガリガリと計算を始めた俺に、カイザックは可哀相な子を見るような顔をした。

「うううう、見かけの年齢に騙《だま》されちゃいけなかったんだ。寿命百二十だなんて聞いてない。俺は、どっち仕様になっているんだか教えろ。神！　じゃなくて、俺、俺八十が寿命ならあと六十五年くらいしかダグラスと一緒に居られないかもしれない。ダグ、ダグラスはこれから少なくても八十五年も生きるのに……っ……ぅ……うぅ……」

「おい……なんで泣く？　意味が分からねぇ。とにかく落ち着け」

「落ち着けない！　だって、だって寿命が、寿命が」

「今すぐの話じゃねだろうが。大体異世界の寿命がなんだって？」

「八十」

「はぁぁ⁉」

俺の心を抉《えぐ》るような大きな「はぁぁ⁉」がきた。

「個人差はあるけど男の方が短いからもっと短いかもしれないし、俺、俺、ダグラスをおいて死んじゃうんだ。二十歳も離れているのに、俺の方が二十年も先に死んじゃうんだ」

「…………六十五年も先の事だがな」

頭を抱《かか》えたカイザックに、とにかく一度落ち着けと言われた。

丁度《ちょうど》鑑定依頼が入ったのか、カイザックの部屋にモニカさんがやってきて、俺が泣いているのを見てモニカさんが切れた。

「てめぇ、ソウタに何しやがった」ってなんだかすごく怖かった。

間一髪《かんいっぱつ》モニカさんの拳《こぶし》をよけたカイザックに、とりあえずダグラスと相談して決めろって言われて、出来上がったエリクサー劣化版はカイザックがギルドで預かるという事になった。

ものすごく古くて、でも頑丈《がんじょう》そうな宝箱に入れられて、時間経過のない保管庫に納められた。

「うちに帰る。もしかしたらダグラスが帰ってくるかもしれないから」

「それならギルドに寄ると思うぞ。完了の手続きをするからな」

「うん。でも帰る。なんか疲れたし、考えたいし」

「今考えても仕方がないぞ。寿命を確かめるような術《すべ》はないが、運よくその神様とやらにもう一度会えた時に聞いてみればいいさ。さっきのよく分からない計算では逆転するのは約二十五年後なんだろう？　時間はたっぷりある」

「分かった。ありがとう。モニカさんも騒がせてごめんなさい」

「いいんだよぉ。ソウタ。カイザックを殴って気が晴れるならいくらでも殴ってやるからね」

「は、はははは。あ、ブドウ味は三十で、他のは十五ずつ作れていますから」

「おう、お疲れ様。大人しく寝ろよ。明日には絶対に戻ってくるからな」

「うん。お疲れ様でした」

俺はそう言ってギルドを出た。

少しだけ歩いて、ズルをして転移で家に帰った。

「あ、ご飯もらってくるの忘れた」

自分では作れないので、いつもエイダの所でテイクアウトしてくるんだ。

「さすがにもう一回行くのはいやだな。いいや。もうお風呂に入って寝ちゃおう」

ここにはスマホも、ゲームも、テレビもない。娯楽《ごらく》なんて何もないから、やる事がなければ寝てしまうしかない。

「ダグラス、明日は戻ってくるといいな」

遅れているという知らせはないから、きっと予定通りに帰ってくるだろう。そうしたらエリクサー劣化版の話をしよう。そして寿命の話も。

神様に会えるなら会って寿命の確認もしたい。なんなら今すぐ出てきてほしい。どんなものにだってメンテナンスというものがあるだろう。今のところもらったスキルに不満はないけど寿命が気になりすぎる！

「風呂……も面倒になってきた。いいや。『クリーン』かけてもう寝ちゃおう」

俺は二階に上がって、少しだけ考えて、巨大なベッドに潜《もぐ》りこんだ。

「ほんとに……でかすぎだって」

一人じゃ淋しくて仕方がない。

「下の部屋にベッド買おう」

ダグラス、嫌がるだろうな。そんな事を思いながら、目を閉じた。


あれ？　っと思った。二階のベッドに潜った筈《はず》なのに、俺は一階にいて、リビングダイニングのソファにはダグラスがいた。

なんだよ、帰ってきたならそう言ってくれたらいいのに。俺がそう言うとダグラスは笑って「ただいま」って言った。

でもダグラスが帰ってきてくれて良かった。

話したい事があるっていうと頷いてくれる。俺はエリクサー劣化版で、十年若返る事が出来るというものを作ってしまった事をダグラスに打ち明けた。

俺達の年の差が二十歳近くあるから、ダグラスに飲んでもらったら十歳の差になるなって思っていた事を伝えた。

でもこの世界の平均的な寿命が百二十年で、俺の世界は大体八十年くらいだったから驚いて、それでどうしたらいいのか分からなくなってしまった事も伝えた。

「だって、だって、このままだと俺は六十五年後には死んでしまって、ダグラスは八十五年以上生きる事になるから、それで、俺、どうしようって思って」

そうしたらなぜかカイザックの所に置いてきた筈のエリクサー劣化版がテーブルの上にあった。

うそ！　なんでここにこれがあるんだよ！　カイザックってばなんでダグラスにこれを渡したんだ？

待ってダグラス、言っただろう？　表面上の年齢だけ見たら駄目なんだって！

もしかして酔《よ》っているの？　ダメだよ、飲んだら十歳若返っちゃうでしょう⁉

ねぇ、笑っていないで俺の話を聞いてくれ。確かに最初はそれを飲んでもらうのはダグラスの予定だったけど、ダグラスが飲んだらいけないんだ。

待って！　それはワインじゃないんだってば！　赤ワインに見えてもそれはエリクサー劣化版っていう十年若返る薬で、ダグラス！

ああ！　若返った！　馬鹿！　何しているんだよ！

笑っている場合じゃないよ！　え？　一緒に飲んだらいい？

違う、そうじゃなくて、待って、嫌だ！　だって、だって今飲んだら、俺、俺……

「〰〰〰〰〰！」

身体の中で何かが変わった気がした。

「うわぁぁぁぁぁ！　ばかばかばかばか！　ダグラスのばか！　どうするんだよ！　おれ、おれ、五歳になっちゃったじゃんか！　これじゃあ、まぎれもなく『ヒヨコ』だよ！　いまさらおどろいてもおそいよ！　もう、もう、ダグラスのばかぁ！　こんなにちびじゃ、おかえりなさいのキスもできないじゃないか！」

まるでセミと木だ。

こんなのって、こんなのってない。

嫌だ、作らなきゃ良かった！　あんなもの作らなければ良かった！『ヒヨコ』みたいにくっついて歩くだけなんて嫌だよ、抱っこしないで何か言ってよ！　わぁぁぁぁん!!

「ソウタ、ソウタ！　ソウタ！」

「だぐらすが、わるいんだ」

「ああ、悪かったよ。出来るだけ早く帰ろうと思ったんだけどな」

「おれ、ほんとに『ヒヨコ』になった」

「………は？」

「ダグラスが、ダグラスが、飲ませるから、俺、俺」

「ちょ、ちょっと待ってくれ。俺は何を飲ませたんだ？」

「何って、な………あ、れ？」

目の前のダグラスはイケオジのままだった。

「え？　なんで？　効果は一瞬だけなの？」

「なんの効果だ？　俺がいない間に何かおかしなものでも飲んだのか？　誰と？　どこで？」

「へ？」

「ソウタ、ちゃんと言って。返答次第で相手を殺してくるから」

いやいやいやいやいや、何物騒な事を言っているんだよ。目が据《す》わっていて怖いんだけど。

「エリクサーは？」

「は？」

「俺、五歳に」

「……夢を見たのか？　出来れば夢でも五歳になるのは勘弁してくれ。可愛《かわい》いだろうが」

ダグラスが真面目《まじめ》な顔をしてそう言うから、俺はキョロキョロと周りを見回した。リビングのソファの上にいたと思っていたのに、二階の寝室のベッドの上にいる。

「今、帰ってきたの？」

「ああ。明日になりそうだったが、なんとか門が閉まる前に入れそうな気がして。ただいま」

「お、お帰り」

広すぎて淋しいと思っていたベッドは、ダグラスがいればなんの問題もなくて、俺は顔を寄せてきたダグラスからの口づけを受けた。

「会いたかった。眠っていたから起こすのは可哀相かと思ったけど、うなされているみたいだったから」

「………そうか。夢か」

夢の中で小さくなって泣いていた自分。全く馬鹿みたいだ。

でも考えるだけでも怖くなる。五歳児になるなんて嫌だ。ほんとに『ヒヨコ』みたいにダグラスの後ろを歩くしか出来ないなんて嫌だ。

「ダグラス」

「うん？」

「あのさ、風呂、入ろう？」

「風呂か」

「そしたら、いっぱい触って？　それで、いっぱい、しよう？」

「――――！」

「だめ？」

「駄目じゃない！」

それからのダグラスの行動は早かった。

ベッドの上から俺を抱き上げてそのまま湯の張っていない風呂に連れて行って、バシャバシャと湯を出して……後はもう何がなんだか分からなくなってしまった。

気付いたら立ったまま後ろから貫《つらぬ》かれていたし、そうかと思えば四つん這《ば》いになって喘《あえ》いでいたし、多分気を失ったんだと思うけど、目が覚めたら湯舟の中で対面座位で揺さぶられていた。

声は嗄《か》れるし、あそこは何かもうずっと挟《はさ》まっている感じだし、もう出ないのに空《から》イキしちゃってるし……。それでも俺はダグラスの事が離せなかった。

中からそれを抜こうとすると嫌だと泣いて困らせた。

そして……


「熱だ。休め」

「……はい」

翌朝の太陽は黄色かった。というか何重にも見えた。

しかも床はユラユラと揺れていて、ダグラスも三人くらい居たような気がする。

勿論初級ポーションは飲んだんだけど、どうやら風邪を引いたらしくて身体の痛みとかは取れても、熱には効かなかったんだよね～。

このところちゃんと食べていなかったのもまずかったらしい。なんとなく食べきれなかったんだ。

そして昨日のハード過ぎたあれがですね。はっはっはっ！

いやいや、長湯でやりまくるのはいけないね。それでもって裸のまま風呂場からベッドに移って泣いて縋《すが》って、あれやこれやをしたのも駄目だった。

うん。駄目のダメ。

ダグラスはエイダに頼んだらしくてパン粥《がゆ》みたいなのを持ってきてくれた。

また怒られたらしい。

そしてカイザックから事の次第を聞いたダグラスは「まだ先の話だし、一緒に考えよう」って大人な台詞《セリフ》を言ってくれたんだ。

俺の熱が下がって、ちゃんとポーションが効いてくれて、普通の食事が出来るようになるまで五日かかりましたよ。

そしてその五日間。

後半はそれなりに考える事が出来るようになってきたから色々考えてみた。

まず、俺があっち仕様なのか、こっち仕様なのかを確かめよう。それで、こっち仕様だったらダグラスにエリクサー劣化版を飲んでもらう。

あっち仕様だったら逆転する時に俺が飲んで、もう少ししたらもう一回俺が飲む。

どのみちその時までは二十五年以上あるわけだから、神様へのコンタクトは気長にって思っていたけど、ふとステータスの画面を見てみようと思った。

そうしたら備考欄に【身体は異世界仕様になっています】って注釈《ちゅうしゃく》がね！

見ていたのかよ！　もう〰〰〰。

ダグラスに言ったら分かったって言って、とりあえずダグラスが三十五歳になったら飲んでみる事になった。

ちょっとドキドキ。

二十五歳のダグラスってどうなの？　おっさんじゃなくてイケメンになっちゃうとモテちゃうのかな。なんかムカつく。

色々と知っているモニカさんが自分も飲みたいと言ってきた。

実はガルーダの羽は結構あるから作ろうと思えば作れるんだ。

ダグラスだけがいつもいつも不思議な宝箱をゲットしてくるのは変だから、エリクサー劣化版はモニカさんが発見した事にするらしい。

そして木枯らしの吹くような寒い日。

いよいよダグラスがエリクサー劣化版を試す事になった。

4　新生ダグラス

『エリクサー劣化版・十年若返る』はカイザックの所で飲む事にした。

万が一何かあった時には俺だけだとどうにもならないからと言われて「お願いします」と言った。

うん。絶対にその方がいい。

モニカさんは俺がポーションやリポなんたらを作っているのはとっくに知っているし、『異界渡り』でおかしなスキルを持っている事も話している。そして今回のエリクサー劣化版も是非《ぜひ》とも飲みたいと挙手《きょしゅ》したので一緒に立ち会ってもらう事にした。

飲む前に念のためにもう一度鑑定した。うん。間違いなく『エリクサー劣化版・十年若返る』と出ている。カイザックも同じだと言った。

「じゃあ、飲むから」

今日はダグラスの誕生日で、ダグラスは三十五歳になった。

こんな冬の寒くなってくる時に生まれたんだねって思った。

ガラス瓶に入ったエリクサー劣化版は本当に見た感じは赤ワイン。匂いもそんな感じだ。

どうなるのかな。ちゃんと効くのかな。二十五歳のダグラスってどんな感じなのかな。

そこまで考えてふと思った。

今のままで身体だけ二十五歳になるんだよね？

そのまま二十五歳に戻っちゃうわけじゃないんだよね？

「あれ？」

「どうした、小僧《こぞう》」

ここにきて考え始めた俺にカイザックが眉根《まゆね》を寄せた。

「待って。ねぇ、カイザック、これってさ、十年分身体が若返るだけだよね？　十年ダグラスの時間が戻っちゃうわけじゃないよね？」

「……どういう事だ？」

「え？　だって、身体だけ十年若返るならいいけど、記憶も十年戻るなら俺の事忘れちゃうじゃん」

「え⁉」

ダグラスが思わず瓶を置いた。

「そこまでの鑑定は出来ねぇな。まぁ普通に考えれば身体が十年若返るんだろうが、万が一そのまま時間を戻す形になるなら確かに十年前のダグラスになっちまうわけだ」

「え！　嫌だよ、困るよ、ちょっと待って、やっぱりもうちょっと考える。考えるよ！　だって、わあぁぁ！」

慌てている俺の目の前でモニカさんがダグラスの置いた瓶をグイ～ッと飲んだ。

「モ、モ、モニカさん‼」

「ふは～！　うん。味はワインっぽい。さて、すぐに効くかなぁ」

えぇぇぇぇぇ、潔《いさぎよ》いっていうか、無謀《むぼう》っていうか、考えなしっていうか、こっちの世界の人ってなんなの？

モニカさんはニコニコしていた。別に「うっ！」とか「わぁぁ！」ともならずに、「身体がポカポカするかも～」と言っている。そして目の前に居たカイザックが驚いたような声を上げた。

「おお！　モニカ、お前！」

「ちょっと、鏡！　鏡を見せて！　鏡だよ！　カイザック！」

鏡を差し出したカイザックからそれを奪い取るようにして、モニカさんは自分の顔を眺めると……

「ふっふっふっふ……。十代だ、十代のあたしがいるよぉぉ！」

そう言って鏡をそのままポイっとカイザックに投げて、くるくるっとその場でバレリーナのように回転した。

「うわ！　若！　か、可愛い！」

「ふふふふふ！　ソウタは天才だよぉ！　十代後半んんっ！　十年若返っても記憶はちゃんと残っているよぉ！　ギルドの鑑定カウンターのモニカさんだよ～」

それを見た途端、ダグラスも赤ワインのようなそれをグイっとあおった。

「ダ、ダグラス!!」

だから！　どうしてこっちの世界の人間は！

「大丈夫なの？　気持ち悪くない？　ダグラス！　どうしていきなり飲むんだよ！」

俺はちょっと泣きそうになりながらダグラスに駆け寄った。

だって、モニカさんは成功したように見えるかもしれないけど、本当に成功かなんてまだ分からないし、こう言うとなんかモニカさんで試しているみたいに聞こえちゃうかもしれないけど、でも、でもさ！

「ダ、ダグラス……」

「……変わったか？」

上げられた顔に俺は後ろに一歩引いた。

「ソウタ？　おい、カイザック俺にも鏡を」

「ほらよ。久しぶりにその顔を見たぜ。確かにそんな顔だったな」

「じゃあ、無事に成功したって事だな。ああ、うん。大丈夫そうだ。ソウタ？」

にっこりと笑って手を伸ばしてきたダグラスに俺は思わず首を横に振った。

「ダ、ダグラスじゃない」

「はぁ!?」

「違う！　ダグラスじゃないもん！　なんだよ、それ。嘘だ。知らない」

「ちょっと待て、ソウタ。俺だろう？」

「ちが、ちがう、だって、だって、い」

「い？」

「イケメン過ぎる‼」

なんだこれ、どこの王子様だよ。いやいや、若い王様？　おとぎ話の勇者かな？

あ、なんかさ、歯磨《はみが》きのCMみたいな感じ。

いやいやいや、ちょっと眩《まぶ》しすぎて直視出来ない。誰か皺を。もう少し目の辺りに浅い皺と、笑った時にちょっとたれ目な感じにして！

「わぁぁぁぁぁ！　やめろ、そんなキラキラした目で俺を見るな！」

もうライフポイントがガリガリ削《けず》られている感じだよ！　吐血《とけつ》、吐血するから！

「ソウタ」

「呼ばないで！　俺が慣れるまでそばに来ないで！」

ブンブンと首を横に振った俺に、新生ダグラスはスッと目を眇《すが》めた。

「ちょっとこれ、もう持ち帰っていいか？」

「おう、若くなっている分、加減も十分にしろよ。いいか、壊すなよ」

「明日は仕方ないけどぉ、明後日《あさって》にソウタが出てこられなかったら、エイダと一緒に殴り込みに行くからねぇ」

「やぁぁ！　抱えるな！　たす、助けてカイザック、モニカさん！」

「うふふ〜。早く慣れるには、仕方がないよぉ。ソウタ頑張って。あたしはどこのダンジョンで見つ

けた事にするのかカイザックと相談しておくから～」

推定十代（後半）になったモニカさんは華麗に笑ってバイバイってしてた。そして俺はもう一度自分を抱きかかえている新生ダグラスを振り返って。

「む、無理！」

「……ソウタ、覚悟しておけよ」

耳元でそう言われて、恥ずかしくて死ねると思った。

◇◇◇

「分かった！　もう分かったから！　やぁだ！　も、あぁっ！　くるし、ダグ……っぁ、あ、あ」

もう何度目になったか分からない熱を奥で受け止めて、俺は身体をヒクヒクと痙攣《けいれん》させた。でもダグラスはまだ中にいて、緩《ゆる》く腰を動かしている。

「もう見慣れてきた？」

「あん！　……も……もうちゃんと……ふぁ！　あ、あ、あん！」

グチュグチュと聞こえてくる音とキリもなく漏れ落ちる甘い声、そしてゆさゆさと揺さぶられる身体。

そうなのだ。ダグラスはどうやら本気で怒っていたらしい。

家に帰った途端口づけられて、ドアの所ですでにヘロヘロにさせられた俺はそのまま担《かつ》がれるようにして二階に連れて行かれた。そして「ベッドと風呂とリビングのソファ、選ばせてやる」と言われたのだ。

ニヤリと笑ったのは確かにダグラスだったけれど、やっぱり俺の知っているダグラスじゃなくて、俺は両手で顔を覆《おお》ったままブンブンと首を横に振った。それがまたいけなかったらしい。

結局ベッドの上に落とされて、そのまま乗り上げられて、気付いたら裸だった。

若くてもイケオジでも手際の良さは同じだね！　勿論そんな事を言う余裕なんてどこにもなかった。ベッドで三回？　そのまま洗ってやると言われてお風呂で二回？　それでもってまたベッドに戻ってきて……

やりすぎるなって言われたよね？　もう、もう、本当にモニカさんに報告案件だからね！　と言いたいんだけど、俺も悪かったなって思ってさ。だけどさすがにもう無理だから！　ほんとにお腹破けちゃうから！　だって！　ほ、ほんとに下腹の辺りがポッコリしているんだもん。これがあれだって思ったら怖すぎるでしょう⁉

「おねが……も……くるし……ダグラス」

「ソウタが、言ったから飲んだんだ」

「うん……」

「なのに顔を見るのは嫌だって」

「うん、ごめ……あぁぁ！」

「それなら、元に戻る薬を作ってくれ。すぐに飲むから」

「ああ！　ごめんな……さっ……！　あん！」

うん。俺が悪い。全面的に俺が悪かったです。

あと、二十五歳の体力を舐めてました。

「ほんとに壊れちゃう……よぉ……」

「すまん……」

ぼやけた視界の中でシュンとして謝るダグラスは、なんだかとても可愛かった。

そして、なぜか、イケオジのままのダグラスに見えた。

「ダグラス……」

うん。もう大丈夫って思えたよ。

「好き……」

「ソウタ？」

「ダグラス……好き……あ、愛してる」

「……ああ、俺も愛しているよ」

「うん。これからもよろしく、おねがいします」

「おう、よろしくな」

笑った顔は俺がよく知る、笑うとちょっとたれ目になるダグラスだった。

それが嬉しくて、ギュッて抱きついて、そうして俺は幸せな気持ちで意識を手放した。

5　今日も元気です！

あれから五年が経って、俺は二十歳になった。ダグラスは三十歳。

初めて会った日のイケオジに順調に近づいている。

そして……

ノーティウスの町は奇跡の街になった。なんと、近くにダンジョンが出来たんだ！

あ、別に俺が作ったわけじゃないです。さすがに【創造魔法】でダンジョンなんて作れないし、作ろうとしたら多分俺、死にます。

あの因縁《いんねん》の西の草原の奥にあった森の中にどうやらダンジョンの核が出来ていたらしくてね。

普通ダンジョンが育つまでには時間がかかるみたいなんだけど、この五年でなんと十層まで出来たんだって。

それがどのくらいのレベルなのかは俺には分からないけれど、とにかく魔物が湧いたり、宝箱が出たり、なんか色々アトラクション？　的なものがあるらしい。

そんなこんなで冒険者が沢山訪れて、町は賑《にぎ》わい、俺のポーションの売れ行きも順調だ。このままいけばポーション長者になれるかもしれない。はっはっはっ！

そしてダグラスと一緒に十年若返ったモニカさんは、この森のダンジョンで十年若返るエリクサーを見つけたのだと公表した。まぁその前から一体何があったんだってものすごい噂《うわさ》になっていたんだよ。でも「検証中だよぉ～」の一言で全てを黙らせていたんだ。モニカさんってすごい。

五年も経ってからの公表だから、最近国から認定されたダンジョンから出たっていうのはちょっと無理があるんじゃない？　って思ったけど、見つかって間もない浅い層しかない時にギルド職員として調査の為に潜ってみて、運よく宝箱を発見。中身が若返りのエリクサーだって分かって迷いなく飲んだと。そして皆それを信じた。

ぼ、冒険者ってチョロい。まぁ確かにモニカさんが若返ったのは一目見て分かるからね。

ちなみにダグラスも若くなっていたんだけど、モニカさんのように「何があったんだ」っていう噂にはならなくて「二十も年の離れた若い嫁《よめ》を迎えるとやっぱり若返るんだな」ってそれだけだったんだよね。冒険者って…………

というわけで、俺はごくごくたまにエリクサー劣化版を作っている。そしてそれをたまに、モニカさんがダンジョンの中にこっそり置いてくる。

これでノーティウスの『十年若返るエリクサーが手に入れられるかもしれない奇跡のダンジョン』の出来上がりだ。うん。まぁ、いいか。皆がそれで幸せなら。

エイダの宿屋も大きくなった。

ギルドも潤《うるお》っている。

町に人は増えたけれど、どうしてかみんなモニカさんの言う事は聞くから治安は良し。

モニカさんはまた五年したら飲むと言っている。「永遠の十代だよ～」って踊っていた。

ガルーダの羽はまだあるけれど、目撃情報があったら即、仕留めてくると言っているよ。

モニカさんって何者？　聞いても「鑑定受付のモニカさんだよ～」って笑いながら言うから、それでいいかって思っちゃうんだけどね。


「ソウタ！」

「ダグラス。お帰り。依頼は完了？」

「ああ。そっちは変わりなしか？」

「うん。あ、お弁当なかなかいい感じに売れているよ」

「そうか！　依頼の帰りにオークを獲《と》ってきたぞ」

「わ～、じゃあ明日のお弁当はオークカツにしようかなぁ」

そうなんだ。ポーションも売れているんだけど、俺は弁当も作り始めた。

だが勿論、俺に料理は出来ない！　（きっぱり！）

五年で料理が出来るなら、俺は十九年いた向こうの世界で料理人になっていた筈だ。いやそうじゃなくて、ようするに【創造魔法】はどこまでも有能だったんだ。

ダグラスが依頼を受けて不在の時、『腹が減ったなぁ。でもこれからエイダの所に行くのも面倒だし、俺に何か作れたら良かったのに』って思ったら頭の中にいくつかの料理が浮かんできたんだ。まさか【創造魔法】で食べ物が出来るなんて思ってもみなかったからびっくりしたよ！

収納されていたホーンラビットと庭で育てたジャガイモもどき、それと小麦でハンバーガーセットが出来た。そしてコカトリスという鶏《にわとり》と蛇《へび》を足したような魔物はとてもうまい唐揚《からあ》げになった。

ビバ！【創造魔法】‼

結構美味《おい》しくて、翌日ギルドに持っていったらモニカさんに「ギルドで販売しなよぉ」って言われた。それ以来こうしてギルドの端っこで売り出しているんだ。

料理上手《じょうず》の年下女房。今はこう言われているらしい。『ヒヨコ』から随分《ずいぶん》と出世した。まぁ俺の五年間の変化って言ったらこんなもんだ。

落ちてきて頭打って、通りがかったイケオジが助けてくれた異世界。

【魅了】に関するトラブルはあったけれど、『ヒヨコ』と呼ばれ、『けなげな嫁』と言われて、今はS級冒険者になった『ダグラスの女房』が板についてきた。

「とりあえず終わったらエイダの所にいって飯を食って、帰ろう」

そう言ってニヤリと笑う顔。

「やりすぎはダメですよ。旦那様」

慣れたように返して。

「うまいポーションがあるから大丈夫」

言いながら掠《かす》めるように落ちた口づけ。

「おいおい、カウンターでいちゃついてるんじゃねぇぞ！」

変わらないカイザックの声を聞きながら、俺はいつかと同じように「羨《うらや》ましいんだよ。可哀相に」って言ってみる。

モニカさんが後ろで笑って、ダグラスはもう一度キスしてきて。

カイザックが「バカップルが」って肩を竦《すく》めている。

とりあえず、俺は今日も元気です！

『ヒヨコ』新婚旅行 in ダンジョン

1　忘れん坊の『嫁』

Ａ級冒険者であるダグラスの『嫁《よめ》』になって半年ほどが過ぎた。

新居も自分達に使いやすくカスタマイズされてきたし、ギルドの仕事も順調。十歳若返ったダグラスの顔にもだいぶ慣れてきた。

だけど未《いま》だにちょっとだけ慣れないなぁって思うのは『嫁』という呼び名だ。最初にそう呼ばれた時は軽く死ねそうな気がした。

勿論《もちろん》死にはしないけど、恥ずかしくて「わ〰〰〰〰〰〰！」って叫びたかったのは本当だ。目の前にいたのが、ダグラスがお世話になっている人達だったから叫ばなかったけどね。

あんまり『嫁』って言われるから、俺もつい「ダグラスの『嫁』になった」なんてカイザックに言ったのもまずかったと思う。

俺の事をちゃんと『ソウタ』って呼んでくれる人もいるんだけど、冒険者や店の人は大体『ダグラスの嫁』と呼ぶ。時には「可愛《かわい》がってもらっているか？　嫁」などとデリカシーも何もないような奴《やつ》もいる。しかも皆が『嫁』って呼ぶもんだから、見習い冒険者の子供達までカウンターの中の俺に「嫁〜！　今日も沢山薬草採《と》ってくるからね〜」って手を振って行くんだ。

『嫁』は名前じゃないんだよ。六、七歳の子供から『嫁』って呼ばれるとちょっとライフが削《けず》られる気がしちゃうんだ。

いや、確かに俺はダグラスの『嫁』なんだけど。そう呼ばれるのだって別に嫌なわけじゃないんだけどさ……やっぱりなんか照れるんだよね。

もっともそんな事を以前チラッと口にしたら、ダグラスに「ソウタは可愛い！」って言われて朝までコースになった。何が朝までになったのかは察してほしい。

とにかく朝までなので、途中でポーションを飲まされたりする。しかもお約束の口移しってやつでだ。あんまりニヤニヤして嬉しそうだったからつい……。

「ダグラスは若返ってても心はオッサンだ」って言ったら大変な事になった。

どう大変になったのかというと、抜かずに何度も奥でってやつだよ。くっそー。本当にそのうち腹が破けたらどうしてくれるんだ！

そんな事を思い出してム～～～～～～～～ッとしているとカイザックが声をかけてきた。

「どうしたソウタ」

「……どうもしない」

「その割には元気がねぇな。腹でも壊したか？」

ああ、もうオヤジってやつは本当に思いついた事を何も考えずに口にするよな！

「俺の腹が壊れたり破れたりしたらダグラスのせいだ」

「…………なんだ痴話喧嘩《ちわげんか》か」

あからさまにどうでもいいような顔をするカイザックに、俺はムッとしたまま口を開いた。

「別に喧嘩なんかしていないよ」

「そうかよ。仲が良くて結構なこった。ところでよ、お前最近薬草摘みの依頼に行っていないだろう？」

「え？　あ、うん」

だって使う事が多い薬草は庭の畑で育てているし、依頼の帰りとかに高額草を見かけたらダグラスも摘んできてくれるから、俺のマジックポーチの中には結構な量が入っているんだ。だから困る事なんてないいんだけどな。そう思っているとカイザックが「はぁ～」とため息をついた。

「何が？」

「そろそろやばいぞ」

「このままだとお前、冒険者登録が取り消される」

「…………え？」

「やっぱり忘れていやがるな。Ｆランクの奴はマメに依頼を受けないといけないって登録した時に言われた筈《はず》だ」

「そ、そういえば……」

言われたような気がする。一か月依頼を受けないと冒険者じゃなくなるって……。はじめの頃はなんだかんだと薬草摘みの常時依頼を受けていたんだけど、ダグラスの『嫁』になったり、新居に引っ越しをしたりバタバタして、すっかり忘れていた。

「えっと……じゃあ、手持ちの薬草を買い取りに」

「買取と依頼は違う。ちなみに今は薬草摘みの依頼はない」

　ああ、そうだよね。今朝《けさ》孤児院の子供達が依頼を受けて、結構な数の薬草が集まった。これ以上依頼を出したら薬草の価格が下がっちゃうもんね。しばらくは無理かもしれないな。

「ええっと……じゃ、じゃあ、なんの依頼があるのかなぁ。見てみようかな……」

　顔を引きつらせながら依頼の掲示板を見てみると、俺のランクでは受けられないものしかなかった。ないなら声をかけるなとは言えない。だって忘れていたのは俺だ。

「カイザック、俺の冒険者カードの有効期日っていつまで？」

　ちょっとだけ震えた声で尋ねるとバッサリと切り捨てるような答えが返ってきた。

「あと三日だ」

「え！　そんなに迫《せま》っているのか」

「ああ、俺もうっかりしていたぜ。まぁ本来は本人の管理だけどな。とにかく薬草採取の依頼は当分無理だと思うから、ダグラスが帰ってきたら一緒に隣町との境にあるダンジョンに行け」

「ダンジョン！」

　いやいやいやいやいや無理だって！　だってダンジョンだよ？　魔物が湧くんだよ？　しかもそれを倒さなきゃいけないんだよね？

「誰もお前に魔物討伐《とうばつ》やドロップ品の回収依頼なんて出さねぇよ。大体Fランクじゃ受けられないしな。依頼は花の採取だ」

「花？」

　ダンジョンにも花が咲くのか？　俺が不思議そうに尋ねるとカイザックは「ダンジョンの中には草

原だって、森だって、海があるところだってある」って教えてくれた。すごいなダンジョン。

「さっき言ったダンジョンの三層の奥にちょっと珍しい花がある筈だ。そいつを見たっていう情報があったが、採取に行った奴は見つけられなかった。その花がどこかのギルドに買い取りに出された話もない。お前は妙なところで運がいいからな。明日にはダグラスも依頼から戻ってくるだろうし、一緒に行ってサクッと三本採取してこい。もしもそれ以上咲いていれば残りはお前が持ちかえってもいい」

ニヤリと笑ったカイザックに俺は何となく背中の辺りがゾワゾワした。


「幻の花ねぇ……」

カイザックが言っていた依頼は張り出しもしていない『塩漬《づ》け案件』だった。どこかの貴族がもう一年以上も探しているもので、見たという情報があって採取しに行くと跡形もないんだって。なんだそりゃ⁉ だよね。そんな怪しい依頼を回してくるな！ って思ったけど、さすがにギルド職員が最低のFランクも維持《いじ》出来ませんでしたっていうのはあまりにも体裁が悪いらしい。

カイザックとかモニカさんみたいに高ランクで引退したっていうのと違って、まだDランクだったりする受付の職員は時々依頼をこなしているんだ。

で、今回のこの塩漬け依頼。花が採取出来たら特別依頼の報酬《ほうしゅう》がある上、低ランクの冒険者は2ランクアップ出来るんだって！ 怪しすぎるけど美味しすぎる！

「あ～、もう！ どうしてカレンダーを作って丸印をつけておかなかったんだろう。地道に二十回依頼を達成して講義を二つ受けたらEランクになれたのに。そうしたら三か月に一度の依頼更新になったのにな。でも今回のこれがうまくいってDランクになれば、一年に一度依頼を受ければいいんだよね」

ちなみにCランク以上だと期間の縛《しば》りがなくなって、A級やS級と呼ばれるランクは指名依頼を基本的には断れないから面倒ってダグラスが言っていた気がする。まぁそんなランクにいける気もいくも気もないけどさ。

「ダンジョンかぁ……」

ほんのちょっぴり興味はあるけど、ホーンラビットすら殺せない俺が行くような所ではない。それに俺、攻撃魔法は一つも持っていないし、練習をする気もない。

「今回はダグラスに頼んで一緒に行ってもらって、ソッコーで三層に行って、ソッコーで採取して、ソッコーで戻ってくるしかないのかな」

実はFやEランクには買い物とか、家や畑の手伝いとか、川のゴミさらいなんて町の奉仕みたいな依頼があって、多すぎるし依頼料も安いから掲示板には貼り出されてはいないけど受付にいけば紹介してもらえるんだよね。

だけど俺は色々隠し事も多くて、万が一『異界渡り』なんてバレると面倒だからやめろってカイザックから言われている。

更に依頼人の家に行く手伝いは絶対にやめてほしいってダグラスからも耳にタコが出来るほど言い聞かされているんだ。俺だって依頼人の家に行って掃除をしたり、買い物の手伝いをしたり、庭の草を刈《か》ったりするくらいは出来ると思うんだけど「そういう事じゃないんだ」って。

じゃあどういう事なのか聞こうと思ったら、聞ける状況じゃなくなっちゃってね。まぁどうしてかは察してくれ。

というわけで、俺はギルド帰りに武器屋を覗いた。対ダンジョン用に何か俺にも使えそうなものがないかなって思ったんだ。さすがに採取用のナイフだけっていうのはね。

でも剣も盾《たて》も自分には使えそうにないなって諦《あきら》めた。え？　諦めが早すぎる？　だってさ、剣や盾を持って戦う俺が全く想像出来なかったんだもん。それで家に帰ってからもう一度どうしようって考えているうちに、そう言えばって思いついて『さすまた』みたいな武器を作ってみた。

しかも先端は槍《やり》みたいに刃《やいば》になっている形にした。ただ押さえるだけでなくちょっと暴れると切れちゃうよ～みたいなのがいいかなって思った。

それにさ、三叉《みつまた》？　ええっと、アニメで半魚人が持っていたフォークみたいなやつだと、万が一相手に刺さって取れなくなったら困るなって俺も色々考えたんだよ。

【創造魔法】も結構使っていてレベルも上がってきているからか、前世で見たものを思い出してちょっと手を加えるような事も結構簡単に出来た。

「ふむふむ、槍より扱《あつか》いやすいかな。前世の防犯訓練の一場面がこういう風に役に立つなんて思ってもみなかったな」

これならとりあえず向かってきた魔物は俺の傍《そば》には近づけないし、その間にダグラスがやっつけてくれる筈だ。まぁ最後がダグラス任せなのは許してほしい。

俺は上機嫌で【創造魔法】で作った『さすまた』を持って「やー！」と言いながら部屋の中で突き出してみた。ちょっと恥ずかしかったけど、でも丸腰で逃げ回るよりはマシだって思ったよ。

これで明日ダグラスが帰ってきたら、一緒に行ってほしいってお願いをしてみよう。それでうまく花が採取出来てDランクになったら、次からはちゃんと一年ごとに薬草摘みの依頼をこなそう。

あれ？　でもDランクでも薬草摘みの依頼は受けられるのかな？　それも調べなきゃな。とにかく今回だけは冒険者登録取り消しの危機を免《まぬが》れなければ！

「大丈夫、俺はやれば出来る！　だって魔物を倒すのはダグラスだから！」

◇◇◇

「駄目だ」

翌日の夕方に帰ってきたダグラスは、俺とカイザックの話を聞いて即座にそう言い切った。

「ええ！　どうして？　冒険者登録が取り消しになっちゃうよ！　そりゃあ更新期日を忘れていたのは俺が悪いんだけど。でもさ、依頼期限は一週間だから受けた時点で登録取り消しが一週間伸びるんだって。だからダグラス協力してよ」

そう言うとダグラスは俺の顔を見てから「はぁぁぁぁぁ～」と大きな溜息を落とした。

「ソウタはダンジョンがどういう所か知らないからそんな事が言えるんだ。一層ならまだしも三層っていうのは少なくともFランクが足を踏み入れる場所じゃない」

「それは……そうなんだろうけど。でもダグラスが一緒ならって大丈夫かなって。カイザックもダグラスと一緒に行けって提案してきたし」

「カイザックとは後でもう一度きちんと話をする。この花は条件が整わないと咲かないと言われているんだ。だがその条件が分かっていない。しかも目撃情報があっても見つかる事はほとんどない。だから幻の花と言われている」

「そうなの？　でも、俺、冒険者登録を駄目にしたくないよ」

せっかく成人して登録したのにこんな風に取り消しになるなんて嫌だ。

「ソウタ。登録取り消しのペナルティは一年だ。一年は再登録出来ないが、一年後に可能になる。Fランクからのスタートだが、ソウタの場合はランクも変わらない。とにかく、一年後に再登録をすれば問題ない」

「え……ペナルティ？　再登録？」

ちょっと待って。カイザックはそんな事言わなかったよね。ええっともしかして俺、騙《だま》された？

俺は思わずカイザックを睨《にら》みつけた。だけどカイザックは飄々《ひょうひょう》とした顔でダグラスを見て口を開いた。

「確かに一年経《た》てば再登録は出来るが、一度取り消しされていると経歴に残るし、再登録料も最初の登録時の倍だ。それにダグラス、お前がいるなら大丈夫だと判断したから声をかけたんだ。この花は普通なら三層くらいの浅瀬《あさせ》には咲かない筈だ。俺はソウタの運に賭《か》けてみてもいいかと思った。まぁお前さんがどうしてもダンジョンに連れて行きたくないって言うなら、一日で出来る奉仕系のものを紹介するしかねぇな。俺はこっちの方が安全だと思ったんだが仕方がねぇ」

カイザックの言葉を聞きながらダグラスの眉間《みけん》の皺《しわ》が深くなっていくのを、俺は黙って見つめていた。どうしたらいいんだろう？　このまま黙っていた方がいいのかな。それとももういいよって言った方がいいのかな。

答えが出せないままドキドキしている間にダグラスがゆっくりと口を開いた。

「確かに隣町との境にあるダンジョンはそれほど高ランクではない。三層くらいならEランクでもギリギリだがパーティーを組んで潜《もぐ》っている奴もいる。だが、あそこは二層にゴブリンが出る」

「ゴブリン！」

その瞬間、頭の中にあの緑色の魔物が浮かんだ。

「俺はソウタにそんなものを見せたくないいんだ！」

俺も見たくないよ！　だって本当に気持ちが悪かったんだもん。それなら再登録を一年待つ方がいい。素直にそう思った。

ヘタレとでもなんとでも呼んでくれ。だって、あんなのが出てくるって分かっている所に行くなんて、カイザックの奴、なんて依頼を紹介するんだ！

「まぁな。一層と二層は草原地帯だ。一層にはホーンラビットやスライムやレッドボア、運が悪けりゃポイズンスネークも出る可能性がある。二層は言っていた通り一層の奴らの他にゴブリンやジャイアントボア、運が悪けりゃキラーマンティス辺りが出るが、お前さんがいれば何の心配もないだろう？　小僧《こぞう》の転移の練習だって出来る。一、二層辺りでうろうろしているような奴なんてほとんどいない。実入りが少ないからな」

なんだかとんでもない名前が出ている気がするけど、弱いのか？　ダグラスにとってはゴミみたいなものなのか？　でも！

「どうする、ソウタ。お前の事だ。お前が決めろ。ダグラスが行かないなら、モニカが一緒に行ってもいいと言っている」

「え！　モニカさんが⁉」

「あいつは強《つえ》ぇぞ。あっという間に三層に行ける」

「…………」

カイザックはダグラスを煽《あお》っているんだってさすがに分かったよ。俺が知っているカイザックはこんな事は言わないもん。

「俺は……」

チラリとダグラスを見た。でもダグラスは俺を見ていなかった。それがなぜかすごく悲しくて、淋《さび》しくて、だけどここはちゃんと自分の気持ちを言わなければと思ってゆっくりと口を開く。

「俺は……冒険者の記録に多少傷がついても別に気にならないし、依頼を受けないと駄目だっていうのを忘れていたのは俺だし、ダンジョンの話を聞いた時は絶対に無理だって思った。しかもゴブリンが出るなんて聞いたらマジでありえないって思ったよ。だけど、それと同じくらいダグラスと一緒なら大丈夫かなって思ったのも本当なんだ。だから、ダグラスが行くなって言うなら行かない。せっかく一緒に行くって言ってくれたモニカさんには悪いけど、初めてのダンジョンなら、やっぱりダグラスと行きたいかなって……うわぁぁぁぁぁぁ！」

言葉が終わらないうちに俺はダグラスにギュウギュウに抱き締められていた。隣でカイザックが「バカップルが……」ってうんざりしたような顔をしている。

「ソウタ！」

「ダ、ダグラス！　くる、苦しい……」

A級冒険者に感情のままに抱きつかれると死にそうになるんだな！　いつもはあれでも加減されていたのかって余計な事まで思ったよ。

「すまん！」

慌てて手が離れてホッとしたのも束《つか》の間。

「ダンジョンに行こう！」

「…………は？」

「ソウタの初めてのダンジョン。勿論《もちろん》それは俺と一緒に決まっている！」

「……あ、うん……そ、そうだね～」

「よし、じゃあ依頼は受け付けておくぞ」

機嫌よさげにカイザックがそう言って、俺のダンジョン行きが決まった。

「頑張ろうな、ソウタ。俺に任せておけ！」

「ははは……は～い。頼りにしているね。魔物は全部ダグラスに任せた」

「おう！」

こうして『もうどうにでもなれ～』としか考えられなくなった俺と、『初めてはダグラスがいい』（ちょっと違う）の一言にテンションが急上昇したダグラスは、幻の花《プルヴァムール》をゲットするため、翌朝隣町との境にあるダンジョンに向かった。

2　初めてのダンジョン

ノーティウスの南の隣町『イエルデ』との境にあるダンジョンは、一般的には『イエルデダンジョン』と言われている。というのも出入口がイエルデの町の方にあるからだ。

ノーティウス側にも小さい穴があるんだけど出入りが難しいのと、整備をしても採算が取れるか分からないからノーティウスのギルドが管理をするのを諦めたんだろうってダグラスが歩きながら教えてくれた。

「……なんか、ギルドも大きい」

そう。大きいし、冒険者もノーティウスとは比べ物にならないくらい沢山いる。

「ああ、イエルデのギルドはダンジョンの出入りもチェックしているからな。ここはダンジョンとしてのレベルはそれほど高くないが、十七層まであるからしっかり装備を整えないといけない。低層は大したものが出ないが、十二層以降は鉱物系《こうぶつけい》の魔物が出て宝石を落とすから金が稼《かせ》げると人気はある。ダンジョン産の宝石は買い手がつきやすいんだ」

「ふ～ん……だから草原地帯の一、二層は人気がないのか」

「まぁ、そういう事だ。その辺の草原にいるようなホーンラビットやボアを制しても旨味《うまみ》がない。ましてやダンジョンは倒した魔物のドロップ品しか残らないからな」

最初は何を言っているのかよく分からなかったんだけど、普通に草原で倒したホーンラビットやレッドボアはそのまま肉も、毛皮も、魔石も全部手に入った。でもダンジョンの中では倒した魔物は消えちゃうんだって。それで『ドロップ品』っていうものしか残らないらしい。

まぁ、血が出ないっていうのはいいかもしれないなってちょっとだけ思ったよ。

「じゃあ、ソウタ。手続きをして入ろう」

俺とダグラスはギルドで手続きをして、ダンジョンに入った。


「西の草原みたいだ」

ごつごつした感じの岩に開いた穴を下りていった筈なのに、目の前には日の光が眩《まぶ》しい草原が広がっていた。

「マジか…………」

しかも【鑑定】をすると草原の中には結構珍しい薬草の名前も浮かんでいる。

「ダグラス、魔物はドロップ品しか持ち帰れないけど、薬草は持ち帰れるの？」

「ああ、草や花は持ち帰る事が出来る。ダンジョンの中に生えているだけだからな。魔物はダンジョンが作り出した存在だから特別な状況でなければダンジョンの外に出る事は出来ない」

「じゃあ、ちょっとだけ摘んでもいい？　珍しい薬草があるんだ」

「分かった。ちょっとだけな」

「うん！」

俺は嬉々として草原の中に分け入った。そしてタグが浮かんでいる高額草をサクサクと採取する。

なんだ、ダンジョンってそんなに怖がらなくても良かったのかもしれない。だって西の草原よりも薬草は多いし、珍しい素材のタグも沢山浮かんでいる。

それに【創造魔法】のお陰で、ちょっと考えるとどんなものの材料になるかまで分かるからすごく楽しい。やっぱり新しいものが作れるかもしれないってワクワクするよ。

「ソウタ、少しずつ進みながら行こう」

「わ、分かった！」

そうだよね、俺は三層の花を摘みに来たんだった。依頼は一週間以内だから、もし早めに採取出来たらまたここに連れてきてもらえばいい。それに二層も草原って言っていたよね。

立ち上がってダグラスの隣に並んだ。

「使えそうな薬草があったのか？」

「沢山あった！　あのさ、もし早めに花が見つかったらまた摘みにきてもいいかな」

「ああ、じゃあそう出来るように頑張ろう」

「うん！」

そう返事をした瞬間。

「ソウタ、頭を下げろ！」

聞き覚えのある言葉が聞こえてきて、慌ててしゃがみこむとダグラスの剣が横に動いたのが見えた。そして俺の頭上でホーンラビットが切られて、消える。

「ひぇぇぇぇぇ！」

マジか！　マジで消えるんだ！　そして目の前にホーンラビットのふんわりとした毛皮と角《つの》が落ちてきた。

「珍しいな、大抵肉が落ちるのに。まぁ毛皮も角も大した値段はつかないが、肉はここで食べる以外どうにもならないからな」

「は、ははは……そうなんだ。ラ、ラッキー」

「ああ。とりあえず移動するぞ」

「うん」

頷いて歩き出すと今度は何も言わずにダグラスが俺の前に腕を出して、地面に剣を突き立てた。

「なななななに？　なんなの！　ダグラス⁉」

剣には黒い蛇が刺さっていて、すぐに消えた。

「ポイズンスネークだ。この階ではあまり出ないんだが……」

「そ、そう。あ、なんか落ちてる」

「珍しいな。毒液だ」

「毒⁉」

「結構高値で売れる」

「そそそそそうなんだ！」

さっきまでのダンジョンって楽しいかもしれないっていう気持ちはすっかり消し飛んでいた。やっぱりダンジョン怖い！　毛皮や角はともかく毒液が瓶《びん》に入って落ちてくるなんて！

「ソウタ。それはしまっておけ。魔物は約束通り全部俺が片付けてやるから」

「……うん。俺、ダグラスがいてくれて良かった」

「そうか。ほら行くぞ」

そう言ってダグラスは嬉しそうに俺の肩に手を回した。それにホッとして寄り添ってみたりする。ダンジョンって事を考えなかったら、草原でデートって感じだ。現金だけど、やっぱり来て良かったかな、なんて思いつつ近づいてきた顔に目を閉じた途端。

「チッ……、ソウタ下がっていろ」

「へ……？」

上げた視線の先にはいつかのようにものすごい勢いで近づいてくる過積載の軽トラック、もとい、レッドボアがいて、一瞬のうちに甘い雰囲気は消え失せた。

「大丈夫だ。まかせておけ」

そう言うとダグラスはあの日と同じくそれに向かって跳躍《ちょうやく》して、ボアの背中に剣を突き立てた。

「ひぇぇぇぇぇっ！」

引きつった俺の声。その間にレッドボアは煙に変わった。

「ソウタ！　肉だ。でかい肉と大きな牙が出た！　一層でこんなに次々魔物が出てくるなんて珍しいな。しかもドロップ品も当たりが多い。ソウタは本当に運がいいのかもしれないな」

「は……はははは……良かったね〜」

嬉しそうな笑顔が眩しいよ、ダグラス。本当に怖いのは魔物じゃなくて、こんな事を楽しそうにやっている冒険者なのかもしれない。というか、これって本当に運がいいのかな。俺はのんびりと薬草を摘みながら転移の練習をしつつ三層に向かうっていうので全然構わないんだけど。

胸の中で「ほどほどでお願いします」と祈って、俺はダンジョンの中の青空を見上げた。

◇◇◇

「この階段を下りると二層？」

草原の中にいきなり現れた大きな岩。その陰にあったのはこれまた唐突な感じの石階段だった。

「ああ、そうだ。だだっ広い草原だから疲れただろう。転移の練習も思っていたより出来なかったな」

そう。さっきダグラスも言っていたけれど、普通は一層の草原でこんなに立て続けに魔物が出現る事はないらしい。でも俺はなんかもうひっきりなしに叫んでいた気がするよ。

結局一層ではホーンラビットを二十匹近く狩って（ダグラスが）、レッドボアも三頭狩った（ダグラスが）。それとスライムも沢山出てきて、勿論全部ダグラスが煙にした。

そして極めつけが毒蛇のヘビ玉だ。ポイズンスネークって珍しいんじゃなかったのか⁉　単独でも何回か遭遇《そうぐう》したけど、何匹も団子みたいになっていたそれを見た途端、俺は悲鳴を上げながら逃げた。これ死骸《しがい》が残っていたら無理だったな。お陰様でドロップ品は一層だけでこんなに？　というほど手に入れた。

そうして到着した二層——……

「……ねぇ、ダグラス。一層は昼間の草原で、二層は夕方の草原っていう設定なの？」

俺は目の前に広がる風景を呆然《ぼうぜん》と眺めてしまった。だって階段を下りて視界が開けたら草原であることは変わらないんだけど空が茜色《あかねいろ》を滲《にじ》ませ始めていたんだ。

「いや。そうじゃない。こういうフィールドタイプの層は外のように時間経過で朝になったり夜になったりする所もある。外の時間と連動しているわけでもない。もう少し進むとセーフティーゾーンがあった筈だ。今日はそこに泊まろう」

「え！　ダンジョンに泊まるの⁉」

「ああ、低層に泊まる奴は少ないから落ち着いて休めると思うぞ。さっきの肉を焼こう」

そう言ってにこやかに笑うダグラスに俺は「そうなんだ～」と乾いた笑いを浮かべた。もうさ！何から何まで想定外だよ、ダンジョン！

夕日に赤く染まり始めた草原をダグラスと並んで歩きながら、俺は頭の中から離れないそれを口にした。

「でもさ、ここってゴブリンがいるんだよね」

ゴブリンがいる所に泊まりたくない。俺が口にしなかった言葉は分かっているというようにダグラスはそっと手を繋《つな》いできた。一層みたいに次から次に魔物が現れたらとても手なんか繋げないけど、二層に入ってから出てきたのはスライムとホーンラビットが一匹ずつだけ。魔物もちょっと休憩《きゅうけい》なのかな。

「ああ、でも奴らが出てくるのは多分もう少し奥だ。それにセーフティーゾーンっていうのは魔物が入る事が出来ない冒険者達の休憩場所だ。安心していい。一、二層はボス部屋もないから待機をする奴もいない。ソウタは花の採取依頼と摘みたい薬草の事だけ考えていればいい。魔物は全部俺が倒すから心配するな」

「……ありがとう」

ああ、やっぱりダグラスってすごくいい人だ。俺、ほんとにいい人と結婚したな。

「俺、ダグラスと一緒に来て良かった」

「ああ、俺もソウタと来られて良かったよ」

にっこりと笑って、周りに誰もいないのを確認してそっと口づけをした。もっともっとすごい事を沢山しているのに、触れただけの口づけがすごく照れる。

茜色の空に藍色《あいいろ》を滲ませて、最後の輝きみたいに大きく光る太陽が草原の中に沈《しず》んでいく。

「あのさ……」

「うん？」

「ちょっと思い出したんだ。俺の元の世界って、結婚した後『新婚旅行』っていって、二人で旅行に行く人が多いんだ。魔物が出るダンジョンで、しかも依頼を受けてきたんだけどさ、なんとなく『新婚旅行』みたいだなって思ったよ」

「ソウタ……」

「冒険者登録の更新忘れるし、魔物も倒せないし、秘密にしなきゃいけない事も多い『嫁』だけど、これからもよろしくね」

「………あんまり煽《あお》るなよ」

「煽ってないよ。……あ、高額草だ」

雰囲気ぶち壊しだったけどなんだか照れちゃって、目に入った薬草に視線を移したら、ダグラスがいきなり「そこで摘んでろ」って走り出した。

「え？」

何？　さすがのダグラスもここはそうじゃないだろうって呆《あき》れちゃった？　そう思いつつダグラスの走っていった方に顔を向けると、その背中の向こうに見えたのは馬鹿でかいカマキリだった。

「カ、カマキリ⁉」

俺の有能な【鑑定】がすぐに【キラーマンティス】ってお知らせしてくれたよ。ダグラスはそれを豪快に縦切りにして煙に変えた。

ねぇ……それってさ、運が悪かったら出るってカイザックが言っていたレア物だよね？

「大鎌と羽だ。ついているな。これも高値が付く。ああ、見えてきた。あそこがセーフティーゾーンだ。行こう、ソウタ」

「う、うん」

ついているの？　これ本当についているのかな？　レアはラッキーでまとめていいの？　俺、ほどほどでってお願いしたよね？

差し出された手を再び繋いで、俺達はセーフティーゾーンという、不思議な部屋に向かった。

「草原の中にいきなり何もない部屋があるって不思議」

どういう仕組みになっているのか分からないけど、草原のちょっとだけ奥まったような所にコンクリート打ちっぱなしみたいな大きな部屋があって、この中には魔物が入ってこられない……らしい。まぁ二層に入る時も不自然な感じの石階段を下りたもんね。草原の中に冒険者陣地《じんち》みたいな部屋があっても不思議ではないのかもしれない。

「結構広いんだね。うちの二階のリビングとバルコニーを足したくらいかなぁ」

「ああ。下層に行くともっと広くなる。それぞれのパーティーがテントを広げたりするからな」

「へぇ……。でも本当に誰もいないね」

「まぁ、実入りの薄い草原は出来るだけ早く抜けて、出来れば四層か五層くらいで宿泊して更に下を目指すっていうパーティーが多いかな」

「そうなんだ。下の方に行くと宝石が出るかもしれないから？」

「そういう事だ。だが、今日も一層の割には随分稼《ずいぶんかせ》いだと思うぞ。スライムなんて何もドロップしない時もあるが、魔石やら珍しい鉱石、それに回復薬を落とした奴もいた。もっともスライムの回復薬よりソウタが作る初級ポーションの方が効きそうだけどな」

話をしながらダグラスはサクサクとテントを組み立て始めた。

「あれ？　それ前見たのより大きい？」

「ああ、ソウタと一緒に行くから急遽《きゅうきょ》買ったんだ」

「ええ⁉」

「前のも一応二人用だったんだが、せっかくだからな。ほら、出来た。夕飯は肉を焼こう」

「あ、うん。じゃあ、俺が魔法で焼くよ。焼き肉とかステーキは材料があれば【創造魔法】で出来るから。ボアなら鍋《なべ》も美味《おい》しいかもね」

「じゃあ、それも作ろうか」

「ええ⁉　食べきれないよ」

「そうしたらマジックバッグに入れておけばいいさ」

そうか。そうだよね。異世界って不思議で便利だね。まぁこの俺が料理出来るんだから、それだけでも十分すごい事だよ。

テントの前に置いたテーブルの上にはエイダの店の料理もあった。ほんとに気の利《き》く旦那様だ。

魔法での調理だから手間も時間もかからずにボアステーキと鍋はすぐに出来た。

「美味しい！」

「うん。柔らかいな。ソウタは本当に良い運を持っているのかもしれないな」

二十代のダグラスが爽《さわ》やかな笑顔でそう言った。

「そうかもね、だって、こんなに強くてカッコいい旦那さんと結婚出来たもんね」

わ〜照れる！　でもさ、誰もいないし、さっき言ったみたいに『新婚旅行』っぽいし。何よりこうしてダンジョンに来られたのもダグラスのお陰だし。

「…………食べ終わったら覚悟しておけよ」

「ダグラス？」

「煽り過ぎだ。我慢なんて出来るかよ」

「え、あ……そういうつもりじゃ……」

顔が熱くなる。だってさ、誰が入ってくるか分からない場所だし、しかも広くて新しいけどテントだし。

「…………明日も探索するんだよ？」

「ああ、大丈夫だ。魔物は全部俺が引き受ける。ソウタは何も心配しなくていいから」

うう〜〜〜〜ん、魔物の事は心配していないけど、俺の体力は心配だよ。まぁ、ポーションは初級のブドウ味も万が一の中級リンゴ味も持ってきているけどさ。

「手加減してね。ゴブリン出てくる所だし」

「…………分かった」

こうして俺達は今一つ何を、どう食べたのか分からないような食事を終えて、早々にテントの中に引きこもった。

「やあぁぁ……そこばっか、だめぇ！」

「ソウタのいいところだ。気持ちいいだろ？」

「あ、あ、い……うぁ……また、出ちゃうよぉ……」

　言葉と同時にビクンビクンと身体が震えて俺は三回目の精を放った。

「手加減……するって言ったぁ……んん！」

「しているだろう。背中が痛くなると可哀相《かわいそう》だと思って後ろからにしているし、奥までだって入れてない。ソウタの気持ちのいい所にだけ当てている」

　ダグラスはそう言って背中に口づけを落としながら、緩《ゆる》く腰を動かした。だけどそれがもどかしくて、でもどうしていいのか分からなくて、俺はただ甘い声を上げるしかない。

　テントの中はベッドの上みたいにふかふかじゃないから、いつもみたいにやったら背中が痛くなるかもしれない。だから後ろからにしようって言われた時はなんだか恥ずかしいような、ちょっとくすぐったいような、でもそんな風に大事にされて嬉しいなって思ったんだ。その前に『新婚旅行』の話なんかしていたから、それもあって柄《がら》にもなく照れた。

　だけど！　香油を垂らされて中を広げるようにしながら前立腺ってやつを指で責められてまず一回。それからダグラスが入ってきて、でもガンガン突くわけではなくそこを重点的にゴリゴリされて二回目。さらにそのまま同じところばかりを責められていたら、感じ過ぎるし、なんかもっとって叫びたくなっちゃうし、だけど前も大きな手でグリグリしながら扱《しご》くからあっけなく三度目も出ちゃうし、それなのにダグラスは一回もイってないし、もうどうしていいのか分からないんだよ！

「も、や……！　苦しいから……あん！　そこばっかりはやだ、ダグラス……あ、も、やだぁ」

「ソウタ、なんで泣くんだ？」

「だって、ダグラスが意地悪するから……し、新婚旅行なのに、一緒がいいのに、こんな誰が来るか分からないところで、顔も見えずに俺だけずっとイかされているのなんてやだよぉ」

もうこうなったら泣き落としだ。『嫁』になって半年、恥ずかしいけど俺だってこれくらいは出来るようになったんだ。ただ、ちょっと加減が難しいんだけどさ。

「ソウタ……」

あ、あともう一押しかな。

「か、顔が見えないの、淋しいよ……ってうわぁぁぁ！　あん！　ま、やぁ！　あぁぁぁぁ！」

しまった、やり過ぎたか！　ダグラスは中から自身を抜いたかと思ったらあっという間に俺の身体をひっくり返してそのまま突っ込んできた！　しかも奥まで!!

「あぁぁ！　奥、くるし、ダ、ダグラス！　あ、あ、あぁー！」

深く突かれて、ダグラスとの腹の間で四度目の射精。うっうっうっ……俺がイくんじゃなくてダグラスにイってほしいんだよぉ。

「ソウタ、ソウタ、愛している」

だけどそんな風に言われるとやっぱり嬉しくて、奥を突かれて揺さぶられていても幸せって思っちゃうんだからしょうがない。だって好きだから結婚したんだもんね。

「は、あぁ、んん！　ダグラス、あ、ダグラス……また、イくから……だから……いっしょ、一緒がいい……」

「ああ……一緒に、な」

大きな背中に手を回して足まで絡めてギュッとしがみつくように抱きついて、そうして俺は奥にダグラスの熱を受け止めながら意識を手放した。

3　反省から始まった二日目

「ソウタ、ポーションだ。飲めるか？」

体力を回復して小さな傷も治しちゃう初級ポーションは偉大だ。その偉大なものを美味しく作った俺は本当に偉《えら》いと思う。

おはようございます。ダンジョン二日目の朝は腰痛と全身の怠《だる》さから始まりました。最悪です。というか『新婚旅行』って言葉に俺もダグラスもちょっと舞い上がっていたよね。反省。でもここはしっかりと言っておかないと。

「………………手加減」

「あ、朝ご飯は食べられるか？　ほら、ソウタの好きなエイダの店のハンバーガーもあるんだぞ」

「………………手加減」

「……すまん。その……『新婚旅行』って言葉に浮かれた」

こういうところがダグラスのいいところだって思う。

「……うん。俺も。でも、誰が来るか分からない場所ではやっぱり嫌だ」

まぁ、それを言うならエイダの宿屋でやりまくっていた俺達って……という話になるけどさ。でもあれは部屋だから！　自分達が借りた部屋だから！　声は駄々洩れで、ダグラスはエイダから叱《しか》られていたけど。

「ああ、そうだな。すまなかった。とりあえず朝飯を食べて出発しよう」

「うん、分かった」

結局ダグラスの言っていた通り、この二層に泊まったのは俺達だけだったらしい。それに実は魔道具があって、テントの外には声が漏れないようになっていたんだそう。というかダグラス、しっかりやる気だったんだな。

ポーションを飲んで腰痛は解消。声もちゃんと出るようになったし、怠かった身体もいつも通りに戻った。とりあえず朝食を食べてサッと『クリーン』をして、ダグラスは慣れた様子でテントを片付けていざ出発。

昨日夕焼け色から夜になった空は、今はしっかりと青空で気持ちがいい。

俺は途中途中で高額草や珍しい草を摘んで、現れる魔物はダグラスがサクッと片付ける。うんうん。だいぶ俺達も連携《れんけい》が取れてきたな。

今日はスライムとホーンラビットから始まって、途中で「え？　四トン車？」っていうようなジャイアントボアに遭遇。下手《へた》に逃げると追いかけてくるから立ち止まっていた方がいいって言われて引っ越し屋の大型トラックみたいなそれに突っ込んでいくダグラスを見送っていたら、ホーンラビットよりも少し大きい、ハリネズミみたいな動物がいた。いや、ここはダンジョンなんだから普通の動物はいないんだよね。しかもうっすら緑色だし。って事はこれも魔物か！

「ダ……」

ああ、でもダグラスはまだ四トン車のイノシシと戦っている。という事は……

「つ……ついに出番だな。出《い》でよ、『さすまた』！」

自分自身を勇気づけるようにそう言って俺は自作の『さすまた』をマジックポーチの中から取り出した。

【鑑定】をすると目の前のハリネズミもどきは『グリーンヘッジホッグマジロ』っていう魔物らしい。ヘッジホッグはハリネズミっていう意味だよね。その後ろのマジロって？　そう思っている体長四十センチくらいのそれはグルンッて丸くなってこっちに転がってきたんだよ！　しかも針《はり》を立ててぃるからデカいイガグリが転がってくる感じだ

「うわぁぁぁぁぁぁ！　アルマジロのマジロかよ！　く、来るな！　あわわわわわわ」

イガグリに俺の『さすまた』が勝てるんだろうか。でもやるしかないし、あれにぶつかられたら穴開くし！

「イガグリを止めろ、『さすまた』！　やぁぁぁぁ！」

とりあえず突き出したそれをイガグリ、もといハリネズミ&アルマジロが避ける。だが俺だって伊《だ》達《て》に防犯訓練を受けたわけじゃない！　当たるまで突くんだ！　頑張れ、俺！

針に当たりたくない。人はそれだけで『さすまた』をひたすら突き出し続ける事が出来るんだな。それに両側を槍みたいにしておいて良かった。だってやっぱり『さすまた』って人の動きを押さえる

ものだからさ、ハリネズミアルマジロには向かないんだよね。間に入って暴れた時に左右の刃で傷ついてくれたらラッキーだ。

「来るな、来るな、来るな〰〰〰〰〰〰！」

ああ、変化《へんげ》出来るものにすれば良かったなってふと思った。ある時は『さすまた』で、ある時は絶対に破れない『虫取り網《あみ》』みたいな形に変わるのはどうかな。それなら捕まえられるじゃん。

あ、でも虫取り網だと捕まえるだけで煙には出来ないか。う〰〰〰〰〰ん。

考えながら俺は渾身《こんしん》の力を込めて『さすまた』を突き出した。すると刃の部分にグサリとハリネズミアルマジロが自ら突き刺さってきた！

「うわぁぁぁぁぁぁ！　さささささ刺さった！　どうする？　どうするの？　刺さったらどうしたらいいの？」

「ソウタ！」

その瞬間『さすまた』に刺さって団子からハリネズミ形態に戻ったそれをダグラスの剣が綺麗に真っ二つにして、ハリネズミアルマジロ、もとい、グリーンヘッジホッグマジロは煙になった。

「大丈夫か！　怪我は？　怪我はないか！」

「……う、うん。大丈夫」

「すまん。ジャイアントボアに少し手間取った。怖かっただろう。よく頑張ったな」

そう言って剣を持っていない方の腕で俺の身体を抱き寄せたダグラスに、俺はなんだか嬉しくなって思わずしがみついた。

「ダグラスが来てくれるって思っていたから大丈夫だよ。それにほら、作っておいた『さすまた』もちゃんと使えたし」

本当は使うつもりはなかったけどさ。

「……不思議な武器だな。トライデントとも違うし」

「トライデント？」

「ああ、三叉《みつまた》のフォークのような武器だ。三叉槍《さんさそう》とも言うか」

「ふ～ん。これはね、相手の動きを封じて傍《そば》に来られなくする道具だよ。ちょっと両側を槍っぽくしたけど。だって動けなくして近づけないようにしておけば、ダグラスが今みたいにやっつけてくれるでしょう？」

俺が笑うと、ダグラスも「そうだな」って笑った。

「ジャイアントボアは倒したの？」

「勿論。肉と牙がドロップした。レッドボアよりうまいぞ」

「そっか。それにしてもカイザックが言っていなかった魔物だったからびっくりしたよ。えっと『グリーンヘッジホッグマジロ』」

「ああ、珍しい。昨日のキラーマンティスもあまり出るものではないが、グリーンヘッジホッグマジロは滅多《めった》に見ない。ほら、これがドロップ品だ。低層なのに宝石を落とす。エメラルドだ」

ダグラスはそう言って俺の前に緑色のキラキラとした宝石を差し出した。

「しまっておけ。『さすまた』でソウタが倒したようなものだ。記念に装飾品でも作ればいい」

「ありがとう」

キラキラのエメラルドを受け取って俺はマジックポーチの中にしまった。装飾品なんて前世も今も興味はなかったけど、せっかくダグラスが言ってくれたんだから何か考えてみようかな。

「よし、じゃあ進むか」

「うん」

俺達は昨日みたいに手を繋いで草原を歩きつつ、練習がてら時々短い転移もした。ダグラスにぎゅっとしがみついていれば、ちゃんと二人で転移出来る事も何度も確認したよ。

とりあえず今日は三層まで行く。どこに幻の花が咲いているのか分からないから三層は隅から隅まで見なければいけない。

「あ、初めて見る薬草だ」

「ソウタ、そこでそれを摘んでいろ」

ダグラスはそう言って前の方に駆けていった。少ししてからそこにいたのがゴブリンだったたって分かって、やっぱり俺はいい旦那さんをゲットしたなって思ったよ。

二層ではスライムとホーンラビットが五匹ずつ。ジャイアントボアが二匹。グリーンヘッジホッグマジロは一匹だけ。でもキラーマンティスは今日も出た。しかも三匹も。レアじゃなかったのか？

それと毒蛇も出たよ。一層よりも強いブラックポイズンスネークとかいうのがまたまた団子になっていて、やっぱり叫んだ。だってマジで気持ち悪かったんだもん。

そして、ゴブリンも出た、と思う。多分結構出たんじゃないかな。でもダグラスが俺に見せないように全部やっつけた。ドロップ品すら見せなかった。だから俺も知らん顔して薬草摘みをしていたよ。

途中で昼食もとった。と言っても歩きながらだけどね。エイダの店のコロッケサンドだった。ダグラスはいつの間にエイダの所でこんなに沢山の食べ物を調達したのかな。マメだよなって思ったし、俺ってマジで愛されているなって思ってちょっと顔が熱くなった。

「ソウタ、あれが三層への階段だ」

今日はいきなり大木があって、その脇に木の階段があった。もっともその前にはゴブリンがいて、俺が慌てて『さすまた』を取り出す間に五匹のゴブリンは煙になっていたけどね。

「ダグラス、ありがとう」

「ああ、約束だったからな。滑《すべ》らないようにゆっくり下りろ」

言葉と一緒に差し出された手をしっかりと握って俺はゆっくりと木の階段を下りた。そして……

「うわぁ……」

草原から一転。聞いてはいたけれど、目の前に広がっていたのは森だった。

4　三層は森の中

森に入ったのは明るいうちだったから、おどろおどろしい感じじゃなくて何となく森のピクニックというか、昔行った林間学校みたいな感じだった。

途中には薬草以外にも初めて見るキノコがあって、【鑑定】と【創造魔法】で『食用可』のものか、何かが出来るという記載があるものを採ろうとしたら、滑るキノコもあるからってダグラスが手袋を貸してくれた。本当にうちの旦那さんは有能だ。

「ねぇ、ダグラス。三層は何が出るの？　カイザックは言ってなかったような気がするけど」

採取をしながら尋ねると、周囲を見回しながらダグラスが答える。

「ここの三層はグレーウルフやビッグアウルだったか、ラタトクスも出たかな」

グレーウルフは何となく分かる。狼《おおかみ》だよね。で、アウルっていうとフクロウか。でもってラタトクスってなんだ？

「ラタトクスって何？」

「リスみたいなモモンガみたいな魔物かな。集団でくるからちょっと面倒なんだ」

「リスかぁ………」

う〜ん、チョロチョロきて齧《かじ》られるのは嫌だな。

「奴らは火が嫌いだ。【生活魔法】の『ファイヤー』でも時間は稼《かせ》げる。ソウタの傍に寄せるつもりはないがさっきの『さすまた』よりは『ファイヤー』の方が有効だ。無理そうなら特大の『ライト』でもいい。でもそんなものを使わせないようにするよ」

「うん。よろしくね、旦那様」

「おう！」

嬉しそうに返事をしたダグラスはさっそく現れたグレーウルフという名前のままの灰色狼の魔物をサクサクと煙に変えた。後には牙や毛皮が落ちた。その後は馬鹿デカいフクロウも飛んできた。飛んでいる魔物をどうやってやっつけるんだろうって思ったら風魔法であっという間に倒してしまった。

ビッグアウルは大きな羽と小さな魔石を落とした。

その後もグレーウルフとビッグアウルが何度か現れて、なぜか二層の奥に出る筈のゴブリンも出た。

「なんで⁉」って叫んでいる間にダグラスが煙にしてくれた。

A級って本当にすごいんだな。こんなに強いのにA級なんだから、S級ってもう人間じゃないのかもしれない。ランクって言わずに級で呼ばれるのはAとSだけなんだ。それだけ強いし、なれる人も少ないんだろうな。俺はここでDランクになったらもう十分。年一で更新を忘れなければいい。まぁ、その前に幻の花《プルヴァムール》を見つけなきゃいけないんだけどさ。

「日が暮れてきたな。ちょうどセーフティーゾーンだ。今日はここまでにしよう。とにかくこのフィールドをくまなく探さないといけないから体力は落とさないようにしないとな」

「分かった」

そうだよね。体力大事。だからポーションがあっても毎日はしたら駄目だ。そう言うとダグラスの眉が八の字になった。

「…………ソウタ……」

「ここにどれくらいかかるか分からないんでしょう？　最高五日間になるかもしれないし。だから毎日はしない」

「……俺は昨日、一回だけだ」

「俺は五回だった」

「………イかせないようにすればいいのか」

「絶対ヤダ」

なんていう恐ろしい事を言うんだ。延々と射精も出来ずに抱かれていたら地獄《じごく》だよ。まぁ、ダグラスの気持ちも分かるんだけどさ。だって依頼から帰ってきたらダンジョンの話になって、行く事が決まったからその準備で結局何も出来なかったんだもん。だから昨日は久しぶりだったんだよ。でもさ、ものには限度があるし、ましてやダンジョンの中の誰が来るか分からない休憩所のテント内だからさ。延々とはねぇ……

「ジャイアントボアのステーキ食べるんでしょう?」

「……ああ」

「俺ね、唐揚《からあ》げとポテトフライ持ってきた。それも食べよう」

「……………そうだな」

がっくりと肩を落とすダグラスに俺は小さく笑ってその腕にしがみついた。

「誰もいなかったら、考える」

「!」

はたして、セーフティーゾーンには一組の冒険者がいた。ダグラスのテンションが目に見えて下がったのが分かった。だけどどうやら天は今日一日魔物を倒しまくったダグラスに味方をしたらしい。気安く挨拶《あいさつ》をしてきた三人組は、食事休憩をしただけでこれから出発をするのだと言った。

「え? 夜になるのに?」

俺がびっくりして聞き返すとリーダーらしい人が説明をしてくれた。

「ああ、この先にディアベルファレーナが出るんだ。そいつを狙《ねら》ってそのまま四層に下りる。すでに階段の位置は把握《はあく》しているから」

そう言う男にダグラスが口を開いた。

「ディアベルファレーナ？　この層に出るようになったのか」

「最近目撃があった。四層で見つけるよりもここで見つけた方が安全だから」

「そうか、そうだな。四層だと面倒なのが出てくるしな。幸運を祈るよ」

「ありがとう。ここで泊まり？」

「ああ、俺達は《プルヴァムール》狙いだ」

「《プルヴァムール》！　そういえば目撃情報が出ていたな。俺達は南を回ってこちらに来たが見かけなかった。そちらも幸運を」

「ありがとう」

三人の冒険者達は爽《さわ》やかに出ていった。

「……誰もいなくなったな」

「そうだね～」

にやけているよ、ダグラス。まぁでもまずは食事だ。ああ、でもその前に。

「ディアベルファレーナって何？」

「夜に出てくる蛾《が》の魔物だ」

「蛾！」

そんな魔物までいるのか！　でも俺は見たくないな。多分大きい蛾なんだよね。畳《たたみ》サイズの蛾が出てきたら失神しそうだよ。

「それって夜にしか出てこないの？」

「ああ、ちょうどこれくらいの時間から夜が明けるまでの間に現れる。幻影を見せる魔物でちょっと厄介《やっかい》だが、幻影作用のある粉をドロップする。それから幻影薬が出来るから結構な高値が付くんだ」

幻影を見せる薬の意味が俺にはよく分からなかったけど、分からないでもいいかなって思った。世の中色々なものを欲しがる人がいるんだよね。幻の花もそうだしさ。

「さて、じゃあまずは食事にしよう」

ここに入った時とは打って変わって機嫌が良くなったダグラスに、俺はしょうがないな～と思いつつ食事の支度《したく》をした。勿論【創造魔法】頼りだけどね。ジャイアントボアの肉は確かに美味しくて、ポテトフライはつまんだけど、唐揚げはちょっと無理だった。そして、食事も終わって、後片付けもして、ダグラスはすでにやる気満々で……

「ダグラス」

「うん？」

「昨日みたいにしたら、もうダンジョンの中ではしないから」

「分かった」

「延々とイかせないっていうのも駄目だから」

「了解だ」

「…………じゃあ、する?」

「ああ!」

そう言って嬉しそうに抱きしめてきたダグラスはひょいと俺を抱き上げて、テントの中に入った。

「約束。忘れないでね」

「ああ」

「今日も一日ありがとう。明日もよろしくね」

「まかせておけ」

「うん」

そうして俺達は口づけをして、抱き合った。

◇◇◇

「よし、出発するぞ」

「は〜い!」

ポーションも必要なく、朝ご飯を食べて元気に出発。ダグラスは約束を守った、というか、俺が寝落ちた。酷《ひど》い嫁でごめんよ。でも気持ちよくて……寝ちゃったんだよね。えへへ。

さすがに起きた時に「早く花を見つけて帰ろう」って真剣な顔で言われたよ。ごめんね。

というわけで、昨日の冒険者達の話だと南側には《プルヴァムール》はなかったみたいだから、俺達は北側に行ってみる事にした。俺の知っている情報は今のところ、カイザックが言っていた三層っていうものだけだ。この層がどれくらいの広さなのか分からないけど、とにかく【鑑定】をフルに使って探し出す以外方法がない。魔力回復ポーション（オレンジ味）も持ってきて良かったよ。

歩き出して最初に現れたのはリスの魔物だというラタトクス。リスよりは大きくて、しかも言われていたように集団でやってきた。

俺は『さすまた』で対応出来るかなって心配したけど、全く問題なかった。ダグラスがあっという間に風魔法で巻き上げてそのまま よく分からないうちに煙に変えていたんだ。

というわけで、ラタトクスが落としたのは小さな魔石とちょっぴりの毛皮だった。集団だと面倒だけど、一匹一匹はあまり強くないので、そんなに良いものは出ないんだって。

その後は昨日も出たグレーウルフやビッグアウルにも遭遇。それでも俺はキノコや薬草摘みが出来て、ちょっとだけ転移の練習も出来たよ。でも見える範囲での短いものだけどね。だって《プルヴァムール》を見逃すと困るからさ。

「ダグラス、ダグラスが知っている今までの目撃情報で、どんな所に咲いているのかっていうのは全然ないのかな」

「ああ、見たっていう情報だけだと思う。ここの三層で目撃されているのは俺は知らなかった。元々この花は情報があまり上がってこないんだ。それが幻の花と言われるようになった一因だ。ただ森の層での情報が多いからそういう場所で咲くんだろうとは言われている。それくらいだな」

「森の中に咲いている花かぁ……う〜ん、鑑定をかけてもその名前のタグは出てこないなぁ」

俺とダグラスは、昨日よりはマシだけどやっぱり三層にしては多いらしい魔物をダグラスが倒し、俺は薬草やキノコを採取しつつ、北へ北へと進んでいった。

「ねぇ、ダグラス。ずっとこっちに歩いていって迷ったりしない？」

「大丈夫だ。どこまでも続いているように見えてもこの空間は無限ではないんだ。真っ直《す》ぐ進んでいてもいつの間にかセーフティーゾーンがある方に導かれている。そこからどちらに進んでもやがては次の層への階段が現れる」

「そういうものなんだ〜」

「そういうものだ」

なんだかよく分からないけれど、ダグラスが大丈夫って言うなら大丈夫なんだろう。そう納得して俺は改めて前を見た。すると……

「あれ？　何かいる？」

少し離れた木の間にチラッと動くものが見えたような気がした。ダグラスがサッと剣を構える。

「面倒なのが出たな。ソウタ。万が一襲ってきたら見える範囲で短い転移を繰り返して距離を取れ。間違っても『さすまた』で押さえようとするな」

「わ、分かったけど、なんなの？　何がいるの？」

ダグラスがそんな風に言うなんてよほど強い魔物なのかな。

「フォレストベアとトレントだ」

ベアは分かる。多分熊の魔物なんだよね。でもトレント？　トレントってなんだろう？

そう思った瞬間、ダグラスが走り出し、前から大きな熊と木がこちらに向かってきた。は？　木？

え？　木が走ってこっちに来る？

「フォレストベアから片付けるから、とにかくトレントから間合いを取れ」

言葉の通りにダグラスは熊に向かってファイヤーボールを出して威嚇《いかく》してそのまま飛び上がって剣を振り下ろした。その戦いを全く気にせず、何本もの木が、まるで前世で見たアニメみたいに俺に向かって走ってくる。

「うわわわわわ！」

言われた通りに俺は少し後ろに転移をした。一瞬「あれ？」って感じで立ち止まった木は次の瞬間再び走り出した。

「マジか！　木に追いかけられるってなんなんだよ！」

俺は【鑑定】をかけながら魔物のタグが立っていない所に転移を繰り返した。とにかく逃げていればそのうちダグラスが来てくれる筈だから、それまでは逃げて逃げて逃げまくらなければ！

魔女の手先みたいな木のお化けがどんな攻撃をするのか分からないけど、間合いを取っていれば大丈夫……なんだよね?!

だけど、さすがにあっちこっち短い転移を繰り返していると魔力がヤバい。転移って普段はそんなに使わないからよく使う魔法に比べると燃費が悪いっていうか、魔力を食う感じなんだ。

「ひぃ～！　二手に分かれてきたよ～！」

考える力のある魔物なのか！　木のくせに！

マジックポーチの中から魔力回復のポーションを取り出して飲んでから【鑑定】をして安全な方に転移。でも一動作が入るだけで木のお化けはさっきよりも近くなる。

もっと遠くに飛んだ方がいいのかな。でもそうするとダグラスから離れる事になるから、それはそれでリスクが高くなる。

チラリとダグラスの方を見ると、どうやら二匹目の熊を倒しているみたいだった。一匹だけじゃなかったのか！　ダグラスには近づけない。トレントが二手に分かれてはさみ打ちみたいに近づいてくるから逃げるのはどうしても後方になる。

「わわわ！　枝で攻撃してくるのか」

ってていうか！　あの枝が刺さったら死ぬよね！　しかも何か吐き出してるのもいる！　樹液？　何かの実？

「わけ分かんないよ～～～～～～～～～！」

近くに飛んできた石礫《いしつぶて》みたいな実みたいなのがドスッて土の中にめり込んで俺は思わず顔を引きつらせた。あんなのが当たったらマジでヤバいって！

「あ～もう！　森の奥の方にしか逃げ場がないじゃん！　でも奥には他の魔物がいるかもしれないし、でも、うわわわわわ！　あいつ足みたいな根っこまで伸ばせるのかよ！」

じりじりと追い込まれるように俺は森の奥の方に転移を繰り返した。一応そっちに魔物がいないのは【鑑定】しているつもりだけど、それでも本当にいないのかは分からない。だって表示されているタグが魔物じゃないとは言い切れない。俺が知らないだけかもしれないし。見逃している可能性だってある。

「……これ以上ダグラスと離れるのはまずいよね。あいつらの後ろに転移出来るかな。でも万が一失敗したら俺、ボコボコになっちゃう」

そう。枝や吐き出される実で物理的にボコボコの穴だらけになってしまうかもしれない。

「どうしよう。ダグラスはもうなんちゃらベアを倒したかな。ちゃんと俺の居場所が分かるかな」

トレントは実を飛ばしたり、枝や根っこを伸ばしたりしながら俺との距離を確実に縮《ちぢ》めてくる。どうしたらいいんだろう。何が出来るだろう。トレントの弱点はなんだろう。

「木なんだから火には弱いだろう。でも俺、火魔法は生活魔法くらいしか…………」

いや待てよ、もしかして出来る？　でも魔力が……。だけどこのままじりじりと間合いを詰められてボコボコの穴だらけになるよりは……

「お、男は度胸だ！　魔力回復ポーションはまだあるし！」

自分を奮《ふる》い立《た》たせるようにそう言って一つ大きく深呼吸をすると、俺は大きく口を開いた。

「【創造魔法】、炭作り！」

すると一番手前にいたトレントがいきなり真っ黒な炭になった。しかも想像していたのが前世によく買い物をした焼き鳥屋さんの備長炭《びんちょうたん》だったから、現れたのはまさにそんな感じのものだ。火魔法は使えなくてもステーキは焼けるし、作った事がなくても唐揚げだって出来ちゃう俺の【創造魔法】に驚け、トレントめ！

「ふっふっふ、意外と魔力量を使わないな。これならいけるぜ。【創造魔法】『備長炭もどき』！」

魔法を使う度に目の前に炭が増えていく。俺を追い詰めていたトレント達がじりじりと後退し始めた。それを見ながら俺はポーチから取り出した魔力回復ポーション（オレンジ味）を口にして『備長炭もどき』を乱発した。

慣れてくると二、三体まとめて炭化出来るようになった。この調子でって思っていたら「ソウタ！」っていう声が聞こえて俺の前のトレント達が一気に炎に包まれて、煙に変わった。

「大丈夫か！」

トレント達が消えた視界の中に現れたのは勿論ダグラスだった。

「ダグラス！　大丈夫だよ。【創造魔法】で備長炭みたいにしたんだ！」

「びん？　ま、まぁ無事なら良かった」

「うん。なんちゃらベアは倒せた？」

「……ああ、フォレストベアは結局三体も出てきたんだ。でも無事に魔石と毛皮になった。トレントはいい資材になるからまずまずの値がつく。こうして火で燃やしても使える素材が出てくるのはダンジョンのいいところだな。それにしても想定外の魔物が多い。ギルドに報告案件だ。ディアベルファレーナが現れるようになったというし、少し出てくるものが変わってきているのかもしれないな。ところでソウタ。あれは？」

ダグラスは真っ黒のトレントもとい、備長炭もどきを指さした。

「炭だよ。トレントの」

「は？　いや、待て待て待て、どうして煙にならずに炭？　になっているんだ？」

「さぁ？　でも【創造魔法】で前世の炭を考えたら出来た」

「…………そうか。ソウタの魔法は本当に規格外だな」

苦笑するダグラスに俺も「へへへ」って笑った。だって出来ちゃったんだもん。資材にならずに炭になっちゃったから買取はしてもらえないと思うけど、備長炭もどきならきっと美味しい焼き鳥やステーキが焼けると思うんだ。炭はダグラスがサッとマジックバッグにしまってくれた。さて、では再び《プルヴァムール》探しをしないとね。

「なんか、ホッとしたらお腹が空《す》いたね、ダグラス」

「ああ、そうだな。何か食べてから花探しをしようか」

「うん」

何にしようかな。せっかくだからあの炭でホーンラビットの肉を焼いてみようか。どこでなら焼けるかな。焼いている時に他の魔物が現れたら嫌だしな。

そう思ってキョロキョロとした俺は、少し先の大きな木の根元に咲いている花を見つけた。

「……ダグラス」

「どうした？　エイダのハンバーガーならまだ残っているぞ」

「見つけた」

「え？」

「見つけたよ！　《プルヴァムール》！」

俺は叫ぶようにそう言って走り出した。

5　幻の花の正体は……

「ソウタ！　一人で行くな！」

「あ、うん。でもほら、これだよ。鑑定すると《プルヴァムール》って出るよ！」

トレント達に追われるように森の奥に入ったのは、結果オーライっていうか、終わり良ければすべて良しみたいな感じになったのかもしれない。

「これかぁ……こういう大きな木の近くに咲く花なんだなぁ……」

幻の花と言われる《プルヴァムール》はピンクから白へのグラデーションの花びらで、薔薇《ばら》みたいなゴージャス感はないけれど、小さめのカーネーションみたいな感じだった。幻って雰囲気はあんまりしないけど、一体何になるんだろう？　俺は更《さら》に詳《くわ》しい【鑑定】をしてみた。そして……

「え！」

「どうしたソウタ！」

ダグラスが俺の声に驚いて傍《そば》に駆け寄ってきた。

「あ、うん……えっと、えっと……ダグラスはこの花が何に使われるのか知っていた？」

「使われるって……ああ、そうか。ソウタはカイザックから聞いていなかったのか」

という事は知っているんだね？　俺は花とダグラスを交互に見て思わずため息をついた。

俺の【鑑定】に出てきたのは、『妊娠促進《そくしん》効果』と『催淫《さいいん》効果』だった。この花と精力増強効果のある素材を混ぜて作られた薬を服用すると、妊娠出来る確率が上がるとか。マジか……すごいな異世界。そう思って見るとさっきは結構可愛《かわい》いって思えたピンクのグラデーションが違う感じに見えるから不思議だな。

「どうしても跡取りが欲しい貴族や、まぁ……当主の子を産みたいという側室からはよく求められているんだ。ただ前にも言ったように咲く場所も、森の層らしいくらいしか分かっていないし、咲く条件があると言われているが、その条件が分からないから幻の花として有名になり高額で取引をされている。もっとも依頼達成が難しいため、受ける冒険者はあまりいない。運よく見つけてから依頼を探すか、買取、もしくはオークションに出すという感じかな」

「……は〜……そうなんだ〜。まぁ、でも見つかって良かったよ。ええっと依頼は三輪だよね。まずは一つ」

俺はそう言いながら慎重《しんちょう》に花を採取してそっとマジックポーチにしまった。よし、あと二輪。だが、さすが幻の花だ。大木の周りやその近くの木の根元を探しても一輪も咲いていない。

「嘘だろう？　咲いているのが一輪？　他に蕾《つぼみ》とか、葉っぱだけとかもないわけ？　いきなりポツンと咲くの？」

俺はもう一度大木の所に戻ってその周囲に生えている草に【鑑定】をかけた。だって目で探すよりもその方が確かだもんね。

俺がしゃがみこんで【鑑定】をしていると、ダグラスが「ビックアウルの上位種が出た。ソウタはここで花を探していろ。すぐに戻る」と少し先に走っていった。ちらりと見ると金色のデカいフクロウみたいなものがダグラスの方に向かってきていて、『ゴールデンアウル』っていうタグが見えた。金色のフクロウか。本当に色々な魔物がいるんだな。まぁ、魔物はダグラスに任せておいて、俺はあと二輪《プルヴァムール》を見つけよう！

けれど目当てのタグは出てこない。

「えぇ～……ない。もしかして種が飛ばされてきたのかなぁ。それにしても一つだけって……」

何か手がかりみたいなものはないかな。そう思いながら俺は地面から離れて大木の方に近づいた。もしかしたら松茸《まつたけ》みたいにこの木の傍に出てくるものっていう可能性もあるよね。

「というかこの木はなんていう木なのかな」

【鑑定】すると『アモラスエナジーイーター』と出た。

うん？　イーター？　あれ？　イーターって……

その瞬間、大木の上から無数の蔓《つる》が落ちてきた。

「うわぁぁぁ！」

太い蔓はあっという間に俺の身体に巻きついて、そのまま上へ吊り上げられてしまった。

「え、ちょっと、何これ！　イーターってやっぱり食べるって意味なのか？　もしかしてこれって魔物？」

そう言っている間にも蔓は俺の身体を空中で固定して、もう少し細めの蔓が手足を動けないように巻きついていく。マジで、ヤバい！　食べられちゃうのか？　マジで食人木なのか⁉

「ダ、ダグラス！　助けてダグラス！」

俺、食べられちゃうよ！

ギチギチに巻かれた太い蔓。手足を押さえる少し細めの蔓。どうやって食べるんだろう？　何かのアニメみたいに木の真ん中に口が開いてそこに投げ込まれちゃうのかな。嫌だよ、木になんて食べられたくないよ！

だが、『アモラスエナジーイーター』は俺の想像の遥《はる》か斜《なな》め上をいった。拘束《こうそく》していた蔓からよく分からないけどヌルヌルした樹液みたいなのが滲《にじ》み出《だ》してきたんだ！

「な、なにこれ、きも……」

ヌルヌルするけどがっちり捕まえられている身体が滑《すべ》り落《お》ちる事はなくて、もしかしてこれで融《と》かされて養分にされるのかって絶望的になった途端、ダグラスが俺の名前を呼びながらこっちに戻ってくるのが見えた。

「ダグラス！　俺、俺、融かされて木の養分にされちゃうかもしれない！」

「させない！」

そう言うとダグラスは木の根元に剣を突き立てた。けれど『アモラスエナジーイーター』はびくともしない。そうしてダグラスも捕らえようと再び沢山の蔓を地面に向けて下ろした。

「ダグラス逃げて！」

だけど勿論、ダグラスは逃げる事はしなかった。下りてきた蔓をスパスパと切って、再び向かってこようとするそれにファイヤーボールを投げつけたんだ。

うん。木は火を嫌がるかもしれないけど、それで俺の方に火が回ったらどうするんだよ！

「ソウタを離せ！」

そう言って今度は上の方の枝にウィンドカッターをぶつけるダグラスにちょっとだけ、そう、ほんのちょっとだけ間違えて俺には当てないでくれって思いながら、なんとかこのヌルヌルの蔓から抜け出せないか身体を捻《ひね》ってみた。だってさ、ダグラスと戦っているから、俺の方がほんの少しでもおろそかになってくれないかなって思ったんだ。だけど……

「……え……」

身体を捻った途端、なんだか覚えのあるヤバい感覚があった。ドキドキして息が上がってくる。

「へ……な、なんで？　な、や……あ……」

しかもどうして服がじんわりと消えていくのかな？　融けてる？　マジで融けてる？　俺も融けちゃう？　いや、融けているんじゃなくて、もっと細い蔓が脱がしている⁉

「ま、ちょ……なん……あ、やぁ！　やだぁ！」

「ソウタ！」

蔓に捕まえられたまま、もっと細い蔓に服を脱がされていく俺を見てダグラスは今度は俺を吊っている蔓の上の方に向かってウィンドカッターをぶつけたけど、太い蔓はまるで鋼《はがね》みたいにそれを弾《はじ》き飛《と》ばしたのが見えた。

「つ、蔓が、あ、あ、や、ヌルヌルの何かを出して……や、やだぁ……ダグ……ダグラス、助けて」

「待っていろ、ソウタ！」

そう言うと、ダグラスはグッと膝を曲げて地面を蹴り、大木を駆け上《のぼ》るようにして『アモラスエナジーイーター』の太い枝に飛びついた。そこに再びワーッと蔓が押し寄せる。

「ダグラス！　……っ……あ、やめ……」

だけど俺もダグラスの心配をしているどころじゃなくて、身体がどんどん熱くなって、とんでもない事になりそうな感じになってきた。

「なんで？　なんで蔓の分際で服を脱がせられるんだよ！」

しかもこの細い蔓は着ている服を剝《は》ぎ取《と》りながら確実に俺の性感帯を責めてくる。このままでは俺は木の蔓にイカされちゃうじゃないか！

「あ、やめ……やだぁ……胸……触ったら駄目だって……やぁ……」

腹の辺りに太い蔓が巻き付いているからズボンはなんとか落ちずにいるけど、上半身はほぼ裸になっちゃって、そこを細い蔓がうねうね這《は》い回《まわ》っているから、本当なら気持ち悪い筈なのに、気持ちよくなっちゃうんだよ！

だ・か・ら！　乳首《ちくび》に巻き付くなぁ！　キュッてするなぁぁぁ！

「は、は、はぁ……あぁ！　やぁ……」

このヌルヌルってもしかして、やっぱりそういう感じの成分が入っているのかな。ハッ！　もしかして『アモラスエナジーイーター』のエナジーって……精力？　エナジーイーターってまさか精力を食うって意味？　アモラスがよく分からないけどなんとなくロクなもんじゃないって気がするよ！

でも今それが分かっても俺が色んな意味で食われそうになっている現実は変わらない。

その間にも『アモラスエナジーイーター』の蔓は容赦《ようしゃ》なく俺の胸を責めてきて、しかもズボンを剥ぎ取ろうとし始めた。もう身体はヌルヌルのベトベトだし、あそこは勃《た》ち上《あ》がってきているし、どうするの、俺！

「ズボンは取ったら駄目ぇ！　んんん！　やだ！　やめてくれ！　あ、あ」

「ソウタ！　ソウタ！」

ダグラスは水魔法と風魔法で片っ端から枝と蔓を伐採《ばっさい》し始めた。一番太いのは魔法で切れないのは分かったし、木自体が火に弱いのは分かっているけど、自分も枝の上に登っていて、俺もグルグル巻きにされているからこれ以上火魔法は撃てないって判断したのかもしれない。

それでもじりじりと俺の方に移動しているのが分かって、泣きそうになった。

「ダグ……」

「大丈夫だ。必ず助ける。もう少し我慢してくれ」

「……うん……あ、や、蔓が、す、素股《すまた》してくるよぉぉ！」

俺のズボンは有能な細い蔓のせいで短パンみたいになっていた。両足首をひとまとめにして俺の動きを封じている中くらいの蔓のお陰で足は閉じていられたんだけど、それを利用してむき出しになっている太ももの間にヌルヌルした太い蔓が突っ込んできやがった！　しかも確実に俺のあそこを狙っているようで、それを助けるみたいに中くらいの蔓が両足首の固定を外すと、すぐに左右それぞれの足首に絡みついて、ご開帳を試み始める。

「は、や、も……やだぁ！　やめて、も、やめてくれ……やぁ」

涙が出たし、声を上げながら涎《よだれ》も出た。しかもあそこからは先走りのあれがじんわりと出てきているのが分かる。それが魔物にも分かるのか、太い蔓はヌルヌルを擦《こす》りつけるように素股を加速している。ううう、太ももが擦《す》り切《き》れちゃうよぉ、後ろの方にもヌルヌルが付いちゃうよぉ。

今でさえもういっぱいいっぱいなのに、細い蔓は俺自身に容赦《ようしゃ》なく絡みついて、勃ち上がってしまったそれをさらに扱いてきはじめた。

ほぼ全裸で木にぶら下がっているのなんて嫌だよ。蔓でイカされるのも、万が一にもダグラスの前で木の魔物に犯されるのも絶対に嫌だよぉ！

「あ、あ、あぁ……！」

そう思っているのに、短い声を上げながら俺は木に吊られたまま射精をしていた。白濁《はくだく》がパタパタと地面に落ちていくのが見えて絶望的な気持ちになった。

悔しい、悲しい、恥ずかしい、情けない。そんな気持ちが溢《あふ》れ出《だ》してどうしたらいいのか分からなくなった次の瞬間、俺は信じられないような光景を目にした。

俺のあれが落ちた所に花が咲いたんだ。しかもピンクのグラデーションのあの花だ！

「……は……？」

思わず呆然《ぼうぜん》としたその隙に、中くらいの蔓が必死に閉じていた俺の足をパッカーンと開いた。

「！　うわ！　うそ、ま……や、やだ！　嫌！　やだぁぁぁぁ！」

大きく開いた足の間では、もはやそこが丸見えになっていた。いつの間に全部脱がしたんだ、細蔓！　っていうか、太蔓は入る気満々でヌラヌラするなぁぁぁぁ！

「やぁぁぁぁ！　やだ！　来るな、来るな、来るなぁぁぁぁぁぁ！」

「ソウタ！　蔓を切るから動くな！」

ダグラスの声がする。もうすぐそこまで来ているのが分かる。でもでもでも、あそこにあれが入りそうなんだもん！　ちょっとでも気を抜いたらズブッてきそうなんだもん！　なんなら口の中にも入ってきそうなんだもん！

「クソッ！」

中蔓にがっちり摑まれた手足をバタバタさせて、腰に巻きついたまま俺の中に入ろうとしている太蔓に必死で抵抗した。

だって、こんなの嫌だよ。絶対に嫌だ。こんなのに犯《や》られるくらいなら死んだ方がマシだもん。

「いやだぁぁぁぁ！」

「ふざけんな！　そこは俺だけの場所だ！」

なんて言ったらいいのか分からないような言葉と共にダグラスが俺に飛びついてきた。そうしてそのまま俺を宙づりにしていた太い蔓を大きな剣で切る。

「ひっ！」

「離さないから、安心しろ」

ダグラスは俺を抱きかかえたまま地面に着地すると、まとわりついていた蔓をむしり取ってから、『クリーン』もかけて、ほぼ全裸の俺を自分のマントで包《くる》んでくれた。

「助けるのが遅くなってすまなかった」

「……ううん。た、助けてくれて、ありがとう」

感動の場面だけどまだ『アモラスエナジーイーター』が死んだわけじゃないんだよね。

その証拠に再び蔓を伸ばしてくるエロ木に向かってダグラスは怒りを込めて今度こそ大きなファイヤーストームをぶつけた。その火が森に広がって大火事になったら大変って思ったけど、ダグラスの魔法の炎はエロ木だけを焼き尽くしていく。

叫び声のようなものをあげながら燃えていくエロ木。もとい、『アモラスエナジーイーター』。

だけど、俺にはもっと気になる事というか、身体はどんどんヤバくなっていって意識もちょっと飛びそうになるけれど、なんとしてもやらなければならない事があるんだ。

それは勿論、今回の依頼でもあるあの花だ。あれをここに残しておくわけにはいかない。

「マジで信じられないエロ木とエロ花だ！　っていうかこの花ってあの木に寄生しているのかな。それとも共生？　いやそんなのどうでもいい。とにかく！　俺ので咲いた花は全部、回収だ！　他の奴に触られるのなんて嫌だもん！」

マントの中からどうにか両腕を出して、地面の上に落ちていたマジックポーチを手に、俺は泣きながら《プルヴァムール》を摘んだ。

最初に摘んだあれも誰かの産物かと思うとうんざりする。胸から下はダグラスのマントに包まれて芋虫《いもむし》みたいになっていたけど、なんならマントにこすられてイキそうになったけど、とにかく摘んで、摘んで、全部摘み取っていくんだ！

「何をしているんだ！　ソウタ！」

「花の……っ……回収……」

涙目で真っ赤な顔をしながらふぅふぅと息をついて花を摘む俺はさぞかし異様に見えただろう。ダグラスが「もういいだろう」って言ったけど、俺は首を横に振って泣きながら「だってこれ、俺ので咲いたやつなんだもん！」と叫んだ。

一瞬何を言っているのか分からないって顔をされたけど、改めて「俺の精液で咲いたの！」と言うと、ダグラスのこめかみにビキッて筋が浮いて手伝ってくれたよ。

「大丈夫だ。もうどこにもない。帰ろう」

「ひぃあ！　あ、あ」

抱き上げられた途端とんでもない声が出た。でもここでまた花が咲いちゃったら駄目なんだよ！

「……セーフティーゾーンに駆け込むか」

言いながらダグラスは俺の身体をもう一度グルグル巻きにしなおしてマントごとしっかりと抱き締めて歩き出した。

「無理！　も、無理だよぉ……は、は、歩く振動で無理ぃ！　でもここにいたらまた花が咲いちゃうし、ああ！　途中で魔物出たら……んぅ……や、もう帰る。すぐ帰る。帰りたい！　ひぃん！」

ビクンビクンと身体が震えた。勃ち上がったままガチガチになっている俺から《プルヴァムール》の栄養素（泣）が出ちゃって、どうしたらいいのか分からなくて実際にはグルグル巻きだから出来なかったけど、ギュッとダグラスにしがみつくみたいにした。

「咲いた？　また咲いちゃった？」

「……い、いや。大丈夫。だが、ダンジョンから出ないと外への直接の転移は無理だ」

「は、早く、早く欲しいよぉ！　ダグラス、あ、ダグラス、もう、もう駄目だ。出る、また出ちゃう！　どうしてダグラスは平気なの？　なんで我慢出来るの？　時間差？　そしたらもうすぐこの辺は俺とダグラスので花畑になっちゃう？」

俺は一体何を言っているのかな？　でも何か言っていないと喘《あえ》ぎ声《ごえ》しか出なくなりそうなんだ。

「ソウタ……。俺は状態異常無効のスキルがあるから、こんなお前をここで襲う事はない。とにかく出よう。辛《つら》いなら一瞬だけ痛いが眠らせて……」

そうだった！【状態異常無効】のスキル、俺も欲しかった！　でも今はそれどころじゃない。無いものを強請《ねだ》っても仕方がない。それよりも、何よりも、この状態が限界だ。

「た、試してもいい？　あ、ふぁ……あ、出来るなら帰ってもいい？　は、は、転移、転移する！　転移したい！　家に帰りたい！　ダグラスのが沢山欲しい！」

「ソウタ、落ち着け。ダンジョンから外への直接転移は」

落ち着けるような状態ならこんな事にはなっていないよ！　俺は全身全霊をかけて口を開いた。

「帰宅！　今すぐに帰宅！　し、寝室に移動!!　は、は、あぁ！『帰宅転移！　ただいま！』」

思いつく言葉を口にした。帰る、帰る、帰る、ダグラスと一緒にうちに帰る。それだけを願った。

そして……神様プレゼントの魔法はダンジョンの常識を超えた。

こうして俺達の新婚旅行は強制終了したのである。

6　長い夜と戻ってきた日常

「まだ、だめ……抜いたら駄目……」

途切れ途切れの掠れ声でそう言いながら、ダグラスが奥を打ち付ける動きに合わせて冷めない熱を持て余しながら俺はヘコヘコと腰を揺らしていた。

「抜かないけど、少しポーションを飲んでおけ」

「………うん」

返事をすると唇が重なって温《ぬる》いブドウ味の液体が口の中に流し込まれた。

もう何回目か分からないくらい出して、出されて、なんなら下腹の辺りがポッコリしちゃったりしているにもかかわらず、俺はダグラスを離せずにいる。

マントグルグルで抱きかかえられたまま俺はダグラスと一緒に二階の寝室に『帰宅』した。

さすがのダグラスも呆然としていた。そうだよね。ダンジョン内からは外に転移は出来ない筈なんだもんね。でも切羽詰《せっぱつ》まった俺の事情はそんな常識には従っていられないんだ。それにダグラスだってまともに出来なかったんだから、ノープロブレムってやつだよ。

そんな俺に「さすがソウタだ」って苦笑して、ダグラスは「魔力は大丈夫か？」って尋ねてきた。前に魔力切れを起こしているからだ。

「大丈夫だけど、大丈夫じゃない」

俺の答えに笑って「分かった」って言うと、ダグラスはそのままベッドにダイブではなく、ソッコー風呂場に駆けこんだ。

さすが俺の旦那様だ。『クリーン』をかけてもやっぱりヌルヌルは気持ち悪かったし、その後にやらかしているのが分かっているからね。

風呂場でお湯を浴びながら、疼《うず》いていたそこに入れてもらった。

「あぁぁあ！　あん！　いっぱい、いっぱい動いて！　いっぱい出して！」

とんでもない言葉だったけど、ダグラスはその通りにしてくれた。

そうして繋がったままエロ木の蔓が触れた所を、石鹸《せっけん》をつけて丁寧に洗ってくれた。なんとなくエイダの所で初めて触れられた時の事を思い出した。

だけどヌルヌルの催淫効果は全然消えなくて、さすが『精力を食らう《エナジーイーター》』っていう名前がついている木だなって思った。しかも近くには『妊娠促進効果』と『催淫効果』の花が咲いちゃうくらいなんだから、あの二つが寄生だったのか、共生だったのかは分からないけど、相当ヤバいものだなって後ろからガンガン揺さぶられながら身に染みて思ったよ。

立ったままで二回、立っていられなくて四つん這《ば》いになりながら二回。とりあえず風邪をひくからお湯に浸《つ》かろうって湯船に入って三回。おかしいよね！　それなのに身体はまだ収まらなくて、あれの色はものすごく薄くなっているんだけど、イケちゃうんだよ！

というわけで、風呂場でのぼせそうになって今度はバスタオルに包まれながら横抱きで寝室に移動。特注の大きなベッドに倒れ込んでこのまま眠れたら良かったんだけど、俺は未《いま》だにダグラスの腰を離さないように両足でがっちりとホールドして、広い背中にしがみついていた。

「まだだよぉ、まだ足りないよ、ダグラス。どうしよう。俺、このまま性欲が収まらなくなったらどうしよう。出すものがなくなってもずっと勃起《ぼっき》して、空《から》イキしていたらどうしよう。死んじゃうかな？　俺、あいつに入れられてないのに……宙吊りでヌルヌルされていただけなのに！」

「ソウタ。大丈夫だ。イキたいだけイケばいい。ここには俺達しかいないんだから」

「うん……あ、あ、またくる、収まらないよぉ……熱い……熱いぃ！　やだぁ、も、やだぁ。ダグラス、俺ほんとにやられていないよ。ほんとに突っ込まれていない、中にヌルヌルされてない」

「ああ、分かっている。ソウタのここは俺だけの場所だ」

そう言えば木の上でもそう言っていたな。普段だったら赤面どころかマジでヤバい言葉なんだけど、今はそれが嬉しくて、感激しちゃうんだからもう本当にカイザックが言うように『バカップル』だよね。でもそれでいいんだ。俺はダグラスの『嫁』になったんだから。

「は、あ、あ、あ、ゴリゴリきもちい……あん！　もっと……ダグラス、離したらだめ」

「離さない」

「うん……っ……きた、また、くる……あ、もっと、あぁ！」

「ここだろう？」

「うん……そ……っ……あ、あ、あ」

なんとなく入ったら駄目な所まで入っているような気もするけど、揺さぶられて、奥に熱いものが広がっていく感覚に俺は溺《おぼ》れた。

「いい、ふぁ……い、やぁぁぁん！　離れたら、だめ……っ！　……んん……」

口の中にまたブドウ味が広がった。胸をこねられて、もう何が出ちゃっているのか分からないような俺自身に長い指が絡んで、前も中も追い上げられて、全部がダグラスのものになっていく。

「……おれ、ダグラスの『嫁』で……良かった」

「ああ、俺もソウタが『嫁』になってくれて良かった」

対面座位ってやつでゆさゆさと少しだけ乱暴に揺さぶられながら奥に熱が広がって、俺もお腹の間で達した。

「愛している」

「……うん。あいしてる……すき、ダグラス……すき……。すげー……かっこ……よかった」

「そうか」

「…………うん。でもまだ離したら……だめ……」

「ああ、離さない」

唇が重なってブドウ味でない口づけは舌ごと吸い取られちゃいそうに深くて。

「ダグ……ん……っ……」

続いている律動《りつどう》を感じながらぼんやりとし始めた視界の中に、なぜか、あのピンク色の花が見えた、ような気がした。

◇◇◇

翌日の午後、というか、もう日が傾き始めたような頃に俺はようやく目を覚ました。しかも目が覚めたのはお腹が空《す》いたからだ。

一瞬ここがどこだか分からなくて、ぼんやりとしていると「目が覚めたか？」っていう声が聞こえてきた。

「………ス？」

声がうまく出ない。そんな俺にダグラスは小さく笑って「腹が減っただろう」ってベッドまで食事を運んできてくれた。並べられていたのはエイダの店の料理だ。しかもホーンラビットのパイもある。

「……いい、におい」

「ああ、焼き立てをもらってきて、マジックバッグに入れていた」

ぼんやりとそれを聞きながら、俺はようやくダンジョンの事を思い出した。勿論俺の声が出なくなっているわけもしっかり思い出したよ！

「えっと……ごめんね、ダグラス……俺、その……」

かすれた声でモゴモゴとそう言うと、ダグラスは俺の身体を起こしながらポンポンと頭を叩いた。

「大変な目にあったな。身体は大丈夫か？ 俺も加減が出来ずすまん」

「ううん。俺も、俺も……なんかすごくて……」

「いや、ソウタから沢山求められるのは嬉しかった。新婚旅行っていうのはあんな形になってしまったけど、無事に戻る事が出来て、こうして一緒にいられて良かった。ソウタは酷《ひど》い目にあったが、俺にとっては一緒に出掛けて、色々なものを見て、想定外の事はあったけれど、こんなに愛し合えて、まさしく新婚旅行だったよ」

ああ、俺の旦那様が男前すぎる！　確かに信じられないような事があったけど、それでも一緒にダンジョンに行って、俺も楽しいって思ったもん。約束もちゃんと守って魔物を全部やっつけてくれたしね！

「……うん。びっくりしたし、怖かった事もあったけど、俺も新婚旅行に行けて良かったよ」

言葉が終わらないうちに俺はダグラスに抱き寄せられていた。

「ソウタ」

俺、本当にダグラスと結婚して良かったな。色々と準備をしてくれて、好きなように薬草摘みもさせてくれて、そして、あんな滅茶苦茶な状態でもちゃんと鎮《しず》まるまで付き合ってくれて、マジで素晴らしい旦那様だよ。

しばらくの間ぎゅーッって抱き合ってからそっと離れて照れくさくなって「えへ」って笑うとダグラスは改めて俺に向き合うようにしてベッドに腰を下ろした。

「ソウタ。出来ればずっとこうしていたいんだが、少し話をさせてくれ」

「あ、うん」

改まったようなその言葉に俺はちょっとだけ不安になりながらダグラスを見た。

「まずは例の依頼についてなんだが、それはソウタから話をするという事になった」

「え？　ギルドに行ったの？」

俺が尋ねるとダグラスは「ああ」と頷いて言葉を続けた。

「ダンジョンから出た手続きをせずに出来る筈のない直接転移で戻ってきているからな。これは公《おおやけ》には出来ない。それでどうしたらいいかについて話し合い、一応ゴールデンアウルの攻撃を受けたので急いで出て、スクロールで拠点《きょてん》に戻った事にした。これをノーティウスのギルドから直接イエルデのギルドに伝えてもらって、ダンジョンを出たという報告をしてもらった」

「……ゴールデンアウルって」

「呪いの粉と言われる、本人にとって嫌な記憶を見せるものを振りまいて、一時的にパニック状態にさせるんだ」

「……………」

怖い……ダンジョン怖い、魔物怖い。ああ、でもやっぱり依頼については俺が行かなきゃいけないのか。でもあれを渡すの？　マジで？

そんな俺の気持ちがそのまま表情に出ていたのか、ダグラスは小さく苦笑してもう一度ポンポンと頭に触れて言葉を繋げた。

「ソウタの気持ちは分かるが、依頼を達成出来たのは確かだ。ただ、それがどうやって咲いたのかまでは言わなくてもいい」

「で、でも……『アモラスエナジーイーター』がいたのは報告するんだよね？」

「……ああ、おそらくあの層にあれがいたというのは報告には上がっていない。俺も初めて見た」

俺はなんとなくあの花が幻って呼ばれているわけが分かるような気がしたよ。だって咲いているっていう事は、あのエロ木が誰かの精力を食らったからだ。そして落ちたものを取り込んであの花が咲く。誰だって自分の精液で花が咲きましたなんて報告したくないもんね。勿論エロ木に襲われたって報告するなんて真っ平だと思う。

あのヌルヌルを思い出して俺はブルリと身体を震わせた。

「…………《プルヴァムール》を提出したら、カイザックは俺が『アモラスエナジーイーター』に襲われたかもしれないってイエルデのギルドに報告するかな」

だって『アモラスエナジーイーター』がどういう魔物なのかは調べれば分かる。もしかしたら《プルヴァムール》との関係だって分かっちゃうかもしれない。

「ソウタ、必要なのはあの森に『アモラスエナジーイーター』がいたという事と《プルヴァムール》が咲いていたって事だけだ。《プルヴァムール》と『アモラスエナジーイーター』との関係は確かではない。まぁ、ダンジョン内の魔物であれば、しばらくしたらリポップはするだろう。だが、あそこまでの大木になるにはたとえダンジョン内でもそれなりに時間がかかると思う。倒された時の姿ではなく、そこに現れた時の姿でリポップする筈だからな。とにかく今回は塩漬けになっていた依頼が達成された。それを他の奴らがどう思おうが関係ない。正々堂々と明日、依頼を達成させてこよう」

「……うん。分かった」

翌日カイザックの所に行って、俺は依頼通りに三輪の《プルヴァムール》を収めた。一階のカウンターで依頼申請《しんせい》がされたものではないから達成報告も納品もカイザックに直接だ。

あの時必死に摘んだ残りの花は見ていると思い出すから全部『妊娠誘発薬』と『愛の薬』っていうものにした。だってそれが出来るって【創造魔法】で出てきたんだもん。

『アモラスエナジーイーター』のドロップ品で『精力増強薬』が沢山落ちたしね！　ほんとに最後までブレないエロ木だった。そのうちチビチビ市場に流そうと思う。今は思い出すだけで恥ずかしくて悶絶《もんぜつ》したくなっちゃうから無理だけど。

俺は約束通りにDランクのタグをもらったよ。ううう、これで年イチの依頼になる。今度は、今度こそは忘れないようにしよう！

そう深く心に誓った俺の前でカイザックがニヤリと笑って口を開いた。

「やっぱりお前は思っていた通り、運が良かったな」

俺はこれっぽっちも運がいいなんて思わなかったけど、もういい、何も言うまい。とりあえず『アモラスエナジーイーター』がいた事はダグラスがもう伝えているけど、俺が襲われた事は俺もダグラスも言ってはいないし、他のギルドに報告もされていない。それで今は十分だ。どんな事が起きて、どんな風になったのか。どうやってあの花が咲いたのか、それは俺とダグラスだけの秘密だ。

なのに――……。

「それにしても『アモラスエナジーイーター』のおこぼれで《プルヴァムール》が咲くなんて、そりゃあ誰もきちんと報告はしねぇよな」

俺は後ろにいたダグラスを振り返った。ダグラスはブンブンと首を横に振る。

「――――――！」

「小僧。大丈夫だ。誰にも言っていない。まぁ、えらい目にあっただろうけど旦那もいたし、規格外の転移で帰れたし、Dランクへ昇格出来たし、終わり良ければすべて良しだ」

ニヤニヤと笑う男に俺の顔がジワジワと熱くなる。それを見てカイザックは再び口を開いた。

「その辺の薬草だって、枯れた草木を養分にするだけでなく、魔物の死骸《しがい》や動物達の糞尿《ふんにょう》なんかも栄養にしているんだ。気にする事はねぇよ。七日間の休みにしてあるからもう少し休んでいいぞ。お疲れさん」

これだから思った事をそのまま口にするオヤジは嫌なんだ！　ニヤリと笑うカイザックに俺は思わず声を上げた。

「騙したな！　ほんとは何となく予想していただろう、カイザック！」

「いやいや、何もかも想定外だよ」

「………もう行かない、二度とダンジョンになんか行かない！　ダンジョンなんて、ダンジョンなんて、大っ嫌いだ～～～～～～！」

大きな大きな俺の声はギルド中に響き、それからしばらくの間、ダグラスの『嫁』はダンジョンでゴールデンアウルに襲われて酷い目に遭《あ》ったらしいという噂《うわさ》が流れた。勿論それをわざわざダグラスの『嫁』である俺に尋ねてくる強者《つわもの》はいなかったし、俺の隣にはモニカさんがいるから絶対に確かめようなんて思わなかったんだと思う。だってモニカさんってすごく強い冒険者だったらしい。

でもその代わりと言ってはなんだけど、俺は「なかなか面白《おもしろ》い新婚旅行だったよ」という情報を流した。『新婚旅行』という聞きなれない言葉は、いつの間にかノーティウスの町から広がって、娯楽《ごらく》の少ないこの世界の一般常識になるのは数年後の事だ。

そして、《プルヴァムール》は相変わらず幻の花のままで、時々塩漬けの依頼になっている……らしい。

あとがき

tamura-k

はじめまして、tamura-k（タムラケー）と申します。

この度は「『ヒヨコ』なんて言わないで。異界渡り【魅了】付きの俺を助けたのは、イケオジA級冒険者でした」をお手に取っていただき、ありがとうございました。

投稿サイトでは一度完結していた話だったので、書籍化の声をかけていただいた時には驚くやら、嬉しいやら、とにかく有り難《あ》《がた》くて、しばらく舞い上がっていました。

しかも『新レーベルに向けて』って、これからの『運』を全部使ったのかしら！　などと思っていたのです。

コロナ禍《か》でリモートワークが主体になり、通勤時間がなくなると色々やりたくなってくるんです。ちょうど異世界モノを読み漁《あさ》っていた時期で、同人活動からは足を洗っていたのに、WEB小説に手を出しました。

元気で、ちょっとおバカで、でも憎《にく》めなくてという《受》と、面倒見が良くてカッコイイおじさん《攻》。萌えというのはいつの時代も活力です。

わ～～～～～～～～～っと突っ走っていって、「分かんなくなった！」ってちょっと赤い顔をして言う子って可愛《かわい》いですよね。

あと、ツンデレになりきれない『なんちゃってツンデレ』とか。

素直になれないけど、無意識に攻のシャツの裾《すそ》をちょっと摑んじゃうような子。

「大丈夫！」って言いながら全然大丈夫じゃない子。

どうしていいのか分からないのを「どうすんだよ！」って相手に怒鳴ってみる子。

そしてそんな子を「やれやれ……」って目線で許しつつ、しっかり溺愛《できあい》をしている、もしくはがっつり囲っている攻。

異世界マイブームも相まってソウタとダグラスが生まれ、ついつい脇役にもこだわりたくなってカイザックとモニカが生まれました。

ソウタの実年齢を考えると少し幼くなったかなとも思いますが、そこは身体に引きずられた感じで。とにかく楽しく書いていた記憶しかない作品です。

そして、この本は私にとって初めて挿絵《さしえ》のある本なのです。

表紙を含め、かっこいいダグラスと可愛いソウタを描いてくださった北沢《きたざわ》きょう先生には本当に感謝しかありません。

担当様からお知らせいただいた時は変な声出ました。嬉しくて！

本当に、本当にありがとうございました！

沢山の好きが詰まったこの本が、お手に取っていただいた皆様の何かに刺さって、楽しんでいただけたら幸せです。

『ヒヨコ』の続きを書いてほしいとずっとずっと言ってくれた友人にも感謝です。貴女《あなた》がいたから番外篇が出来て、こうして書籍化のお話もいただけたのだと思っています。ありがとう！

そして、丁寧にフォローをしてくださった担当様。

書き下ろしのプロットの予定文字数で驚かせてしまって申し訳ございませんでした。そうですよね。書き下ろし六十ページ以上って……。ふふふふ……すみません、何も考えてなくて。

総ページ数三八四ページ。分厚くなりました。それを許してくださった編集長様、担当様、そしてこの本の制作に関わってくださった皆様に感謝いたします。ありがとうございました。

最後になりましたが、新レーベル『ピスタッシュ・ノヴェルス』の創刊おめでとうございます！

このレーベルに関われた事を感謝すると共に、『ピスタッシュ・ノヴェルス』が読者の皆様に愛され続ける事を心より願っております。

またいつかお会い出来ますように祈りつつ、これからも自分の中の『萌え』を書き続けていきたいと思っています。どうぞよろしくお願いいたします。

【初出一覧】
『ヒヨコ』なんて言わないで。異界渡り【魅了】付きの俺とイケオジＡ級冒険者：
小説投稿サイト アルファポリス／小説投稿サイト ムーンライトノベルズ掲載
「ヒヨコの刷り込みなんて言わないで。魅了の俺と不器用なオッサン」を改題、加筆修正
『異界渡り』の俺はイケオジＳ級冒険者の『女房』になりました：
小説投稿サイト アルファポリス／小説投稿サイト ムーンライトノベルズ掲載
「ヒヨコの刷り込みなんて言わないで。魅了の俺と不器用なオッサン」を改題、加筆修正
『ヒヨコ』新婚旅行 in ダンジョン：書き下ろし

この本を読んでのご意見、ご感想などをお寄せください。
tamura-k 先生・北沢きょう先生へのはげましのおたよりもお待ちしております。
〒113-0024　東京都文京区西片 2-19-18　新書館
【編集部へのご意見・ご感想】ピスタッシュ・ノヴェルス編集部
【先生方へのおたより】ピスタッシュ・ノヴェルス編集部気付　〇〇先生

『ヒヨコ』なんて言わないで。異界渡り【魅了】付きの俺を助けたのは、イケオジA級冒険者でした

著者：tamura-k【たむら・けー】

初版発行：2025年5月1日

発行所：株式会社 新書館

【編集】〒113-0024　東京都文京区西片2-19-18　電話（03）3811-2631
【営業】〒174-0043　東京都板橋区坂下1-22-14　電話（03）5970-3840
【URL】https://www.shinshokan.co.jp/

印刷・製本：株式会社 光邦

ISBN978-4-403-22140-8

ディアプラス文庫
NOW ON SALE!
文庫判／毎月10日頃発売／新書館

✤安西リカ《あんざい・りか》
好きって言いたい　イラスト おおやかずみ
好きで、好きで　イラスト 木下けい子
何度でもリフレイン　イラスト 小椋ムク
初恋ドローイング　イラスト みろくことこ
ビューティフル・ガーデン　イラスト 夏乃あゆみ
人魚姫のハイヒール　イラスト 伊東七つ生
恋の傷あと　イラスト 高久尚子
恋みたいな、愛みたいな 好きで、好きで2　イラスト 木下けい子
ふたりでつくるハッピーエンド　イラスト 金ひかる
バースデー　イラスト みずかねりょう
甘い嘘　イラスト 三池ろむこ
眠りの杜の片想い　イラスト カワイチハル
恋という字を読み解けば　イラスト 二宮悦巳
舞台裏のシンデレラ　イラスト 伊東七つ生
彼と彼が好きな人　イラスト 陵クミコ
ふたりのベッド　イラスト 草間さかえ
可愛い猫には旅をさせよ　イラスト ユキムラ
恋になるには遅すぎる　イラスト 佐倉ハイジ
恋をしていたころ　イラスト 尾賀トモ
彼は恋を止められない　イラスト 街子マドカ
楽園までもう少しだけ　イラスト 七瀬
嫌いな男　イラスト 北沢きょう
普通〈ベータ〉の恋人　イラスト 市川けい
王様に捧げる千夜一夜　イラスト Ciel
ロング・エンゲージ　イラスト 緒花
隣の男　イラスト 北沢きょう
別れる理由　イラスト 暮田マキネ
ラブシーンのあとで　イラスト 楢島さち
君と暮らせば　イラスト 古澤エノ
月満ちる第四皇子の婚礼　イラスト サマミヤアカザ

✤一穂ミチ《いちほ・みち》
雪よ林檎の香のごとく　イラスト 竹美家らら
オールトの雲　イラスト 木下けい子
はな咲く家路　イラスト 松本ミーコハウス
Don't touch me　イラスト 高久尚子
さみしさのレシピ　イラスト 北上れん
ハートの問題　イラスト 三池ろむこ
シュガーギルド　イラスト 小椋ムク
meet,again.　イラスト 竹美家らら
ムーンライトマイル　イラスト 木下けい子
バイバイ、ハックルベリー　イラスト 金ひかる
ノーモアベット　イラスト 二宮悦巳
甘い手、長い腕　イラスト 雨隠ギド
ワンダーリング　イラスト 二宮悦巳
イエスかノーか半分か　イラスト 竹美家らら
世界のまんなか～イエスかノーか半分か2～　イラスト 竹美家らら
さよなら一顆　イラスト 草間さかえ
おうちのありか～イエスかノーか半分か3～　イラスト 竹美家らら
ひつじの鍵　イラスト 山田2丁目
横顔と虹彩～イエスかノーか半分か番外篇～　イラスト 竹美家らら
キス　イラスト yoco
運命ではありません　イラスト 梨とりこ
恋敵と虹彩～イエスかノーか半分か番外篇2～　イラスト 竹美家らら
ふったらどしゃぶりWhen it rains,it pours 完全版　イラスト 竹美家らら
ふさいで～イエスかノーか半分か番外篇3～　イラスト 竹美家らら
ラブ キス2　イラスト yoco
ナイトガーデン　完全版　イラスト 竹美家らら
アンティミテ　イラスト 山田2丁目
つないで～イエスかノーか半分か番外篇4～　イラスト 竹美家らら
メロウレイン 完全版㊤㊦　イラスト 竹美家らら

✤岩本 薫《いわもと・かおる》
プリティ・ベイビィズ①～③　イラスト 麻々原絵里依
スパイシー・ショコラ～プリティ・ベイビィズ～　イラスト 麻々原絵里依
ホーム・スイートホーム～プリティ・ベイビィズ～　イラスト 麻々原絵里依

✤海野 幸《うみの・さち》
蜂蜜と眼鏡　イラスト ウノハナ
ご先祖様は吸血鬼　イラスト Ciel
良き隣人のための怪異指南　イラスト 街子マドカ
ほほえみ喫茶の恋みくじ　イラスト 雨隠ギド
一途なファンの恋心　イラスト カワイチハル
諦めきれない恋の橋　イラスト 陵クミコ
恋じゃないなら愛かもね　イラスト たつもとみお
小説仕立てのラブレター　イラスト 羽純ハナ
悩める小説家のための怪異デート　イラスト 街子マドカ

✤華藤えれな《かとう・えれな》
愛のマタドール　イラスト 葛西リカコ
裸のマタドール　イラスト 葛西リカコ
飼育の小部屋～監禁チェリスト～　イラスト 小山田あみ
甘い夜伽 愛の織り姫　イラスト 小椋ムク
情熱の国で溺愛されて　イラスト えすとえむ
愛されオメガの婚姻、そして運命の子　イラスト ミキライカ
猫と人狼と御曹司の溺愛子育て　イラスト Dite
さみしい神様のメリーゴーランド　イラスト 木下けい子
皇子と仔猫の愛されっこ　イラスト カワイチハル

✤金坂理衣子《かねさか・りいこ》
気まぐれに惑って　イラスト 小嶋めばる
漫画家が恋する理由　イラスト 街子マドカ
型にはまらぬ恋だから　イラスト 佳門サエコ

✤可南さらさ《かなん・さらさ》
恋人はファインダーの向こう　イラスト みずかねりょう
カップ一杯の愛で　イラスト カワイチハル
ひと匙の恋心　イラスト カワイチハル

✤かわい恋《かわいこ》
おおかみさんとひみつの愛し子　イラスト yoco

✤川琴ゆい華《かわこと・ゆいか》
恋にいちばん近い島　イラスト 小椋ムク
ふれるだけじゃたりない　イラスト スカーレット・ベリ子
恋におちた仕立屋　イラスト 見多ほむろ
ペットと恋はできません　イラスト 陵クミコ
愛されたがりさんと優しい魔法使い　イラスト 笠井あゆみ
ぼくの暴君は溺れるくらいに甘い　イラスト 金ひかる
見習いコンシェルジュは理想の上司をひとりじめしたい　イラスト たつもとみお

✤切江真琴《きりえ・まこと》
お前が俺を好きすぎるので逃げようと思います　イラスト 橋本あおい
どうやら運命の恋人とすでに付き合っていたようです　イラスト 佐倉ハイジ
恋だってできる　イラスト 木下けい子

✤久我有加《くが・ありか》
キスの温度　イラスト 蔵王大志
光の地図 キスの温度②　イラスト 蔵王大志
長い間　イラスト 山田睦月
春の声　イラスト 藤崎一也
スピードをあげろ　イラスト 藤崎一也
何でやねん！ 全2巻　イラスト 山田ユギ
無敵の探偵　イラスト 蔵王大志
落花の雪に踏み迷う　イラスト 門地かおり
わけも知らないで　イラスト やしきゆかり
短いゆびきり　イラスト 奥田七緒
ありふれた愛の言葉　イラスト 松本 花
明日、恋におちるはず　イラスト 一之瀬綾子
あどけない熱　イラスト 樹 要
月も星もない　イラスト 金ひかる
月よ笑ってくれ 月も星もない②　イラスト 金ひかる
恋は甘いかソースの味か　イラスト 街子マドカ
それは言わない約束だろう　イラスト 桜城やや
どっちにしても俺のもの　イラスト 夏目イサク
不実な男　イラスト 富士山ひょうた
簡単で散漫なキス　イラスト 高久尚子
恋は愚かというけれど　イラスト RURU
君を抱いて昼夜に恋す　イラスト 麻々原絵里依
いつかお姫様が　イラスト 山中ヒコ
普通ぐらいに愛してる　イラスト 橋本あおい
恋で花実は咲くのです　イラスト 草間さかえ
青空へ飛べ　イラスト 高城たくみ
わがまま天国　イラスト 楢崎ねねこ
青い鳥になりたい　イラスト 富士山ひょうた
海より深い愛はどっちだ　イラスト 阿部あかね
ポケットに虹のかけら　イラスト 陵クミコ
頬にしたたる恋の雨　イラスト 志水ゆき
魚心あれば恋心　イラスト 文月あつよ
思い込んだら命がけ！　イラスト 北別府ニカ
恋するソラマメ　イラスト 金ひかる
恋の押し出し　イラスト カキネ
におう桜のあだくらべ　イラスト 佐々木久美子
君が笑えば世界も笑う　イラスト 佐倉ハイジ
もっとずっときっと笑って　イラスト 佐倉ハイジ
華の命は今宵まで　イラスト 花村イチカ
嘘つきと弱虫　イラスト 木下けい子
幸せならいいじゃない　イラスト おおやかずみ
酸いも甘いも恋のうち　イラスト 志水ゆき
あの日の君と、今日の僕　イラスト 左京亜也
片恋の病　イラスト イシノアヤ
疾風に恋をする　イラスト カワイチハル
恋の二人連れ　イラスト 伊東七つ生
恋を半分、もう半分　イラスト 小椋ムク
七日七夜の恋心　イラスト 北沢きょう
愛だ恋だと騒ぐなよ　イラスト 七瀬
アイドル始めました　イラスト 榊 空也
知らえぬ恋は愛しきものぞ　イラスト 芥
好きになってもいいですか　イラスト ミキライカ
恋は読むもの語るもの　イラスト 梨とりこ

✤栗城 偲《くりき・しのぶ》
恋愛モジュール　イラスト RURU
スイート×リスイート　イラスト 金ひかる
君の隣で見えるもの　イラスト 藤川桐子
素直じゃないひと　イラスト 陵クミコ
ダーリン、アイラブユー　イラスト みずかねりょう
いとを繋いだその先に　イラスト 伊東七つ生
恋に語るに落ちてゆく　イラスト 樹 要
君しか見えない　イラスト 木下けい子
家政夫とパパ　イラスト Ciel
同居注意報　イラスト 陵クミコ
バイアス恋愛回路　イラスト カゼキショウ
ラブデリカテッセン　イラスト カワイチハル
社史編纂室で恋をする　イラスト みずかねりょう
塚森専務の恋愛事情　イラスト みずかねりょう
経理部員、恋の仕訳はできません　イラスト みずかねりょう
亜人の王×高校教師　イラスト カズアキ
ブラック社員の転生先はDom／Subユニバースの世界でした　イラスト 篁ふみ
犬も食わない同期の恋愛　イラスト みずかねりょう
営業部員・大町志月の恋愛収支決算報告書　イラスト みずかねりょう

✤幸崎ぱれす《こうざき・ぱれす》
ブラコンを拗らせたら恋になりました　イラスト 佐倉ハイジ
1LDK恋付き事故物件　イラスト 陵クミコ
じゃじゃ馬オメガは溺愛なんて望まない～くせものアルファと甘くない同居始めました～　イラスト 釆 和輝
新人外科医は白獅子に求愛される　イラスト 北沢きょう
黒竜の王弟殿下は孤独なオメガの皇子を寵愛する　イラスト 笠井あゆみ

✤木原音瀬《このはら・なりせ》
パラスティック・ソウル 全3巻　イラスト カズアキ
パラスティック・ソウル endless destiny　イラスト カズアキ
パラスティック・ソウル love escape　イラスト カズアキ
パラスティック・ソウル unbearable sorrow　イラスト カズアキ

✤小林典雅《こばやし・てんが》
たとえばこんな恋のはじまり　イラスト 秋葉東子
執事と画学生、ときどき令嬢　イラスト 金ひかる
藍苺畑でつかまえて　イラスト 夏目イサク
素敵な入れ替わり　イラスト 木下けい子
あなたの好きな人について聞かせて　イラスト おおやかずみ
デートしようよ　イラスト 麻々原絵里依
国民的スターに恋してしまいました　イラスト 佐倉ハイジ
武家の初恋　イラスト 松本 花
ロマンス、貸します　イラスト 砧 菜々
国民的スターと熱愛中です　イラスト 佐倉ハイジ
若葉の戀　イラスト カズアキ
管理人さんの恋人　イラスト 木下けい子
密林の彼　イラスト ウノハナ
可愛いがお仕事です　イラスト 羽純ハナ
深窓のオメガ王子と奴隷の王　イラスト 笠井あゆみ
先輩、恋していいですか　イラスト 南月ゆう
スターのマネージャーも恋してしまいました　イラスト 佐倉ハイジ
王子ですが、お嫁にきました　イラスト 麻々原絵里依
恋する一角獣　イラスト おおやかずみ
囚われのオメガ王子と恋の奴隷　イラスト 笠井あゆみ
ひとめぼれに効くクスリ　イラスト 橋本あおい
友達じゃいやなんだ　イラスト みずかねりょう
王子と狼殿下のフェアリーテイル　イラスト 小山田あみ
御曹司の恋わずらい　イラスト 須坂紫那
恋する小リス、いりませんか？　イラスト 緒花

✤彩東あやね《さいとう・あやね》
神さま、どうかロマンスを　イラスト みずかねりょう
愛を召しあがれ　イラスト 羽純ハナ
悪党のロマンス　イラスト 須坂紫那
花降る町の新婚さん　イラスト 木下けい子

赤獅子の王子に求婚されています イラスト カワイチハル
初恋も二度目の恋も イラスト 伊東七つ生
恋は不埒か純情か イラスト 高階 佑
恋の幸せ、降らせます イラスト 青山十三
宵星の恋、きらきらと イラスト 夏乃あゆみ

✤**沙野風結子**《さの・ふゆこ》
兄弟の定理 イラスト 笠井あゆみ
獣はかくして交わる イラスト 小山田あみ
天使の定理 イラスト 笠井あゆみ
隷属の定理 イラスト 笠井あゆみ
獣はかくしてまぐわう イラスト 小山田あみ
獣はかくして囚われる イラスト 小山田あみ
獣はかくして愛に啼く イラスト 小山田あみ

✤**志波咲良**《しば・さくら》
拾われ令息は堅物探偵に愛される イラスト カワイチハル

✤**菅野 彰**《すがの・あきら》
眠れない夜の子供 イラスト 石原 理
愛がなければやってられない イラスト やまかみ梨由
17才 イラスト 坂井久仁江
恐怖のダーリン♡ イラスト 山田睦月
青春残酷物語 イラスト 山田睦月
なんでも屋ナンデモアリ アンダードッグ ①② イラスト 麻生 海
小さな君の、腕に抱かれて イラスト 木下けい子
レベッカ・ストリート イラスト 珂弐之ニカ
泣かない美人 イラスト 金ひかる
おまえが望む世界の終わりは イラスト 草間さかえ
華客の鳥 イラスト 珂弐之ニカ
色悪作家と校正者の不貞 イラスト 麻々原絵里依
色悪作家と校正者の貞節 イラスト 麻々原絵里依
色悪作家と校正者の純潔 イラスト 麻々原絵里依
色悪作家と校正者の多情 イラスト 麻々原絵里依
ドリアン・グレイの激しすぎる憂鬱 イラスト 麻々原絵里依
色悪作家と校正者の別れ話 イラスト 麻々原絵里依
ドリアン・グレイの禁じられた遊び イラスト 麻々原絵里依
色悪作家と校正者の初戀 イラスト 麻々原絵里依
太陽はいっぱいなんかじゃない イラスト 麻々原絵里依
色悪作家と校正者の結婚 イラスト 麻々原絵里依

✤**菅野 彰&月夜野 亮**《すがの・あきら&つきよの・あきら》
おおいぬ荘の人々 全7巻 イラスト 南野ましろ

✤**砂原糖子**《すなはら・とうこ》
斜向かいのヘブン イラスト 依田沙江美
セブンティーン・ドロップス イラスト 佐倉ハイジ
純情アイランド イラスト 夏目イサク
204号室の恋 イラスト 藤井咲耶
言ノ葉ノ花 イラスト 三池ろむこ
恋のはなし イラスト 高久尚子
虹色スコール イラスト 佐倉ハイジ
15センチメートル未満の恋 イラスト 南野ましろ
スリープ イラスト 高井戸あけみ
言ノ葉ノ世界 イラスト 三池ろむこ
恋のつづき 恋のはなし② イラスト 高久尚子
スイーツキングダムの王様 イラスト 二宮悦巳
セーフティ・ゲーム イラスト 金ひかる
恋惑星へようこそ イラスト 南野ましろ
恋愛できない仕事なんです イラスト 北上れん
恋はドーナツの穴のように イラスト 宝井理人
恋じゃないみたい イラスト 小鳩めばる
言ノ葉ノ使い イラスト 三池ろむこ
全寮制男子校のお約束事 イラスト 夏目イサク
恋煩い イラスト 志水ゆき
リバーサイドベイビーズ イラスト 雨隠ギド
世界のすべてを君にあげるよ イラスト 三池ろむこ
毎日カノン、日日カノン イラスト 小椋ムク
愛になれない仕事なんです イラスト 北上れん
心を半分残したままでいる 全3巻 イラスト 葛西リカコ
青ノ言ノ葉 イラスト 三池ろむこ
僕が終わってからの話 イラスト 夏乃あゆみ
バイオリニストの刺繍 イラスト 金ひかる
月は夜しか昇らない イラスト 草間さかえ
オリオンは恋を語る イラスト 金ひかる

✤**伊達きよ**《だて・きよ》
人生はままならない イラスト カワイチハル
透明で青い イラスト 赤原ねぐ

✤**月村 奎**《つきむら・けい》
believe in you イラスト 佐久間智代
Spring has come! イラスト 南野ましろ
step by step イラスト 依田沙江美
もうひとつのドア イラスト 黒江ノリコ
秋霖高校第二寮 全3巻 イラスト 二宮悦巳
エンドレス・ゲーム イラスト 金ひかる
エッグスタンド イラスト 二宮悦巳
きみの処方箋 イラスト 鈴木有布子
家賃 イラスト 松本 花
WISH イラスト 橋本あおい
ビター・スイート・レシピ イラスト 佐倉ハイジ
レジーデージー イラスト 依田沙江美
CHERRY イラスト 木下けい子
秋霖高校第二寮リターンズ 全3巻 イラスト 二宮悦巳
恋を知る イラスト 金ひかる
おとなり イラスト 陵クミコ
ブレッド・ウィナー イラスト 木下けい子
すき イラスト 麻々原絵里依
恋愛☆コンプレックス イラスト 陵クミコ
不器用なテレパシー イラスト 高星麻子
嫌よ嫌よも好きのうち? イラスト 小椋ムク
teenage blue イラスト 宝井理人
50番目のファースト・ラブ イラスト 高久尚子
恋する臆病者 イラスト 小椋ムク
すみれびより イラスト 草間さかえ
Release イラスト 松尾マアタ
遠回りする恋心 イラスト 真生るいす
恋は甘くない? イラスト 松尾マアタ
ずっとここできみと イラスト 竹美家らら
それは運命の恋だから イラスト 橋本あおい
ボナペティ! イラスト 木下けい子
耳から恋に落ちていく イラスト 志水ゆき
恋の恥はかき捨て イラスト 左京亜也
もう恋なんてする気はなかった イラスト 竹美家らら
恋愛小説家は恋が不得意 イラスト 木下けい子
恋はときどき赤信号 イラスト 須坂紫那

✤**椿姫せいら**《つばき・せいら》
この恋、受難につき イラスト 猫野まりこ
AVみたいな恋ですが イラスト 北沢きょう
ひと恋、手合わせ願います イラスト コウキ。

✤**鳥谷しず**《とりたに・しず》
スリーピング・クール・ビューティ イラスト 金ひかる
流れ星ふる恋がふる イラスト 大槻ミゥ
恋の花ひらくとき イラスト 香坂あきほ
恋色ミュージアム イラスト みずかねりょう
新世界恋愛革命 イラスト 周防佑未
神の庭で恋萌ゆる イラスト 宝井さき
その兄弟、恋愛不全 イラスト Ciel
契約に咲く花は イラスト 斑目ヒロ
恋よ、ハレルヤ イラスト 佐々木久美子
探偵の処女処方箋 イラスト 金ひかる
溺愛スウィートホーム イラスト 橋本あおい
お試し花嫁、片恋中 イラスト 左京亜也
兄弟ごっこ イラスト 麻々原絵里依
紅狐の初恋草子 イラスト 笠井あゆみ
捜査官は愛を乞う イラスト 小山田あみ
捜査官は愛を知る イラスト 小山田あみ

✤**名倉和希**《なくら・わき》
はじまりは窓でした。 イラスト 阿部あかね
耳たぶに愛 イラスト 佐々木久美子
戸籍係の王子様 イラスト 高城たくみ
夜をひとりじめ イラスト 富士山ひょうた
ハッピーボウルで会いましょう イラスト 夏目イサク
神さま、お願い～恋する狐の十年愛～ イラスト 陵クミコ
愛の一筆書き イラスト 金ひかる
手をつないでキスをして イラスト Ciel
恋の魔法をかけましょう イラスト みずかねりょう
恋のプールが満ちるとき イラスト 街子マドカ
純情秘書の恋する気持ち イラスト 佳門サエコ
恋する猫耳 イラスト 鷹丘モトナリ
竜は将軍に愛でられる イラスト 黒田 屑
王子は黒竜に愛を捧げる イラスト 黒田 屑
竜は無垢な歌声に恋をする イラスト 黒田 屑
魔女の弟子と魔眼の王の初恋 イラスト サマミヤアカザ
輝ける金の王子と後宮の銀の花 イラスト 石田惠美
最後のオメガと恋知らずのアルファ王子 イラスト 亀井高秀

✤**仁茂田もに**《にもだ・もに》
あなたの糧になりたい イラスト 羽純ハナ

✤**ひのもとうみ**《ひのもと・うみ》
君は明るい星みたいに イラスト 梨とりこ

✤**間之あまの**《まの・あまの》
ランチの王子様 イラスト 小椋ムク
溺愛モラトリアム イラスト 小椋ムク
ふたり暮らしハピネス イラスト 八千代ハル
初恋アップデート イラスト 八千代ハル

✤**宮緒 葵**《みやお・あおい》
奈落の底で待っていて イラスト 笠井あゆみ
鳥籠の扉は閉じた イラスト 立石 涼
【華は褥に咲き狂う】 イラスト 小山田あみ
⑤～兄と弟～
⑥～恋と闇～
⑦～神と人～
⑧～比翼と連理～
桜吹雪は月に舞う②～奉行と閻魔～ イラスト 笠井あゆみ
※「華は褥に咲き狂う①～④」、「桜吹雪は月に舞う」は電子にて配信中。
おかえりなさい、愛しい子 イラスト 橋本あおい
極楽あると人は言ふ イラスト 草間さかえ
毒婦も仔猫も愛してる イラスト 夏乃あゆみ

✤**八月 八**《やつき・わかつ》
呪われ悪役令息は愛されたい イラスト ホームラン・拳

✤**夕映月子**《ゆえ・つきこ》
天国に手が届く イラスト 木下けい子
てのひらにひとつ イラスト 三池ろむこ
京恋路上ル下ル イラスト まさお三月
王様、お手をどうぞ イラスト 周防佑未
恋してる、生きていく イラスト みずかねりょう
あなたを好きになりたくない イラスト みずかねりょう
異界で魔物に愛玩されています イラスト 陵クミコ

✤**ゆりの菜櫻**《ゆりの・なお》
黄金のオメガと蜜愛の偽装結婚 イラスト カワイチハル
黄金のアルファと禁断の求愛結婚 イラスト カワイチハル
黄金の魔法師と逆転オメガの蜜月結婚 イラスト カワイチハル

✤**渡海奈穂**《わたるみ・なほ》
甘えたがりで意地っ張り イラスト 三池ろむこ
ロマンチストなろくでなし イラスト 夏乃あゆみ
神さまと一緒 イラスト 窪スミコ
マイ・フェア・ダンディ イラスト 前田とも
夢は廃墟をかけめぐる☆ イラスト 依田沙江美
恋になるなら イラスト 富士山ひょうた
さらってよ イラスト 麻々原絵里依
正しい恋の悩み方 イラスト 佐々木久美子
手を伸ばして目を閉じないで イラスト 松本ミーコハウス
ゆっくりまっすぐ近くにおいで イラスト 金ひかる
兄弟の事情 イラスト 阿部あかね
恋人の事情 兄弟の事情② イラスト 阿部あかね
未熟な誘惑 イラスト 二宮悦巳
たまには恋でも イラスト 佐倉ハイジ
カクゴはいいか イラスト 三池ろむこ
夢じゃないみたい イラスト カキネ
その親友と、恋人と。 イラスト 北上れん
恋でクラクラ イラスト 小鳩めばる
いばらの王子さま イラスト せのおあき
厄介と可愛げ イラスト 橋本あおい
絡まる恋の空回り イラスト 斑目ヒロ
運命かもしれない恋 イラスト 草間さかえ
ご主人様とは呼びたくない イラスト 栖山トリ子
俺のこと好きなくせに イラスト 金ひかる
さよなら恋にならない日 イラスト みずかねりょう
かわいくしててね イラスト 三池ろむこ
恋はまさかでやってくる イラスト 佳門サエコ
完璧な恋の話 イラスト 梨とりこ
それは秘密の方がいい イラスト 南月ゆう
抱いてくれてもいいのに イラスト 山田ノノノ
恋は降り積む イラスト スカーレット・ベリ子
兄から先に進めない イラスト カワイチハル
恋した王子に義母上と呼ばれています①② イラスト もちゃろ